U0909467

THE UNNAMED

当爱远行

[美]约书亚·弗里斯◎著 刘韦玮◎译

湖南文艺出版社 HUNAN LITERATURE AND ART PUBLISHING HOUSE 博集天卷 CS-BOOKY

图书在版编目（CIP）数据

当爱远行 /（美）弗里斯（Ferris，J.）著；刘韦玮译．
—长沙：湖南文艺出版社，2011.7
书名原文：The Unnamed
ISBN 978-7-5404-4924-7

Ⅰ．①当…　Ⅱ．①弗…②刘…　Ⅲ．①长篇小说－美国－现代
Ⅳ．①I712.45

中国版本图书馆 CIP 数据核字（2011）第 073715 号

著作权合同登记号：图字 18-2011-139

上架建议：外国流行小说

当爱远行
作　　者：［美］约书亚·弗里斯
译　　者：刘韦玮
出 版 人：刘清华
责任编辑：丁丽丹　刘诗哲
特约编辑：马冬冬
版权支持：李彩萍
装帧设计：张丽娜
监　　制：孙淑慧
出版发行：湖南文艺出版社
（长沙市雨花区东二环一段 508 号　邮编：410014）
网　　址：www.hnwy.net
印　　刷：北京盛兰兄弟印刷装订有限公司
经　　销：新华书店
开　　本：880 × 1230　1/32
字　　数：200 千字
印　　张：10.5
版　　次：2011 年 7 月第 1 版
印　　次：2011 年 7 月第 1 次印刷
书　　号：ISBN 978-7-5404-4924-7
定　　价：29.80 元
（若有质量问题，请直接与本社出版科联系调换）

献给查克·弗里斯和帕蒂·海莉

最深情的相爱，最无奈的离别

小冬天

约书亚·弗里斯堪称美国文坛最炙手可热的作家之一，仅有两部作品问世的他已然跃升美国一线作家行列，不得不让人对他的创作才华刮目相看。他的处女作《曲终人散》（*Then We Came to the End*），生动再现了当代美国商业社会的独特景观，被称为是一部反思媒体时代美国社会、家庭和价值观的杰作。这部作品也使得弗里斯以新人作家的身份蜚声文坛，先后获得海明威笔会奖，巴诺书店最佳小说奖，并双双入围美国国家图书奖和普利策文学奖。

《当爱远行》是弗里斯的第二部作品，这部备受各界期待的全新大作在出版一年之前就被好莱坞金牌电影制片人斯科特·鲁丁购下电影版权。作为小布朗出版集团2010年的开年之作，《当爱远行》被列为美国独立书商协会2010年头号选书，并成为《纽约时报》书评家和亚马逊编辑的推荐选书。而在整个2010年度，这部作品都有非常不俗的表现，成为各大畅销排行榜的常客，并陆续被《纽约客》《经济学家》和亚马逊网站评选为2010年最佳小说。弗里斯本人也凭借卓然不俗的创作才华被《纽约客》推选为“最值得关注年轻作家”，与美国众多文坛巨匠并肩。

在《当爱远行》这部作品中，弗里斯一改先前用职场集体意识作为叙事主题的笔法，转而描写一个令人心碎的爱情故事。作为曼哈顿顶级律师事务所的合伙人，蒂姆·方施华拥有令人称羡的幸福生活。正值盛年，事业有成。他热爱工作，爱自己的妻子珍妮，爱他那虽然不漂亮但在他心中却无人能及的女儿贝卡。有一天，蒂姆站起身往外走，一直走，一直走，再也没有停下来。

原来，蒂姆患上了一种无名疾病，会不分昼夜、突然被驱使着站起身往外走，漫无目的，到累垮为止。无名病突如其来，也往往骤然痊愈。可是，蒂姆的整个人生却被彻底改变了。原本安逸宁静的生活里，充满了不安和焦灼。病痛挥之不去，忧伤如影随形。每一次发病，蒂姆都仿佛陷入崩溃的绝境。他错过了和妻子相守的时光，错过了女儿的成长，也错过了为委托人出庭辩护的机会。曾经，他是妻子眼中完美的丈夫，女儿眼中慈爱的父亲，司法界最值得信任的律师。可是，无名病袭来之时，他只是一个病人，一个无力而又绝望的病人。“别把我从家里带走，别让我再从恐惧中醒来。”可是，病魔从不理会他内心深处的呐喊，他还是会不由自主地一次次离开，还是会在迷茫和恐惧中醒来，在某个陌生的地方。

人生中有许多寻常的欢乐和幸福，它们融入在人们的点滴生活当中，慢慢地变成了一种习惯，成了理所当然的生活所需。人们不会想到，有一天，这些再普通不过的东西也有可能被剥夺。其实，在这部作品里，无名病也是一种象征，象征着生命里那些令人无可奈何的辛酸和痛楚，那种忧伤的情绪随着文字缓缓流淌，一下接一下地触碰着人心最柔软的部分，读来令人潸然泪下。

无法自控的行走让蒂姆失去了寻常生活该有的欢乐，也错过了生命中许多美好珍贵的东西。最让人绝望的是，他，所有人，都对此无能为力。还好，他有爱他的妻子，不管他走到哪儿，珍妮都会找到他，接他回家。“告诉我你在哪儿，我去接你回来。”事情一直是这么解决的。可这一次，蒂姆不想再让妻子接他回家了。她应该有机会重新去过自己的人生吧。再次发病的蒂姆毅然断绝了与妻子的联系，开始了漫长而又孤独的流浪之旅。他决定了，不让妻子再为了他不分昼夜地奔波找寻；他决定了，如果这无名恶魔要一直和他纠缠下去的话，那么，就让他一个人来承受这一切吧。

在漫天飞雪之中，在陌生的城市里，在荒郊野外，蒂姆无助地不停一直走，一直走。无法自控的行走、漫长孤寂的流浪，让蒂姆的身体备受摧残。停下来的时候，他会找机会给妻子打电话。告诉她，他很好；告诉她，要好好地生活。可是，他却从不告诉珍妮自己的具体位置。他已经决定了，要独自照料自己的人生，任何事情都无法让他改变心意。可是，女儿的一句话，再次激起了他内心深处对爱人最深刻的牵挂和留恋。“如果不能回到她身边，那种痛苦比千百次的死亡都更加难受。”身体极度衰弱的蒂姆，终于踏上了漫长而又艰辛的归家之旅。可是，无名病还在继续，他要怎样才能重新找到回家的路?

不得不说，这是一部勇敢的作品，一部充满了超凡想象力的深情之作。弗里斯在书中加入了几许荒诞甚至是魔幻的笔触，语言精准而富有诗意，炽烈爱情里包裹的忧伤，生命里无奈的痛楚和焦灼，让整个《当爱远行》的故事沉重而又哀伤。这也是一部需要静下心来细细品味的书，唯有如此，才能体会到主人公的如许深情。

故事的结局出人意料，令人不忍卒读。《圣经》上说，爱是恒久忍耐。可对蒂姆而言，爱，却是把手放开。在最无助、最绝望的时刻，他毅然放手，为爱远行。可是，珍妮却没有因此重获幸福，反而坠入痛苦的深渊。就像被强行分开的一对翅膀，没有对方的辅助，就再也无法飞翔。不要再相信，所谓离开才是最好的爱了。生命本就是一场孤寂的旅程，有爱相依偎，才会觉得温暖。而真正相爱的人，会痛恨放手离开这种事。因为相信，没有对方，生命便再也无法完整，人生将永留缺憾。其实，即便是在无法自控地行走时，蒂姆和珍妮之间的爱也从未被打破。作者不过是以另一种方式，实现了他们的地老天荒。

目录

The Unnamed Contents

第一章——往事一幕幕

The Unnamed

蒂姆：当昨日重现，我再一次漫无目的地行走，我知道，旧病复发了。可是，我无能为力。我想到了珍妮，我带给她的是无数个夜晚的担忧和婚姻生活的空白。还有贝卡，我错过了她的成长历程。

I

那是风雪肆虐的严冬。寒风吹过河面，冰块像毒镖般落下。一月份就下了四场暴风雪，雪堤被冻成灰色的街垒，像战争工事一样阴森恐怖、坚不可破。白雪掩盖了墓地里的墓碑，吞埋了街边停放的车辆。长期以来关于气候变化的争论暂时停息，公众视野集中于关注老年群体和被困在暴风雪中的人们的需求上。学校也已停课多日。物流运输被迫中止，每到飞机抵港的日子，仓库就堆满了货物。便利店里排起了长队，脾气暴躁的人们，发泄着对这种极端天气的不满。一些明智的公共服务部门将关注重点转向普通民众的需求——提供温暖的住处和志愿上门服务等。严寒是发明之母，她满腔仇恨，让人们在被痛力鞭打后获得教训。

因为下雪，交通拥堵，回家的路程显得尤其漫长。他经常加班，但今晚，他坐在回家的出租车里，没带文件和纸笔，也没带工作。她们在等他，但她们却没有意识到。司机将广播调到1010 WINS，听交通和路况信息。也许在其他地方，沿海地区或南方，并没有下雪。可眼前，雪片却像白灰一样堆积在挡风玻璃上。他手指和脚趾的冻疮又复发了。他解开安全带，躺在后座上，伸展躯体，顾不得理会司机的想法。他的一只耳朵紧贴着坐垫的皮面，广播声逐渐淡去。他把手放在脚垫上，好活动一下早已发麻的手指。他没给她们打电话，他的手机丢了。她们在等他，但她们并没有意识到。

到家的时候，司机叫醒了他。

他差点失去了这个家，以及家里的一切。舒适的浴室，挂在厨房里的铜壶，他的家人——他再一次差点失去了家人。他站在屋子里，打量着家中的一切。家里的所有，他都认为理所当然。为何会这样？他曾对自己许下承诺，不能将已拥有的一切视为理所当然，可他已经想不起，又是在什么时候，这承诺被日常的生活琐事打破。可能，并没有确切的时间点。他把钥匙放在镜子后面的桌上，把鞋脱在长条波斯毯上。毯子是他和珍妮在土耳其买的，他们当时在土耳其和埃及各待了一周。他们总是计划着到各地旅行，下一次计划中的旅行是去肯尼亚探险，但现在不得不推迟了。他穿着袜子走在屋里，进了厨房，他摸了摸泛着微光的操作台。他喜欢自己家的厨房，古色古香的壁橱，摩洛哥风格的瓷砖防溅板。他走进餐厅，他们曾在这里和公司的同事们举行聚会，长餐桌可容纳十二个人就餐。他走到楼梯前，扶着橡木栏杆，一边拾级而上，一边看着墙上的家庭照片。楼下客厅里落地钟的滴答声逐渐被卧室传来的电视机里的笑声掩盖。

珍妮还是那么美丽。她戴着一副花镜，是那种搞笑的波普艺术风格，椭圆的框架上饰有红色的圆点花纹。她脸上长着可爱的小雀斑，细吊带突显出她细长的胳膊，在她迷人的锁骨下方，丝质睡衣衬托出她坚挺的胸部。她在做填字游戏。每当遇到难题时，她就抬头一边看墙上挂着的平板电视，一边把笔在上下牙齿间敲打，好像要叫醒大脑。看见他进门，她有些惊讶他这么早就下班回家。“晚上好，亲爱的。”她说。他像脱T恤一样脱下西装外套，把衣服的后身扯过头顶，袖子从里面翻出来，然后他抓住衣服的褶边，用力往外扯。衣缝那儿很难扯开，可一旦线头被扯断，整件衣服就都破开了。珍妮张大了嘴，但没说话。他把破烂的衣衫扔下，爬上床，跪坐着，像躲避爆炸一般。“怎么了？”她问，“蒂姆，发生什么事了？”他双手抱头，一动不动。“蒂姆？”她走到他身边，张开双臂从上面环抱住他，“蒂姆？”

他告诉她，他不知怎的就从办公楼里出来，走到街上。他在四十三街和百老汇路口拦了辆出租车，希望出租车能把他带回办公楼去。可是，当车靠路边停下，他伸手打开车门后，却没上车，而是继续往前走。司机是个锡克教徒，戴着粉色头巾，从后视镜里一直盯着他。怎么会有人拦下出租车，打开车门，然后又继续走路的？在联合广场附近，他试着打电话叫救护车，这是他上次发病时他们预想的求助方案。他跟接线员通话，解释自己的情形，却在走下人行道时踩到冰块，滑倒在地。“我的手机！”他起身大叫，“来人，帮帮忙，我的手机！”他扭到了后背。“请帮我捡一下手机。”没人理会他。他的黑莓手机跌落在马路中央，静静地躺着，毫无防备地迎接飞奔而来的汽车。他继续向前走。他给她讲自己走过的那些城市脚手架，避开的疯狂交通，经过的漠视人群。他告诉她，当他到达东河岸边的长凳时，已经筋疲力尽，就像从前的每次经历一样。他告诉她，他如何把西装外套折成枕头，摘掉领带，在寒风中汗流不止。他告诉她，自己如何在一小时后惊恐地醒来……

“旧病复发了。”他说。

2

首先，她得给他穿好衣服，她知道他不愿意穿那些衣服。他只想去洗澡、刷牙，然后爬上床，好好睡一觉——像一个正常人那样好好地休息。他像野战训练的士兵一样一动不动地蜷缩在床上，弓着后背，双手抱头，好像在躲避炸弹碎片一般。他有着乌黑的头发，这也是他最吸引人的一个特征。他身体很健壮，是一个长相帅气的男人，就像电影里广受喜爱的男演员一样，魅力与日俱增。可现在他的头发凌乱不堪。“蒂姆，”她从他胳膊的缝隙里，看着他疲惫的眼睛，“你得把衣服穿好。”

他还是一动不动地躺着。她下了床，在身穿的那件丝质睡衣的外面套上了一件黑色的针织衫，然后走进了卫生间。卫生间的洗手池里堆满了乳液、香皂、护肤霜和除臭剂，这让她吃了一惊，忽然觉得自己被那些大众化妆品广告里的美丽谎言给愚弄了。她脑袋里盘算着自己需要找的所有东西，并在心里列了个清单，然后就开始在屋里准备这些东西。她从梳妆台下的柜子里拿出他的保暖内衣和防水的长裤；从大壁橱里拿出他的运动衫、羊毛衣、加厚的大衣、帽子、手套和围巾。她把他的滑雪面罩和一些一次性的暖手袋一起放进了他大衣的口袋里，希望那些暖手袋还没有过期，她暗自提醒自己再去多买一些回来。她走到洗衣机旁时，差点哭了出来。她从地下室里拿出GPS定位仪和登山包。她把雨衣、眼药水、护肤霜、充气枕头和急救箱快速地装进包里，然后又从厨房的壁橱里拿出一盒干果、一包巧克力和一瓶运动饮料，她下意识地把火柴也装了进去。然后拉上背包，走上楼去。

她走到床边，像对待一个孩子那样轻轻地摇晃着他。她把他的身子转过来，帮他解开腰带，脱去裤子和内衣，并解开他的衬衫扣子，而他只是听之任之，毫无反应。很快，他的衣服被全部脱去，赤身裸体地躺在床上。她用凡士林涂抹他的面部、脖子和下身，因为凡士林对发炎和冻伤都很有效。然后，她把刚刚准备好的衣服一件一件地给他穿上，最后帮他穿上加厚的毛袜和防水的长靴。他把装好的登山包放在了门口，以便在他出门的时候可以顺手带上，然后她爬上床，躺在他的身边。

“这次不要再看巴达塞里安医生了，”他说，“我哪个医生都不想看。”

“好的。”她说。

“我是认真的。”他说，“我不想再重复那些没意义的治疗了。”

“好的，蒂姆。”

她伸手够到遥控器，关掉电视。

“珍妮，我是不是过于依赖你了？”

她没有说话。他平躺在床上，全副武装的打扮就像是要出去滑雪的孩子。她把头埋在枕头里，看着他。他眼睛微闭，呼吸也变得很平静。

“不要再这样了。”她说。

“你指什么？”

“又开始说你的那些愧疚和不安。”

他侧转身看着她：“我是不是太依赖你了？”

“我们本就应该互相扶持的，”她说，“这是婚姻应有之意。”

“那你是怎么依赖我的呢？”

“我很多时候都很依赖你啊，蒂姆。”

“举个例子。”

“几乎数不胜数。”她说，“好吧，比如，我们一起度过的最难忘的一次旅行，而我到现在也记不住那个岛叫什么名字。”

他笑了：“斯科拉布岛。”

“我只有靠你才能记起来这些。”

“那跟依赖我是不一样的。”

“斯科拉布岛，”她说，“那里空气清新，环境美丽，名字也很好听。可我就是记不住。”

“你想再去一趟吗？”他问。

“我以为我们下一站要去非洲。”

他们都知道不会有下一站了，不只是现在，近期都不可能实现，接下来又是一阵沉默。

“我们应该在斯科拉布岛买块地方，”他说，“那里的食物真的很好吃。你还记得那个穿着婚纱走在街上的小女孩吗？”

“她现在应该已经长大了。”

“还有那些鸵鸟，有个人拿着鞭子驱赶着它们。你不想再去一趟吗？”

“我想。”她说，“等你的病好了，我们就再回去那里。”

“我有点热。”他说。

她下床，把窗户都打开来。冬夜里刺骨的寒气飘进屋内。她转身走到床边，忽然想起了那副手铐。

她走到床头柜边上，从抽屉里拿出手铐。“要不要用这个？”她站在床边问他。

他从独自发呆的状态中回过神来，哀伤地看着那副手铐，就好像它属于某一个猝然辞世的人，而他正在清点遗物，很不情愿地在考虑什么该留下，什么该扔掉。他撅起了嘴，摇了摇头，眼睛继续盯着天花板。她把手铐又重新放回了抽屉里。

3

她睡眠很浅，他每次翻身，她都会惊醒。她听到贝卡回来的关门声，过了一会儿，蒂姆的鼾声响起。蒂姆从不打鼾，但他仰卧时，深沉的呼吸会转为不成调的鼾声。卧室里还是很冷，在半梦半醒间，借着月光，她能看到自己呼出的白雾，可是蒂姆却连被子也没盖。他全副武装，身着防寒服和防寒手套。漫长的夜晚，她多次醒来，每次都会伸手摸摸蒂姆，以确保他还在自己身边。

他下午一定走了很久，很累。她想。

黎明破晓，天刚蒙蒙亮，她睁开双眼，发现他不在身边。她怨恨自己，但除了让他走，她还能有什么其他的办法呢？

她迅速穿戴整齐，下楼，走到大门口左右观察。小区规划得很好，保有自然景观的原貌，有的房子建在山坡上，有的门前有小池塘，每家每户都被绿树环绕。深夜里，就着车前灯的有限光亮，你会误以为自己身在乡村。清晨，漫无边际的寒气笼罩着一切，她觉得四周寂静空旷。太早了，连那些勇敢的晨练人士和金融业白领都还没出门。身边一片黑压压的树木，光秃尖利的树枝，仿佛燃尽的枯木。她仔细地在雪地上寻找着脚印，然后回到房前。

她上车，掉头。开到大门口时，她左右张望，熟悉的恐惧感再次向她袭来。她不知要往哪个方向开。他又忘记打开定位设备了。她用手掌拍打着方向盘。

跟上帝怄气，是自作多情的人类做的无用功。她以为她早已超脱，但其实只是假象。当她对上帝的怒火在此刻重燃，她感到身心俱疲。她再度毫无准备地面对一切，束手无策，过往的承诺和教训都是徒劳。“应该及时行乐，”她想，“在一切化为乌有之前。”她驱车左转，静静地沿街滑行，感受着车内暖气的温度，心里惦念着不知道他又被冻了多久。

邻居门前积雪成堆，落叶和冻土混杂在一起。院子里已经结了一层冰，红砖门柱上也罩着雪。NBA球星的房子华丽却俗气，点着人造煤气灯，就像弗兰克·劳埃德·赖特[1]设计的宇宙飞船。她转弯，顺着陡峭的坡路驶下，到正面的大路上，来回地寻找。在远处反方向的街上，她终于找到了他。

他躺在两幢房屋中间的一片小树林里，睡在几棵菩提树后面的斜坡上。幸亏有这几棵树，他才没滚到马路中间。她在对面停车，把车门开着，自己沿小路走进树林。看到他随身带了背包，并用做枕头，她略微放宽了心。他俯卧在地上，戴着黑色的滑雪面具，看起来有些吓人。如果有早起遛狗的人路过，可能会第一时间回家报警。她在他身边跪下，双腿感觉到地面的冰冷。“蒂姆？”她一边轻唤他的名字，一边替他摘下面具，“蒂姆。”他醒来，眼中充满孩童般的天真，张望着周围的一切。

“我睡着了。”他说。

“嗯。”

“我本来想回家的，可是我实在太累了。”

“你做得很好，你拿了背包。你能站起来吗？”

“睡得比上次还好。”他说。

1　弗兰克·劳埃德·赖特，美国的一位最重要的建筑师，在世界上享有盛誉。他设计的许多建筑都受到普遍赞扬，是现代建筑中非常有价值的瑰宝。赖特对现代建筑有很大的影响，但是他的建筑思想和欧洲新建运动的代表人物有明显的差别，他走的是一条独特的道路。

4

尽管非他所愿，但他还是很享受每次行走结束后的发作性睡眠[1]，那时的他会紧闭双眼、紧握双拳，如婴儿般熟睡。贝卡小的时候，他曾在贝卡身旁看着她入睡，粉色的小额头，平滑而安详。他从未有过如此令人羡慕的、毫无负担的睡眠。他一躺下，脑中就似有万马奔腾而过。他渐渐入睡，大脑却处于起草提案的工作状态，不断与反方进行无意义的辩论。[2]但是，长走完毕，快速的新陈代谢将体内热量消耗殆尽，眼前一黑突然昏倒后的发作性睡眠却能很好地补充、恢复体力。再次醒来时，他的头脑会异常清醒，所有事物都焕然一新，甚至在那种萧索的季节和漫天大雪之中，世界都显得清澈透明。他能看清每个枝杈的树瘤，他能听见乌鸦爬过黑铁丝的声音，他能闻到腐烂枯枝的酸味。这一切，都会赋予他片刻闲暇。然后，他又强迫自己思考，自己到底身在何处。

他一瘸一拐地走出树林。她轻轻拍掉他背上的冰碴儿和枯叶。他低头看了看马路，说："巴布·米勒他们来了。"

车停在马路逆行的方向上，仿佛是为了躲避车祸而突然刹车转

1　是一种不可抗拒的睡眠发作，除正常睡眠外，可在任何时间或场所（如行走、谈话、进食和劳动中）入睡，每次持续数分钟至数小时，可一日数发，不可自制，大多病因未明。

2　蒂姆的身份是曼哈顿著名律师事务所的合伙人和律师，下文会有提及。

向。他们一动不动地站着，看着邻居开车过来。巴布将SUV停下，摇下车窗。

“没事吧？”她问。在寒冷的空气中，她一张嘴，呼出的空气就化成了白雾。巴兹·米勒坐在副驾驶位上。

“哦，没事，”珍妮说，“一切正常，就是车出了点小问题。”

巴兹探头挥手说：“你们好。”

“你好，巴兹。”蒂姆说。

“需要我们打电话叫人来帮忙吗？”

“不用了，我们已经打电话给汽车协会了，他们马上就到，谢谢。”

“谢谢你，巴布。”蒂姆说。

“坐我们的车回家吧？你们也不能就在这儿等着吧？”

“他们说很快就到。”珍妮说。

巴布笑着跟他们告别，开车走了。他们看到巴兹一直扭头往回看，车渐行渐远，最后从视线中消失。他和珍妮相视不语，看着一脸疲惫的对方。汽车协会……他们真的相信吗？他们无法向米勒夫妇说明所处的困境，唯有拒绝他们的好意。用逃避和不知感恩的态度来面对世界，并非明智的生存方式。珍妮走到驾驶员座位一侧，她和蒂姆上了车，同时关上车门。

他们开车回家。当珍妮熄灭引擎后，汽车在寂静的车库中发出轻微的噼啪声。“我决定要去了。”他说。

珍妮很吃惊。前一晚蒂姆还决心坚定，无论如何都不要再接受治疗。她不知道他想去看哪个医生——巴达塞里安还是梅奥[1]的考普特医生？还是他又要去瑞士？

然后，她忽然意识到，是自己误会了。他的意思是，要去上班。

“我觉得你还是先不去上班的好。”她说。

“珍妮，我已经休息好了，我要去。”

前一天晚上，为了保证他的安全，她没有和他商量如何处理那些长期性的问题，比如他的工作。现在日光清朗，她必须面对现实。对于他要去上班的决定，她早应该见怪不怪。

“你还是休息一天吧。”她说。

“不用了，否则就表示……”

“咱们需要——”

“……我已经向病魔低头了。”

“——处理这个问题，蒂姆。低头？这叫面对现实。”

“但是，我手头有个案子。”他说。

“让案子见鬼去吧！”她说，“旧病复发了，蒂姆！昨晚你自己也这么说。旧病复发了！”

车子渐渐冷却。他一动不动地坐在舒适的毛绒垫上，直勾勾地看着车窗外的备用油箱、涂鸦桶罐、备用线圈和车棚架子上的橡皮管。墙上钉了一排旧的佛蒙特州车辆牌照。珍妮转过头去，不看蒂姆，他们就这么静静地坐在车里。那一瞬间，连呼吸声都清晰可辨。她在等他张口，

1 Mayo，爱尔兰西北部的一个郡。

准备要反驳。每次醒来之后，他都会有种返老还童的错觉，但这种活力将逐渐退去。几小时后，他可能又会出走。然后他怎么办？西装革履地走在冰天雪地的曼哈顿，没有任何防寒装备，也不知道会在何时何处停下。

她正要告诉他自己的想法，他却忽然用戴着手套的拳头开始拼命地猛砸储物箱。她叹了口气，无奈地将头靠在车窗上。他停下手之后又开始用脚踢，直到锁断裂，门掉落下来。他就那样一直踢，好像要用脚踢穿前面的发动机似的。车门的一条铰链已经断开，储物箱也歪歪斜斜的，无法修复了。

终于，他停下动作，将脚抽回。纸巾散落了一地，车辆使用手册、维修养护记录和保险票据都被踩毁。他把脚重新放回脚垫上，一切又归于平静。但是，他始终不肯抬头看她。

“我决定去上班。”他张口说话了。

她的目光火热炽烈。

“好吧，”她说，“你去吧。”

“我只是想跟你说，我感觉非常好。”

“我会把你的背包收拾好，”她说，“给你装上防寒用品，以备不时之需，你走的时候记得拿着。”

“我决定去上班。”他重复着。

“我明白。”

他看着她，问：“你真的明白吗？”

“是的。”她说。

5

贝卡起床后洗完澡，在厨房餐桌前坐下吃麦片。她今年十七岁，左鼻孔戴着一个银环，从来不好好洗头。她看到车库门开着，很诧异。她知道，父母就在楼上。他们下楼到厨房来，一言不发，若有所思。父亲穿着臃肿的防寒服，母亲脸色苍白，神情惊慌。

“怎么了？”她问。

两人默不做声，她便心领神会。

她起身，一反常态地给了父亲一个拥抱。她从侧面搂住父亲，把头靠在他肩膀上。他抓住贝卡的小臂，亲昵地捏了捏。

“现在还不能完全确定。”他说。

“我百分之百地肯定。”她母亲说。

蒂姆第一次病发时，贝卡九岁。母亲开车带她进城，她被母亲一言不发、急躁驾驶的状态吓坏了。她不知道母亲为何要来校车站接她，带她去哪儿，也不知道发生了什么事。在桥上堵车的时候，母亲忽然转身捋了捋她的头发，一句话都没说。贝卡以为，他们会在街角接到父亲。父亲会像往常一样，穿着米色大衣，拎着公文包，腋下夹着褶皱的报纸。但是，她们却来到一座小三角花园前。花园里只有一棵孤零零的树，两个垃圾箱，一个电话亭和四五张木椅。母亲停车，打着双闪，嘱咐贝卡在车里等。母亲下车，出租车从旁边飞驰而过。贝卡看着母亲走到一张长椅前，弯腰探头。她推了推躺在椅子下面的男人，那人爬起来，向着车的方向走过来，贝卡这时才认出了他。

从那以后，她们更频繁地到处去接他，每周三次，甚至四次，都是不同的地方。贝卡不上课的时候，就陪他们去看医生，和母亲一起坐在候诊室。她和母亲走进诊室里，看到父亲坐在金属桌子上，手里拿着纸巾。她听着医生的讲述和父母的提问，自己一头雾水。他们排除了各种“不可能性”。三人你一句我一句，对话充满了疑惑和沮丧。她拉着母亲的手，站在玻璃窗外，看着父亲被送进核磁共振检测仪那可怕的通道。他们离开医院开车回家时，谁也不说话。父亲沉浸在自己的思绪中。

有时候，她放学回来，没人在家，车也被开走了。她开始看电视，直到天黑。没有晚饭，她只能吃零食。许久以后，父亲叫醒睡在沙发上的她，抱她回房，盖好被子。她问父亲是不是又生病了，父亲点点头。她问父亲会不会好起来，父亲又点点头。

他开始在家歇着，不去上班。这是以前从未有过的。一天下午放学后回到家，贝卡听到父母在卧室里。门半开着，她探头进去，看到母亲站着，而父亲被手铐锁在床头架上，身上穿着T恤衫和运动裤。他的胳膊伸得很直，就像被吊在墙里的铁环上。他仿佛在做学校里那种柔软体操的一个叫做空中自行车的动作，但两腿却垂得很低，而且在抽搐。床单翘起，被褥挤做一团。父亲表情痛苦，T恤衫上有明显的汗渍。她慌忙逃开了。

不一会儿，母亲下楼来。见到她，满脸惊讶中暗含着几分痛苦，好像见到的不是自己的女儿而是一个陌生人。母亲告诉她不要出声，因为父亲在睡觉。

“爸爸吸毒了吗？”

珍妮走到洗手池旁，正要拿水壶接水。“什么？”

“因为我们在学校里上过关于毒品的课，还看了一段视频。”

“爸爸生病了。”珍妮边说边拧紧水龙头。

“因为吸毒？”

“不，宝贝儿，不是因为吸毒。”

“那是为什么？”

珍妮没有回答，只是把壶放在炉灶上开始烧水。她从柜子里拿出米，从冰箱里拿出肉，然后弯腰找砧板。贝卡站在一旁等母亲回答，可母亲一直蹲在橱柜前，一只手放在柜门上，一动不动，也不看她。最近没什么人关注她。母亲总是很疲惫。她总是让贝卡自己打扫房间，然后叫她到外面玩。家里从未如此安静过。落地钟的整点钟声记录着时间安静的足迹，只有在父亲睡醒时，可怕的沉寂才会被打破。

“他为什么要戴手铐？”她问。

母亲终于起身，手拿砧板，看着她：“你看到爸爸戴手铐了？”

贝卡在餐桌旁，点点头。

“爸爸不想出门，”珍妮边说边把肉放在砧板上，“我们这么做是为了让他能待在屋里。”

贝卡不想让父亲待在家里。夜里她听到父亲拼命搬重物的声音，她听到手铐摩擦的声音。父亲的咒骂声充斥着整幢房子，他喃喃低语的声音透过墙壁散开。她蹑手蹑脚地走到父母卧室门口，探头看到父亲被绑在床上，仰望天花板。他看到她在门口就呼唤她，她却跑开了。“贝卡，回来！”他说，“回来跟我说说话。”她一口气跑下楼。“贝卡！”他叫道，“请回来吧！”她却不理会。

没过多久，家里就恢复了往日的生活状态，父亲又开始去上班。几个月后，她脑海中关于父亲被绑在床上的记忆逐渐淡去。他们从不提起此事。他们谈论其他的事情。他又能来参加她的小型独奏会了。每天清早，他叫她起床，给她做早饭，为她准备好上学要用的东西。每个夜晚，他在办公室打电话跟她说晚安。这样，珍妮早上可以多睡一会儿，晚上在家负责照顾贝卡。一切有条不紊，这是幸福家庭的相似节奏。生活又归于平静。

6

“我准备好了吗？”她盖着被子，躺在床上。月光斜洒在屋中，呼出的白雾清晰可见。“我真的准备好了吗？”周而复始，婚姻冗长的轮回。口气，欲望，崩溃……深夜，关于话剧和晚饭的对话，使她想起他们曾经心灵相通、享受交流的喜悦。然后，她又有些生气，因为他周三出门时忘了扔垃圾。这就是纠结和矛盾。疾病和死亡，关怀与照料，为情殉道，这都是噱头。当誓言响起，你眼都不眨，就立刻奋不顾身。她必须让自己做好准备，迎接一切。

她曾经辞职照顾过他一次，然后又有了第二次。在他的病第一次复发后的整整一年半时间里，她投入全部时间和精力照顾他。病发时，他的生活基本无法自理。他们在与一个可怕的幽灵进行战斗，生活的琐事显得无关紧要。他独自出走时，有在外丧命的危险，所以她做好准备随时去接他回家。她懂得了如何为身体保暖，随车配备各种食物。她阅读生存手册，打好背包。其他时间里，她忙着约医生，带他去看病。她是他的助手和心理医生，接他回家的路上还要负责倾听他的不解、疑惑、愤怒和沮丧。她也是他的后援团长，鼓励他走出自卑的沼泽。她还会安静地站在一旁支持他，什么都不说，以实际行动让他不孤独。为此，她付出了太多。在这两段非常时期里，她陷入了深深的疑虑和恐惧，也忽略了贝卡。可一切都结束后，他又迫不及待地回归自己原来的生活，重新去工作。他重新开始正常的生活，她却仍旧停留在原地，不断琢磨“今天到底星期几”？他们走过了婚姻的第几个轮回？在经历了那么多与医生的热烈争论以及深夜驱车四处游荡寻觅之后，她怎么还能回到正常的生活轨道？他又康复了，好像什么事都未曾发生，她却回不去了。她突然迷失了方向，但他却不会陪在她身边说“别担心，有我陪你”。她不怪他。其实，她很羡慕他，他对自己的事业充满热情。他是泰勒律师事务所的合伙人，工作体面又重要。她无视自己的需求，也无益于他人。她希望自己在他康复之后也能很快走出来，不再深陷泥潭。她需要有自己独立的追求，不倚赖于照顾心爱的人得到的满足。她考到了执照，开始做房地产中介。

第三次病发，她准备好了吗？要想好好照顾他，她必须辞职。当他迷失在外的时候，她怎能有心思带客户看房。可是，当一切结束，他再次康复时呢？如果辞职，她将回到哪种生活中去呢？

珍妮起床，下楼，去贝卡房间。贝卡打着哈欠在玩深夜版咖啡屋字谜游戏，看到珍妮进来，她停下了。

“怎么不敲门？”

贝卡早就无视电视广告中宣传的理想生活模式。不穿运动鞋，不抹发蜡。她对自己的体重放任自流，庞大的身躯躲在原声吉他后。高中三年级的她连校友录都不要。她穿着法兰绒衬衫，乐仕T恤衫，黑色运动裤。她活在自己的世界里。

珍妮强忍着往屋里看了一眼——那一堆堆等待清洗的脏衣服，还有桌上、床头柜上摆满的脏盘子。屋里弥漫着难闻的异味。“最近有什么积极的实验进展，居里夫人？”她问道。

“我在写歌，妈妈。”

“研制出一两个疫苗了吗？”

“你知不知道这笑话已经过时了？”

“你怎么还没睡？已经凌晨一点了。”

“你怎么也没睡？”

“睡不着。”

贝卡的长发被编成了好几绺，在她头上四散晃动，就像自动洗车的帘幕和刷子在车上擦来擦去，厚重又灰暗。在它们的拉扯下，贝卡的头皮露出浅白色的痕迹。她后仰在床头架上，用头发做靠垫。“妈妈，你觉得他是假装的吗？”她问。

“假装？”

“你有没有用谷歌搜索一下，查查有什么说法？”

“查一查？”

“对。”

“查查有什么说法？”

“比如说，有些马会因为吃了有毒的植物而生病。”

“这也不能说明他是假装的。”

“嗯，那就不是假装的，”她说，“我也不知道……也许是精神上的问题。”

“关于是否属于精神疾病，存在着很多争论。”珍妮说，“他认为自己不是。他认为……”

“啊，我知道，我知道，”她说，“我知道他说这是腿的问题。我就是不太相信。我觉得还是精神问题。”

“你这么说话很没礼貌，孩子。”

“如果他想控制，就能控制住。”

“是吗，就像你能控制住自己的体重一样？”珍妮说。

这句话就像一记耳光，重重地打在贝卡脸上。她们沉默地注视着对方，怀着长久的冷漠，向对方示威。贝卡把吉他拨片[1]扔在她身上，说：“出去！”

“对不起，我不应该这么说。”

1 用于代替手指拨弦的一种工具。

“出去！”

“我只是想让你从他的角度思考问题——”

“出！——去！”

屋里很冷。看到他，她松了口气。他穿着羽绒服，躺在被子上，好像在抽空儿小睡。他呼吸沉重，在噩梦中不停出汗。

她盖好被子。她不嫌冷，其实，她很喜欢寒冷的空气。她曾经也是年轻貌美，精力旺盛，后来却成为焦虑综合体。热潮，盗汗，情绪波动，睡眠不好。她无法找到任何一种人类生物学方法，能让他明白，她生理上所经历的种种。而她的妇科医生明白；她也能跟朋友们倾诉。

当更年期到来时，她不再猜测蒂姆是否精神异常。她停止了一切猜测。她不在乎。蒂姆不明白热潮之类的事情，她不明白蒂姆出走的病症。他们就像两片互不打扰的区域，在各自曲线的某一点相交，但不侵犯对方的领地，也不呼吸对方的空气。在蒂姆告诉自己出走的症状是一种生理疾病而非精神疾病时，她选择相信蒂姆的话。

健康专家们认为，蒂姆的症状是临床错觉、神经幻觉，甚至可能是多重人格混乱。但蒂姆说：“我了解自己的身体。我没有失控，珍妮。”他的思维完整无缺，无可置疑。如果他不能完全控制自己的身体，那么这些行为就不是“他”所为。并非被神秘力量占有，而是莫名的生理混乱。在脱轨狂奔的火车上，受惊的灵魂从车长室惊恐地向外张望。那就是他。那就是她的丈夫。黑暗中，她伸手抚摸他随着呼吸起伏的身体。

7

第二天，她浑浑噩噩地上班，谈业务。她接下几个房源，安排了当周晚些时候的看房活动。她给他办公室打电话。如果他在，响铃一声就会接起；他的秘书等到响铃第三声才接。她打了又打，挂了又挂。她不想让秘书接电话，她不想知道他是否离开了办公室。她宁愿相信，他正在开着中央空调的会议室里，西装革履，和同事们围坐一桌，喝着高级拿铁咖啡，评估对方的证据和辩词。高级白领、公司业务，这是他想要的生活。就像汽车储物箱的使命：永存、不朽——一场平凡日常生活的庆典。平平淡淡才是真。

傍晚时分，她又打了他的办公室电话，依旧没听到他的声音。她不知道，就在此时，他刚走进地产公司的大门。她放下电话，抬起头，吃惊地发现他就在面前，手捧鲜花。

“对不起，那天早上，我不该拿汽车出气，弄坏了储物箱。”他说。他把花送给她，他们出门共进晚餐。

附近的意大利餐厅不如市中心的好，但也算不错。幽暗的灯光，既见证过求婚的浪漫时刻，也目睹了离婚的悲伤片段。后排的包厢里铺着酒红色洛可可式地毯，他们坐在里面，吃着面包蘸橄榄酱。窗外，又在飘雪，给冬日的街道罩上了纯净的新霜。

他们已经说好，登山背包要一直放在车上备用。

“五点下班，”她说，“还有鲜花。我以为只有等到我宣布自己得了癌症的那天，才能享受如此待遇。”

他严肃地注视着她，就像这次会面是在狱警监视下进行的，下一分钟，狱警就会将他带走，而她会独自离开，走向停车场，在车里哭泣。他郑重其事的神情，足以面对上帝。她以为他要道歉，为她所付出的一切：无数个夜晚的担忧、失去的良机、婚姻生活的空白。但是，他却笑了，举起酒杯说：“不会复发了。”

“什么不复发了？”

“这两天我都很好，”他说，“不会复发了。”

服务员来了。蒂姆坐起身子向后靠，以便他上菜。通常，菜上桌后，她会把头发捋到耳后，拿起餐具。现在，她却把盘子推到一旁，胳膊放在桌上，探身盯着他。

“已经两次了，蒂姆。”

“你没看见我今天的良好状态。”

“就在昨天早上，我才把你从树林里弄回家。你忘了？”

“我今天一直在办公室，哪儿也没去。”

“你心里明白，我也知道，两次——”

“你不吃饭了？”

她低头看了看盘子，说：“不吃。”

“你不吃饭，咱们来这儿干吗？”

她不想吵架，于是又拿起叉子。他开始吃饭。

“我们能不能做好准备？”她不知如何继续说下去，“如果真的复发了呢？如果？”

他又吃了一口。“那我就买一把枪，”他举起酒杯，边吃边说，“然后给自己一枪。”

他喝了口酒。她把胳膊从桌子上抬起，坐直。他吃起了通心粉。她没听错吧？他竟然说这么离谱的话？她片刻失神。自杀？他的身体里只有他自己的灵魂，其他人都被排斥在外。可是，这不是他一个人的不幸！她起身，离开包厢。

在电影里，遇到此种情形，主人公都会在桌上留下现金。可他没带现金，他迅速起身，突然意识到是自己挑起了事端。潜意识里，他希望看到这样的反应，但同时也为此后悔。他放下信用卡，然后出门跟着她。她疾步走在停车场中，周围是兜售东西的小贩们，还有一家便利店。停车场有足球场那么大，停满了车。“珍妮！”他还没出门，就大叫起来，引来窗边顾客注视的目光。

寒风阵阵，从侧面吹来，夹杂着雪粒，呼啸着涌进他的耳朵。“珍妮！”他追上她。她出来的时候没穿大衣，在寒风中双臂交叉护住前胸，抓着肩膀，低着头。就在她想转弯甩掉他的时候，他抓住了她。她甩开，他又追上她说，“求求你了，珍妮。”她回过身来，挥拳打他。拳头落在锁骨下方，他往回缩了缩。“你这个愚蠢的浑蛋！”她紧咬牙关，狠狠地骂着。愤怒的眼泪夺眶而出，亦如顽固的铁钉从砖墙中蹦出。“你说的是什么混账话？”不知为何，话一出口，变成了问句，他没有回答。两人无言相对，陷入深思。他们中间仅有的空间、车与车之间仅有的空隙，都被呼出的愤怒的白雾所填满。她张开双手，将他推开，他向后退了几步，抓住她的手腕。她再一次挣脱开。

“我是口不择言。”他说。

“我们付出了这么多努力，你居然说那些话。”

“我再也不那么说了。”他说。

“要我怎么相信你？”

有人刚买完东西，推着购物车经过。他张开双臂，将她抱紧，但她还是用双手护着胸口。

“我再也不那么说了。”他说。

8

第二天，她开车到市里的布朗克斯，找到一家临街店面，红色的遮篷上写着“非洲发廊”的广告。她把车停在路边，下车。一辆铲雪车从身边经过，街上空旷无人。小区里残旧的砖墙，凋敝不堪。风一吹，垃圾都被吹了起来。用来围起空地的锁链篱笆蜷缩在角落里，好像被撬开的沙丁鱼罐头。

她拿出记录店名和地址的纸条，核对了一下。店铺的前窗上贴满了已经泛黄的发型杂志剪报，还装了一串红色的圣诞节灯。店门上也贴了同样的剪报招贴画，挡住了她的视线。店里有两位黑人发型师，其中一位是白化病患者，皮肤上有粉色的色素点。有两个身穿蓝色的大厚围裙的人，在给顾客做头发。当她进门时，他们停下手中的活儿，看着她。到处都是线绳，还有摩丝瓶和落满灰尘的假花，墙上装满了镜子。她一眼就看到了他，他正在墙边的一张折叠椅上睡觉。

一阵风吹进来，门开了。

“使劲点，把门关上。”那位患白化病的发型师说。

珍妮照做了。当她再次转身面对他们的时候，努力地挤出了一个笑容，感觉到自己闯入了别人的生活，也感觉到她的意外出现给别人带来的紧张局面。“那是我丈夫。”她说，指了指后面的人。

他们开车回家，一路无言。当他们开出城区时，他说：“那两位发型师不错。我提出给他们四十美元的报酬，他们没要。”

“他们为什么会同意你在店里睡觉？”

“我说我有心绞痛。我说如果他们让我在店里的椅子上坐下休息会儿，我会付钱给他们，但他们不要。”

“可他们还是让你进去休息了。”

“你以为全世界的人都充满敌意，”他说，“但是他们却给我椅子让我休息，还打电话帮我通知你。”

“你不能指望每次都遇上这样的好人。”她说。

他们把车开进车库，熄灭发动机，谁也没动。她想，在这次非洲发廊事件后，他该清醒了吧。但是他没有说话，她意识到他不想谈论此事。灯光熄灭，他们在黑暗中坐着，就像一对闹别扭的年轻情侣，不知该如何向对方表达自己的情感，也不知该去何处解决争端，只能待在车里。

“看到黑人白化病患者，你有什么感想？”他问。

“伤心。”她说。

他看着挡风玻璃，说：“我也是。”

9

他第二次发病的时候，贝卡十三岁。

青春期是场噩梦。人人都说她会减掉婴儿肥，但是没有。没有突如其来的成功，她从未瘦下来。

她十岁的时候，第一次问母亲蛋白质和汽化器的区别是什么。她列了与健身、减肥相关的书单，作为自己的圣诞礼物和生日愿望。“为什么我这么胖？”她问，“家里其他人都不胖。”

他们尝试了多种办法——咨询营养学家、内分泌专家、针灸医生；给她买运动装备，办女子健身俱乐部的会员卡；买电视购物推荐的高级健身器材和高科技塑身用品。统统都是徒劳。

蒂姆说尽了作为父亲所能说的全部的善意谎言，夸她是世界上最美的女孩。晚间，他暗自琢磨，为何她不能瘦下来。珍妮和他时常讨论贝卡的体重问题，也时常讨论她的好成绩和坏脾气。他们担心她得了饮食疾病，可她却是复杂的个案。她带冷豆腐做午餐。她设好闹钟，早起跑步。她十二岁的时候，上七年级，每天穿着黑色紧身衣和羊毛背心跑三公里。她把定制的塑身衣穿在运动服里面，想象着汗从她白花花的脂肪分子中流出。塑料包和皮肤摩擦发出油腻的咯吱声，但她不在乎，她特别喜欢这种辛苦劳动获得收获的充实感。这一切，都发生在她开始戴鼻环、留几缕长发、午夜时分去吃罐装奶油之前。

散步的时候，贝卡会绕着附近的小学兜圈。粉红色的泥墙上绘满壁画，大门前的电子显示屏每天传递来自校长办公室的信息。现在，每天都重复着一句话：同学们，暑假快乐！明年见。

那是在她上大学前的那个暑假。她穿过宽阔的插着标杆和画好球场边缘线的柏油空地，走到孩子们跑接力赛、玩儿童足球的草地上。走过棒球内场的背面篱笆墙，有一条通向树林的小路，小路的尽头是一片空地，空地上有一尊雕塑和一把长椅。小路上有六尊类似的雕塑——其中一尊是钢制的珍珠粉色的橡皮擦，和树一样高；还有一尊叫抽象仙人掌——是村规划委员会在一次文化拓展项目中安装的。她跑过一座小桥，进入最后一片空地，停了下来。热气瞬间升腾。拼命跑步激发出的所有生理反应在她耳中轰鸣，混杂着夏日的虫鸣。她认出了那条睡袍，白色棉质面料，上面有橙色条纹。他蜷缩在“微笑的铜太阳”基座边，脸上沾着土。他赤着脚，脚底血迹斑斑。她转身，跑回家，叫醒母亲，跟她说父亲在雕塑小路上睡着了。

贝卡走后，他醒了。极度恐惧将他惊醒了——抑或是，他在极度恐惧中惊醒？很难辨别。他发疯般地坐起身子，像是在应对周围袭来的危险。起身太快，他有些眩晕。慢慢地，他回忆起自己身在何处，如何而来。前一天晚上，他把一个垃圾桶从院里推到街边；早起，他又推了一个。一共三个。走到一半的时候，他知道自己不会回来推第三个了。

他能感觉到身体的信号，就像癫痫病患者知道自己的发病前兆一样。当癫痫病患者感觉到自己要发病时，会为即将到来的不幸感到沮丧和心痛。复发了。他已经将第一次发病时那噩梦般的四个月从记忆中抹掉。有限的事情，可以被忘记。但是，现在，无可否认的是，旧病确实复发了。慢性病，前途未卜。浑蛋，他暗自咒骂。别把我从家里带走。家里还有垃圾，珍妮等着我去处理它们。他能感觉到自己的生理反应：糟糕透了。他需要找到这一切的意义，一个道德神话：我这个白痴，我这个无知的大白痴。我昨晚就应该预料到发病的可能性。我应该早点下班回家，和珍妮一起享受家庭时光。在街角，他放开垃圾桶，然后继续前行。他走过邻居家门前，赤脚走在22号公路上。他走过超市，空荡的停车场里发出阴森的暗光。他走过韩国浸礼会教堂附近的购物中心。晚间行车的司机看到他，都以为是穷困潦倒、无家可归的人穿着棉质睡袍在路边游荡。他低头看自己的双腿，就像在观看一个录像片段，拍摄角度正好与当事人的视线一致。那是一种无助的感觉。刹车失灵，方向盘被锁，自己完全被疯狂的“行走机器”所摆布。这是一种恐慌的感觉。在“行走机器”的带领下，他来到防护森林的南边入口。在工作了十四个小时后，又徒步行走了五六公里，他体力不支，瘫倒在空地上。电影切换镜头的工夫，他已经睡着了。现在，他又能站起身来，耳边充斥着聒噪的虫鸣，前额被汗水打湿，两膝颤抖，两脚抽筋，两腿酸软。身穿睡袍，怎么好大摇大摆地走回家去？

从那以后，蒂姆又开始定期看医生了。十三个月后，他才康复。

在珍妮将他从非洲发廊接回家的当晚，他敲了贝卡的房门。“我能进来吗？”他问。贝卡的沉默通常表示不满的许可，蒂姆推门，用眼神征求她的意见。她靠着床头架坐起身来。

“你想干吗？”

“道歉。”

“道什么歉？”

他坐在床边。“为忽略你而道歉。”

她屈膝，用双臂抱住两腿。在她穿着的黑色运动裤下，大腿的痕迹很明显。

“请让我解释，”他说，“我有一种为你和妈妈提供富足生活的责任感。我努力工作，为的是让你们生活有保障，不缺衣少食。”

她审视地看着他：“我不觉得那是你拼命工作的原因。”

“为了让咱们生活得更好，”他说，“我必须放弃一些机会。”

“什么机会？”她问，“比如说你想在‘左岸’当画家的机会？”

“我指的是，一些和你相处的时间和机会。”

“还是你成为宇航员的机会？是因为我，所以你不能当宇航员了吗？”

“我其实很想多花些时间陪你，”他说，“而且，你妈妈也希望我能抽出更多时间和你们在一起。”

“这样她就可以对我唠叨完，再接着对你唠叨？”

“贝卡，”他举起手，“让我说几句话，好吗？”

她皱了皱眉，不说话。

“但是过去的几年时间有点不一样。”他说。

他看着眼前的空鱼缸，里面装满了摇滚徽章、狂欢节珠子、CD碟和香烟纸。

“怎么不一样？”她问。

“过去的几年里，我并没有真正地想陪在你身边。”

他转身，看着她，身下的床单被揉成一团。她没动。很久以来，他们都没有机会静静地在对方身边，总在走动、总是话没出口就离开。现在，他们注视着对方，似乎是被遗忘多年的对方的面容吓到了。

“我爱你，胜过爱世界上的任何人，”他说，“但是我不在乎能否见到你。我不理解你所处的成长阶段，还有你喜欢的平底运动鞋、发型和音乐。”

“嗯，对，太难理解了，披头士的音乐。”

“你不只听披头士吧。”

“嗯，雷蒙斯[1]也很难理解。”

“关键是，我想逃避自己的责任，我以工作为借口来避开你。”

他说他很担心。他不奢望她做任何答复，或者她能够原谅他，甚至理解他。他只是想说清楚。他离开房间时，她什么都没说。

她看到他坐在厨房操作台旁，无精打采地盯着一个橘子，闷闷不乐，也不说话。他从她房间里出来只不过一小会儿，最多五分钟，他的自责情绪就笼罩了整个厨房。每当他情绪低落，缩在大衣里，背着背包

1 The Remones，雷蒙斯乐队，成立于一九七四年，被认为是朋克音乐的先行者，也是美国的第一支朋克乐队。

时，她就恨不得将他的消极情绪全部赶走。他虽然活着，但已经死了，行尸走肉般。他在担心，怕自己再也不能去工作。这让他着急上火。他根本就没生病。

“你觉得我很在乎？”她问。

他从凳子上转过身。她踩着门口的滑道，穿着破烂的法兰绒T恤，光着脚，双手放在大腿上。

“你认为这么久以来我就是在等一个道歉吗？我就那么在乎你的想法或者做法？”

他把手放进自己的羽绒大衣兜里，垂头丧气，像一个做错事的孩子在被自己的女儿教育。

“你道歉只不过是因为你又发病了。如果没有，你连想都不会想。哪怕从我上中学开始，你就吸毒，神志不清、浑浑噩噩，我也一样生活。你太把自己当回事儿了，爸爸。”

说完，她转身上楼。

第二章 —— 准备好了吗

The Unnamed

珍妮：我准备好了吗？半夜三更的电话，漫无目的的寻找，担心、沮丧、疑虑和牺牲。我已经准备好承受这一切了吗？

10

桌上放着咖啡和裹了糖粉的面包圈。要不是因为不想打断工作思路，他也许会吃点更实在的东西。每天晚上，他都加班工作——就像黑醋里的一团油球，四周一片漆黑，只有他闪着微光。为了节省能源开支，泰勒公司安装了吸顶灯声控装置。早上六点到晚上十点，灯一直亮着；晚十点以后，声控装置开启。大多数日子里，晚十点以后他仍在加班；加班的时候，他认真投入，偶尔翻动书页或点一下鼠标——这些微小的动作都不足以刺激灯光感应装置，所以办公室的灯总是熄灭。他每次抬头，总有瞬间惊醒的感觉，不只是被漆黑的办公室吓到，还有回归真实感官世界的震撼。自我意识觉醒，除了思考，还有肉体和灵魂。他必须站起身，向四周招手、上蹿下跳、走来走去，开门关门，有时候三法并用，才能将灯点亮。他觉得这种“野蛮”的科技有点好笑。

这就是幸福。

二十五年前，他决定去学法律。这是既有趣又有职业前途的学科。他考进哈佛大学，很快学会了如何啃大部头的民事诉讼书籍和宪法书籍。他暑假在泰勒实习；毕业后被泰勒录取。起初，他在二级法院担任法官的书记官。一年后，他和珍妮结婚。他在泰勒努力工作。起初主要负责枯燥无聊的文档材料工作，几年后，机会来了。他开始出庭作证。在法庭上，他异常冷静，不管是处理民事还是刑事官司，他都拥有过人的技巧。领导很赏识他，在工作的第七个年头，他获得了合伙人的资格。他在最好的餐馆用餐，喝最好的酒。

可那都不重要，重要的是在休斯敦、西雅图、匹兹堡、奥兰多、查尔斯顿、曼哈顿的审判。审判，才是最重要的。委托诉讼人、案件、法庭。他接了几桩无偿服务的案件。他的办公室在繁华热闹的市中心，窗外就是中央公园，视野极好。他喜欢公司里的同事。薪水也很丰厚。他沉迷于事业的成功，为其倾注了全部心血。没人质疑他的能力和职位。

天亮了，他在为上庭做准备。案子的当事人名叫霍布斯，他被指控故意杀害妻子并弃尸于史坦顿岛上一座已停用的垃圾填埋场。对霍布斯的指控细节充分，但缺乏有效证据。证物中一张沾满鲜血的床单上没有发现除他和妻子外的第三个人的DNA；他自己的不在场证据——谋杀案发生时他被堵在路上，显得苍白而单薄；妻子死后他可以获得一大笔保险金。地区检察官基于表面证据，提起对他的指控。大陪审团的证词充满疑点。蒂姆和他的团队认为，尽管霍布斯的婚姻不美满，但他没有谋杀妻子。霍布斯的经纪公司是泰勒律师事务所的大客户，他们也不想因为错判的冤案毁了生意上的关系。

他边吃面包圈，边用餐巾纸接住糖粉，想起自己曾经很注意饮食，不是为了减肥，也不像他女儿那样每天和“南滩减肥法”[1]斗争，而是为身体健康着想——因为巴达塞里安认为他的状况跟饮食有关。巴达塞里安让他戒掉咖啡因、糖和尼古丁，然后去看自然理疗家。他照做了。因为他多次做核磁共振扫描，未发现任何异常；他看了三位心理医生；瑞士的专家也对他的病情束手无策；他在切尔西看了一位拿着金管子和神奇树根的特立尼达土著，连续七天被灌肠，吃草与胡萝卜混合奶昔。珍妮开车带他去自然理疗家那里，在满是原始木雕和鲜艳的热带艺术品的起居室等候，然后他们开车走高速公路回家。起初的几天，他们都抱有无声的期望。然后，他又从家里出走了。六小时后，珍妮在一间星巴克的后门找到了他。果酱和橘子汁也不见效，他的肠子像十岁的孩子一样健康。

他的办公室安静肃穆，令人愉悦。初冬的阳光洒在他身后的窗上。时间一分一秒地流逝，他静静地坐着。每过一分钟，他的焦虑就增加一倍，担心下一秒他就会出走。随着时间的推移，他越来越无法享受这美妙的温暖、舒适的座椅，以及法律工作的严肃和严谨性。他甚至开始相信奈特沃说的是对的，仅是焦虑就可以导致发病。当然，奈特沃也是建议让南加州雅虎修改他生日的蠢人。那些是暗淡、绝望的日子。他再也不会回到那个巨大的泡沫里面去。

环境心理学家戴维斯倡导去沙漠化，指责城市空气、手机辐射和地

1 South Beach Diet，由迈阿密心脏科医师艾格次顿提出，其实是一种饮食控制，通过让人彻底改变饮食习惯，达到减肥的目的，这种减肥法是从美国的南部海滩逐渐流行起来，故称“南滩减肥法”。

下水污染，给他列了一张正反两面的毒素单。

早上十点，他起身下楼到皮特的办公室去。起立有些困难。他的双腿又像八十岁老人一样沉重。开始的几步，他四肢僵硬，小心翼翼。慢慢地，他恢复到惯常姿势，关节有些不适。他一瘸一拐地下楼。

“有人吗？”他在皮特门外说道。

“嘿，嘿。”皮特说。

他进门，坐下。皮特是负责霍布斯案件的高级合伙人。蒂姆并不觉得他有什么了不起。

“皮特，接下来的几天里，我可能有时在有时不在，不确定。”

皮特表达了适度的“不关心”，当公司的合伙人因为私人事务而做出某种决定时，他们通常不追根问底。他面无表情，表示完全理解。他甚至没坐起身，“好的，蒂姆。”

“我们活在枪口下，我明白。这事儿越来越紧迫。但是，我不在，你不要单独行动。明白了吗？”

“蒂姆，谁——”

“不要行动。”

“我是谁？”

“给我打电话，明白吗？事无巨细，都给我打电话。我一直开机。”

“当然，当然。”

“从现在开始，找我就打我手机，不要找克洛尼斯，也别找沃迪卡。”

“不，没门儿。为什么？”

“他们不了解这个案子。你比他们更了解案情。”

“我给你打电话，没问题。”

“我真的这么认为，我很尊重你。”

“嗯。”

“你只不过还没准备好。”

“不，”皮特说，“我很愿意给你打电话，蒂姆。”

蒂姆点点头，起身。快下到大堂时，他听到身后有人叫他。他回头看了看站在门口的皮特，但身体继续向前走。

“霍布斯今天要来，是不是？”

“今天？”

“你会来见霍布斯吗？”

“他今天来？”他越走越远。

“我记得你说过他是今天来。”

“我说了吗？”

他们得大声喊，才能听到对方说话。

“蒂姆？”

“给我打电话，皮特！明白吗？没有我的意见，什么也别做。”

他走到拐角，不见了。

“没有任何实验能够确认这种症状，”一位叫里吉斯的医生对他说，“所以，我们甚至没有理由相信这种疾病有病因，也许根本就没有病因呢。”

约翰·霍普金斯大学[1]的詹森教授得出的结论是，这种出走是一种强迫症的行为，建议他参与团体心理治疗。

克卢姆将它称为“良性先天性游走[2]”。他特意查了字典里关于这个词的解释：“形容词，用来描述不明原因的疾病。”他觉得，如果不考虑这个词的真正意思，单从字面理解，正好可以用来形容克卢姆和她的同事们。一群神经病！Idiopaths（idiot paths）。他也对“良性”这个词表示异议。也许，严格从医学角度来讲有其道理，但是，如果他继续出走，他的生活就会被毁掉。这算哪门子良性？

内科医生推荐转诊。专家预约扫描。临床医生组织会诊。

第一次看精神科医生的时候，他很不情愿，因为他坚信，自己的疾病并非精神问题。瑞夫医生从问诊开始，就要了解他的家族病史。可他对自己的家族病史一无所知。祖父母早已去世，他知道他们从事何种职业，但也仅此而已。在他很小的时候，父亲死于癌症。父亲二十周年祭的时候，母亲被镜子砸中头部，造成闭合性创伤而死亡。当时，母亲正在一家餐厅用餐，头顶上方的一面镜子从墙上松动而跌落，正中母亲头部。瑞夫医生根本想不通这些事情和他的病有什么关系。她认为也许从前发生的悲剧——比如蒂姆的某位祖先在冒险行军或被迫撤离中丧命，会对蒂姆产生影响，所以建议他去看家谱治疗师，可蒂姆的耐心已被耗

1 Johns Hopkins，简称霍普金斯大学，是一所位于美国马里兰州巴尔的摩市的著名研究型私立大学，经常被误认为是常春藤联盟的一员。霍普金斯大学尤以在医学、公共卫生、科学研究、国际关系及艺术等领域的卓越成就而闻名世界。该校的校友中，先后有三十三人获得诺贝尔奖。

2 原文为benign idiopathic perambulation。

尽。他不知道家谱疗法会生出什么事端，他认为那纯属庸医骗术，不予置理。

他路过接待台，穿过玻璃门，经过电梯，走到紧急出口的楼梯间，这里是进行消防演习的地方。他步伐坚定，好像要逃离灾难现场，这是在消防演习中他也不曾展现的状态。他一只手扶着栏杆，经过橙色的楼层号码牌，灭火器。他穿着正装皮鞋，一口气走下十二级台阶，到达楼梯转台，然后继续下一段楼梯。他扭头不看楼梯拐弯中心处形成的旋涡状空洞，免得晕眩。

对一些人来说，重回医院是件令人沮丧的重大挫败，关节问题、腰椎问题、悲伤的哭泣、偏头痛、CT扫描中发现新的阴影、突发的胸口疼痛。

霍布斯今天要来？

下到二十层楼时，他遇到了一个黑人。那名男子坐在墙上装备的消防水管旁的楼梯平台上。他头顶上是消防装备箱。他身穿黑色冬衣，破碎的孔洞露出白色人造纤维棉花丝。他身旁摆了一堆皱巴巴的购物袋。他光着脚，旁边放着一双脏兮兮的破烂高帮攀岩鞋。他正看自己脚底的红砖色。

“你在干什么？”

那人抬头，手抓着脚，“嗯？哦。是啊，我只是……”

“什么？”

“找罐子而已。”

蒂姆从他身边走过，继续下楼。他回头，接着说，“你怎么通过保安检查的？”

“他是我兄弟。”那人说。

“什么？”

“我兄弟。”

“谁是你兄弟？”他又下了一层楼，那人很快便在他视野中消失。“你不应该在这儿逗留。”他喊道。

“什么？”

“我说我觉得你不应该待在我们的楼梯间！”

他的声音四处回荡，那人不再作答，只剩下蒂姆的脚步声。很快，他就下了二十几层楼，走到了大厅。

有一次，他全力奔跑，想耗尽自己的体力。他一直加速，没有放慢脚步。他可以边跑边进行头部运动和四肢运动——管他呢，他还可以边跑边跳舞。他在人群中奔跑，一直跑到新泽西。然后，他的肺终于支持不住，他停了下来。但是，他立刻意识到，自己的腿还想继续跑，一直跑下去。他简直不能相信自己所承受的一切，肌肉疲劳、颤抖，每走一步都像陷入流沙。

他让珍妮把自己锁在卧室里。他不停地绕着规则的圆圈行走，头昏脑涨，几近发疯。

他让霍洛维茨给他开了肌肉松弛剂。起初，这药很管用。但随着药力渐渐退去，他又开始出走，困顿恶心，走过了最长、最痛苦的一程，他发誓再也不吃那药了。

他们在墙上安装了一个圆环，用锁链和皮带将他拴在墙上。几天过后，这种方式又显得太过野蛮。

当疾病第二次复发的时候，他想到了跑步机。他的头脑战胜了四肢，智慧战胜了本能。但是，每次他在跑步机上暴走的时候，他的脚都不自觉地踩到传送带外面，渴望自由。他的身体不想被牵制，更不想被控制。在他看来，就好像身体有自己的想法。

公司办公楼的大厅位于二层。要想走到街上，还必须坐步行梯下楼。

法兰克·诺沃维抬起头，顶着大眼袋和一脸疲惫，冷漠地看着周围的世界。但是，他的态度因人而异。“早上好，方施华先生。”他说。

“法兰克，我能跟你说句话吗？”

“当然。”

蒂姆踏上自动扶梯，脚还在不停走。他回头对法兰克说，“能陪我走一会儿吗？”

法兰克从椅子上起身，半天才追上蒂姆，蒂姆已经走到底楼大厅的中部了。“有什么能效劳的？方施华先生。”

“楼梯间里有个人。”

“什么人？”

“无家可归的人。”

“在咱们的楼梯间？”

“你知道他在这儿什么吗？”

他走进旋转门，示意让法兰克跟上，推开玻璃门走到外面。

城市生活的冲击，总是出人意料。距离他在办公桌前的状态好像很遥远。出租车、小汽车、货运卡车、骑自行车送外卖的服务员们。不同的脸孔，犹如不同的国旗。一位哈希德派犹太人推着小车在他面前的人群中穿行。人行道上还有一些融雪用的盐渍，寒冷已经将他吞噬。他在冷风中行走，一路向北，朝着中央公园的方向。大风将旧报纸卷起，吹动围巾的边角。大衣后摆不断拍打着他的身体。他咬紧牙关，哆哆嗦嗦。可怜的法兰克，突然被叫出来，只穿了标准的保安制服夹克。但是，法兰克却尽职尽责地跟着他，穿梭在寒风中。

他能让法兰克回去帮忙拿背包吗？这样的话，法兰克就得回到大楼，等电梯，穿过走廊，再下来。那时候，法兰克找他就只能如同大海捞针。

“法兰克，”他说，“霍布斯今天晚些时候要来。”

“方施华先生，您记得那人在哪层楼吗？”

“三十几层？”

法兰克从腰间取下对讲机。“两分钟后，他就会被请出办公楼。”

“谢谢你，法兰克。”

法兰克将对讲机竖起放在嘴边，进行呼叫。对方传来一个声音。他正在对话时，蒂姆打断他，说：“等一下。”法兰克中止谈话，将对讲机放下，边走边等着听进一步指示。“等等，法兰克。”

他们走到十字路口，很多行人在等交通灯。他拐进小街，在单行线的反方向行走，虽然他不能理解自己这近乎神秘的行为，但可使自己免遭车祸。法兰克跟着他。某种自我保护机制引导他躲过红灯、车流和任何其他潜在的危险，就像猫的直觉。尤格斯医生曾经认为，他的这种行为说明，在某种有意识或潜意识层面，他是能够自我控制的。但是，科克斯医生又说，人类自身的无意识机制，特别是自我保护本能非常强大，足以操控甚至决定大脑的具体运作机制。一个认为他的问题出在大脑，另一个则认为出在身体。起初，他相信其中一位医生的诊断，并且听取他的意见；接着，他又相信另一位医生的诊断，然后听从他的指导。现在，当最后一辆车经过十字路口后，他和法兰克过了马路。所有的好奇心和智慧都已用尽，尤格斯和科克斯也没能开出真正的药方。谢谢你们那些完美的理论，专家和专业人士，谢谢你们的空头支票。法兰克一直扭头看蒂姆。

“我想，你还是不要管那人了，”蒂姆说，“让他待在那儿吧。”

“我以为您想让他走。”

“现在不想了。”他说。

他想起了前一天自己在非洲发廊的经历。白人走进黑人的发廊，请求庇护，黑人妇女给他提供折椅。还是那个白人，看到无家可归的黑人在寻找歇脚的地方，居然要把他赶回外面的冰天雪地中。弘法大师很久以前关于因果报应的失衡有可能导致物质分裂，从而引发他的出走疾病的说法再一次被证明是空谈，现在他只想举止得体。“就当是帮我一个忙。”他说。

他转头，发现法兰克鹅蛋般光溜的头上奇迹般地出现了一顶黑色羊绒帽。“市里有很多很好、很暖和的收容中心，方施华先生。”

“嗯，没错。”他说，“但是很奇怪，我恰好认识这个人。法兰克，他是我中学同学，这些年过得不太好。你能不能帮个忙，让他想待多久就待多久，保证不被其他人打扰？”

“我不知道他是你的朋友。”

“嗯，算是朋友，很久以前认识的。”

“包在我身上，方施华先生。”法兰克说，又拿出对讲机说了些什么。

“法兰克，我还想请你帮个忙，”他说，“能把你的帽子借给我吗？”

法兰克毫不犹豫地将帽子交给他，仿佛那本就是为蒂姆准备的帽子，刚才他戴着只不过是临时存放。蒂姆戴上帽子，把耳朵别在帽檐里。“谢谢你，法兰克。”他说。

“您是不是又停不下来了，方施华先生？”

蒂姆面色苍白，惊讶万分。公司里没人知道这事儿——他一直小心翼翼，守口如瓶。之前两次请假，他都解释为，是珍妮一直在跟癌症作斗争。但是，现在他想知道：有人了解他请假的真正原因吗？到底多少人了解？还是，就像他们说的，保安部门的法兰克·诺沃维总是第一个得知各种消息的人？

“什么停不下来？”

“您以前也有类似的情况。”法兰克说。

“我不知道你在说什么胡话，法兰克。”

“哦，没事了，就当我没说。”

“你现在可以回去上班了。”

“好的，方施华先生。”可法兰克继续跟着他，“我能为您做些什么，方施华先生？”

从来就没人能真正帮上什么忙。珍妮可以将他铐在床头，直到他的手腕再也无法承受；贝卡可以假装理解他所经历的一切，直到逃出房间；巴达塞里安可以重新阅读医学杂志，再约一次核磁共振检查；梅奥诊所的人们又可以皱着眉头跟着他在罗切斯特的郊区转悠；克利夫兰的考利医生可以推荐基于病人的“健康保健寻求行为”心理评估；蒙特勒的欧拉医生可以再次摆摆手；雅里·托普洛夫斯基可以再准备一份蝙蝠翼提取物的混合物；苏菲·里吉娜可以用精神引导生命能量的熏香为他理疗，再次开启他的通道，将他的身心瑜伽化、灵气化和规范化，成为一个坚实的整体——但是那该死的病又复发了。病人与疾病和绝望抗争的前后两大盾牌——希望与否认，都消失了。

“你可以给我太太打电话，”他最后说，“告诉她等我的电话。”

曾经有神医提醒过他，让他注意一下自己对科技的依赖问题。电子邮件、掌上电脑、语音邮件均是消耗自我的现代科技的组成部分。它们使得关于自我的想法和意识不断地、不受压制地出现。谁给我打电话，谁给我发短信，谁要找我，我，我，我。每次在路上，“自我”取代了美景和天际线，扰乱了微妙的沉思法则。“自我”被从世界的数字化器叫中斩断，“自我”再次变为天空、小鸟、树木。

上次发病前的几个月时间里，他没碰过任何鼠标和键盘。可体内的疾病因子还是倔犟地生长、复发。所以，即便是神医的诊断，也不过如此。

II

她冲着手机，连说三次他的名字，一次比一次大声。办公室里的其他同事都放下手中的活，抬头看她。“你必须集中精力，蒂姆。”她说。她站起来，椅子碰到身后的办公桌，那同事和过道对面的同事对视了一下。“那条路叫什么，你能找到路牌吗？”大家都在看她。“那是什么镇？镇的名字呢？”她似乎又恢复了些理智。她坐下来，认真仔细地发出指示，好像是在说什么神秘的命令。“你必须要打911。你在听吗？你能给我打电话，就能打911。但是如果他们无法确定你的位置——蒂姆？如果他们无法定位，你必须走到小区里去。我知道你很累，但如果他们不知道去哪里接你，你就别无选择。从主路出来。你在听吗？走到最近的居民区里。走近第一栋房子，按门铃，清醒地等着有人来开门。如果没人，就走向下一栋房子。你请他们帮你打911。然后你才能睡觉。你睡觉前必须有人帮你打911。我知道你很疲惫，我知道你很疲惫，但是你在听吗？”她又站了起来。“蒂姆，你是否还清醒？”她等待他的回答。“蒂姆，醒来！”周围的人都沉默。办公室里唯一的声音就是电话铃声。“走到小区里！我去找你！”

他从主路出来，走进小区。他冷得发抖。五分钟前，身体发出信号，他知道这次出走就要结束了。他将西服外套的背面穿在身前，以便更好地抵挡寒风，他手上裹着塑料袋。他在行走中俯身从冰冻的地上拔出几个塑料袋，一只手裹上黑色的，一只手裹上白色的。

第一栋房子外有锁链式围墙。他把门拴抬起，跌跌撞撞地走到门口。他试图思考自己要说的话，可总是想不出，脑子不听使唤。他离懂得如何思考和说话的人，只有一步之遥。

在按响门铃前，他两膝瘫软，跪倒在地。他把裹着塑料袋的手放在门上，头也靠在门上休息。两颊碰触到冰冷的金属。他愤怒地决定抗争，可只持续了两三秒种。就算他心理上想对抗疲劳和困顿的侵袭，生理上也无法战胜。不过，那残存的意识也许会让他知道，有人发现了自己，并确保了自己的安全。

她在办公室打电话，从城市最东端的医院打到最西边的医院。她留下自己的姓名和联系方式，以便院方在蒂姆入院后可以联系到她。她太熟悉接线员的耐心答复了，他们保证，如果蒂姆的名字出现在医院的电脑系统中，他们将立刻与她联系。同事们都过来询问是否一切都好。当然，当然一切都好。你们自己都有过类似的经历吧？到各个医院寻找你的爱人？她再一次陷入沉思。她想四处打听，你是否曾经听说……但是这病又没有名字。她想说这种症状只困扰……但是没有准确数据。“一切都好。”她安慰大家。然后，她继续给其他医院打电话。

傍晚五点左右，她接到医院来电，正赶上晚高峰时段。迟来总比没有的好；总比要到停尸房认领尸体的好。但是，当他们告诉她，他两小时前就入院了，她还是很生气。她原本可以早些赶到，可现在她却浪费了这么多宝贵时间打电话。确定蒂姆的去向后，她的第一反应就是——立刻去找他。找到后，永远不让他离开自己。

她走出办公室，遭遇堵车，六点四十五分才赶到医院。他正在急诊室候诊。她穿过见惯不惊的人们和在地上玩耍的孩子们，看到他在远处，靠墙坐着，盖着毯子，头戴一顶羊毛帽。他的脸被风吹得已经皴了，留下两条比日晒伤痕暗淡些的粉色阴影。

“你的脸。”她说。

“你怎么找到我的？”

“我打了几个电话。”

“你总能找到我。”他说。

“如果你带着GPS定位仪，那就更方便了。”她在他身旁坐下，问，“你的背包呢？”

“他们担心我脚趾的伤，水泡很严重。”

“你的背包呢，蒂姆？”

“我刚才只是下楼去皮特的办公室，”他说，“但是，从他办公室出来的时候我突然开始向反方向行走。”

“我不是跟你说过，不管到哪儿都要带着背包。”她说。

“法兰克·诺沃维把他的帽子借给我戴。”

她不得不努力回想谁是法兰克·诺沃维。“是那个保安吗？”

“是我管他借过来的。”

“你答应过我，不管到什么地方，都会带着背包。”

“我只不过去楼下大厅。”他说。

他们开车回市中心，拿了背包，然后回家。她开车。他静静地凝视车窗外空洞的夜景。终于，他转过头对她说，自己根本没告诉主治医生为何被困在冰天雪地中。

“你没跟医生说？”她问，“你为什么不说？”

“那些庸医，根本不配了解更多关于我的事情。”

她开始担心。之前，他们都坚信，在某个地方，会有这样一个人，能够帮助解决他们的难题。他们在罗切斯特、明尼苏达、旧金山、瑞士，还有在离家不远的曼哈顿到布法罗等地寻找这个人。曾经，为了求医，他不放弃任何线索和可能的人，包括实习生和医学院学生；曾经，为了看病，他可以坐飞机穿越大半个地球。现在，他居然不屑于向主治医生报告病情？

“那些所谓的‘庸医’里，说不定就有人能为你治病，蒂姆。某天，也许你会发现惊喜。”

“什么惊喜？”他说，“不再会有什么惊喜了，唯一能让我惊喜的是，他们把那些狗屁废话的秘方告诉我。”

他们从高速路上下来，走立交桥下的路，到了二十二号公路，看到四周是他们熟悉的交通指示灯和购物中心。他那被冻伤的双手上裹着简易绷带，与冷空气隔绝，像戴了棕色的厚手套。

“我不喜欢你说话的语气。”她说。

“什么语气？”

“绝望的语气。”

他们沿着小区的上坡行驶，车灯照亮了地上堆积多日的雪块，它们被烟尘熏得黑糊糊、脏兮兮的。黑色的雪堆闪着寒光，马路上融雪剂的盐渍花白如骨。

“我一定是疯了。”他说。

“疯了？”

“我是唯一一个有此怪病的人。没有其他人了。太疯狂了。”

“你没疯，”她说，“你只是病了。”

“嗯，脑子有毛病了。”

作为一名出色的律师和一个逻辑严密的人，他坚信惯例法和先例。但是，自己所遭受的痛苦既不存在于任何先例记载中，也不符合内科医生和临床研究者所公认的疾病特点：毒素、病原体、遗传性疾病。找不到任何生理原因。没有证据、没有先例——专家们也无法给出合理的说法。这只能证明，是精神疾病。

“我希望你能跟巴达塞里安医生联系一下。”她说。

他没有回答，他们在沉默中到了家门口。车库门打开，车慢慢驶入。她把车停好，打开车门。下车前，她转身看着他。他盯着挡风玻璃，望向窗外，泪水从脸庞滑落，掉在胡楂上。

“哦，亲爱的。”她说。

她转身，把手放在他胸前。她能感觉到他断续的呼吸，在吸气的时候，他抗拒抽泣，就像一个小男孩与瞌睡作斗争，胳膊扭不过大腿。他不喜欢哭，也很少哭，她也不由得哭了出来，好像自己还是个小女孩，表达同情心如同呼吸一样自然。

当晚，他们睡觉的时候，她提了个建议。她会根据天气情况穿衣，在他出走的时候跟着他，在他睡觉的时候看护他。为此，她必须辞职。如果他随时有可能走出家门，迷失在城市的某个角落，受冷、受惊，她又怎么能够安心工作？

“我知道你不想再戴手铐了，”她说，“所以，唯一的办法就是我辞职。”

“我不想让你辞职。”他说。

上次复发的时候，他要求戴上手铐，而她只有辞职才能在家照顾他。结果，不知为何，他的症状消失了！她得到了解脱。她回想起那些残忍的日子，他被锁在卧室，就像坐牢。有一两次，她在送贝卡去上小提琴课的时候，已经喝了很多酒。她付出得太多了，在某种程度上，他的病也成了她的病。直到她出门工作，她才又找回自我。

“咱们家不需要我的那点儿工资糊口。”她说。

“但是你喜欢工作，这几年来你已经找到了自己的生活。”

“说出来你可能不相信，可你和贝卡就是我生活的全部。”

黑暗中，他又沉默了。惨白暗淡的月光透过窗户，照进卧室，他们的呼吸清晰可闻。他躺在被子上，她缩在被子里。“为什么我还是不太相信你的话呢？”

“因为对于你来说，工作就是你的全部生活。”

“这就是你的想法？”

又是一阵沉默。“听我说，”她说，“你需要人照顾，你出走的路程越来越远。”

她并不知道，真的不知道，他多想同意她的建议。他很害怕，他想被人保护。

“你要为此付出太多太多，”他说，“我不想像上次那样，我康复后回到公司，你却抑郁了。”

“我没有抑郁，只是重新找回自我有些困难。”

“你要付出的太多了。”他又说。

然后，她沉默了，因为她得到了解脱。

12

麦克·克洛尼斯来到蒂姆办公室门口。即便从远处，也能看出他高大魁梧的身材。在他身边，就像在一只突然起身直立的熊旁边。他的身形，是美国人吃玉米的奇迹。不管在走廊还是会议室，他都能呼风唤雨。而且，他还有欺负律师助理们的坏名声。

克洛尼斯是负责管理诉讼部门的合伙人，他当选此职务已经五年。他负责为其他合伙人分配新业务，制定部门发展决策，召开高层会议和诉讼委员会会议。他还是公司内部的“主管”。泰勒律师事务所的合伙人相互间不存在高低等级，但是，作为管理合伙人，他有义务管理一些关乎公司大局的事，“在吗？”他敲门。

“嘿，嘿。”蒂姆说。

克洛尼斯进门，坐在他对面。随后，飘来一阵剃须水的味道，掩盖了所有痕迹和瑕疵。“我就直说了，霍布斯打过电话，他很不高兴。”

“他给你打电话？”

“你昨天失约，没跟他会面。”

“没有，没有，我跟皮特请过假，皮特应该见过他了。皮特去哪儿了？”

“告诉我，蒂姆。”

“什么？”

“谁是负责这个案子的合伙人？是皮特吗？”

“麦克，到底是谁负责这个案子？如果我说让皮特去谈……”

“你的案子，你的。但是，当我接到电话——我——客户的电话。”

“如果是我负责的话，我可以亲自去见他，也可以让皮特去见他。”

克洛尼斯迅速揉了揉鼻子，将手放在腿上。他重新坐回椅子。片刻沉默。

在公司里，克洛尼斯最出名的传奇是曾经为一天计费二十七小时。这是只有叠加时区才可能发生的事。克洛尼斯连续工作二十四小时，然后坐飞机去旧金山，继续按照美国西海岸的时间工作。在填写当周的工作时间时，他顺理成章地将加班时间算上，尽管完全违背自然常理。蒂姆很想纵身跳过桌子，吃掉他那颗幸运、健康的心。“那倒霉的人需要一个保姆。”他说，打破沉默。

“那倒霉的人需要被判无罪释放。”克洛尼斯说。

“这就是我没去见他的原因。为什么我一直努力工作？那种见面根本就是浪费时间。麦克，我很尊重你，但你还是别管了，我能应付自己的客户。”

“你知道他对公司来说意味着什么。”

“我还需要你提醒吗？”

“也就是说，你没去见他，而是一直专注于研究这案子？”

“别管了，麦克。”

两人沉默，相视片刻。然后克洛尼斯转移视线，看到墙角放的背包，“那是干吗？”

“什么？”

克洛尼斯用下巴示意：“那个背包。”

“没什么，就是个背包。”

“我是不是见过你背着它在走廊里溜达？”

那一瞬间，他几欲将自己的情形和盘托出。给麦克看《新英格兰医学期刊》的文章，跟他讲自己如何跟“懒惰”这一误解作斗争。最后，再告诉他，医生们也说不清楚，这到底是生理问题，还是精神疾病。我完全诚实，麦克也会给予从未表现出的同情心，因为大家都是随时会生病会死去的凡人。“好吧，好吧，”他说，“我跟你说，”他顿了顿，“我们有个坏消息。”

“什么叫‘我们’？”

他深吸了口气，说：“珍妮的癌症复发了。”

克洛尼斯的态度立刻一百八十度大转弯。他上半身前倾，两手拱起，好像在祈祷，眼睛直盯着蒂姆。然后，他适时地表现出满面忧伤，紧皱眉头。“真糟糕。”他说。

“嗯。”

“确实是坏消息。”

他们再次沉默，表示敬意。

“公司能做些什么？”

这正是他想听到的。他又沉默了一会儿，说：“就让我处理好自己的案子。”

克洛尼斯摊开双手，“你的案子。”他说。

很快，他走了。蒂姆意识到，就算珍妮癌症复发，也不能解释自己为何要背着背包在公司出入。像克洛尼斯这样有精明律师头脑的人，应该能够看出这一点。也许这会儿，他早已看穿。他编造的故事结构松散。之前，克洛尼斯只听到了“癌症”一词，忽略了其他内容。这就是那些“被世人熟知”的致命疾病的令人羡慕的、不幸的力量。

13

阴云笼罩天空，就像战舰生了锈。布鲁克林桥的人行道有着天空一样的灰色，它那复杂的蛛网般金属构造也灰蒙蒙的。他顺着斜坡走上来，到了第一个拱桥下。东江的水在冷风中泛起白色的扇形褶皱，一路向南汇入海洋。他以为身边无人，对着冷风呼号，转身走过拱桥拐角处，却见一对恋人在拍照。见他走过，两人受惊，退到墙角，为他让路。

第一段拱桥和第二段拱桥间的道路平坦。这时，他才注意到，身旁有人跟着他。他不以为然，直到那人转头说了句：“你不就是霍布斯的辩护律师吗？”

他回头，疑惑此人从何而来。他向那人身后张望了一下，那对照相的恋人已经不见了。

“你说什么？”他问。

“我说得对吧？你就是霍布斯的辩护律师。”

居然有人在布鲁克林大桥的人行道上认出了他是霍布斯的辩护律师，这让他吃了一惊。报纸上提过一两次关于谋杀案的事情，但没有更多的消息。这个案子没有牵扯到名人，蒂姆认为在法律圈外不会有人认识此案的辩护律师。

“咱们认识吗？”

“啊，你可能不认识我。”那人说。

他和蒂姆差不多高，厚厚的冬衣下裹着修长的身躯。他穿着驼皮大衣，竖起衣领，脖子上围一条黑色羊绒围巾，头戴一顶巨大的貂皮帽。帽子上的羽毛在风中颤抖，好像一片黑麦。一张暗淡孤独的脸上，没有胡须。天气如此寒冷，他的两颊却毫无血色，肥胖的下巴上有酒窝。他鼻梁高挺，中间的鼻骨突起，就像指节。

“你怎么认出我的？”

“我跟着你从市区走到了这里，”那人说，“你在市中心上班？”

“答非所问。你跟着我从市中心一直走到布鲁克林大桥？”

“今天天气不错，适合散步。”

“不，才不是呢。今天很冷，零下几度。你跟着我干什么？”

那人追上他，靠得很近。“那人是个残忍的杀人犯，用刀刺杀自己的妻子，像对待玩物一样。从某个角度来看，还真漂亮，但绝对是兽行。你居然为这样一个人辩护？”

“你到底是谁？我要报警。”

“你看过犯罪现场的照片了吗？有预谋的刀法，绝对不是胡杀乱砍，除了开始的几刀。你的客户是个变态杀人犯。”

“我要报警。”

但他根本没把手机拿出来，他怕被那人抢走。他已经丢了一个黑莓手机，不想把新手机再弄丢。在一会儿筋疲力尽瘫倒在地之前，他还要用手机给珍妮打电话。

“还有，为什么要选史坦顿岛？”那人问，“为什么要弃尸在史坦顿岛那个关闭已久的垃圾填埋场。”

“你是谁？”

“你的客户住在莱亚。为什么要大老远地去史坦顿岛弃尸？”

“你怎么知道这些的？”

“想知道我是谁吗？”那人问，“想知道我到底掌握了多少案情吗？”

那人突然停下脚步，蒂姆却继续走着。两人之间拉出些距离。蒂姆回头，见那人渐渐远离自己。那人很讶异，蒂姆居然无心停下脚步。

“你不想知道？”那人问。

“你知道些什么？”蒂姆大喊。

“你的客户是无辜的，方施华先生。霍布斯是无罪的。”他在风中回答。

那人从大衣兜里掏出一个密封袋，里面装着一把屠刀。那人捏着袋口，轻轻地摇了摇袋里的刀。然后，转身离开了。

14

墓地早已被弃用，黑暗逐渐笼罩。一辆黑色奔驰车行使在蜿蜒的街道上。

珍妮开车跟着黑色奔驰车。她将车停在路边，下来，匆忙向雪中走去。

他躺在一块花岗岩上。在她的抚摸下，他猛地苏醒，好像从另一个平行空间回魂。透过滑雪面罩的孔洞，他环视四周。他又一次在野外睡着，身处不知名的世界。他感受到暴力的威胁。

“在桥上有个男人。”他说。

“什么人？”

“他认出了我。”

车门声打断了他的注意力。他看到一个身穿深灰色长羊毛大衣的人踏着雪慢慢走来。尽管离得有点远，他还是能辨认出那熟悉的毕加索般的身形特点——歪鼻、肥唇、两只大小不一的眼睛。

“他来做什么？”

她也注视着那人。“我打电话叫他来的。”

“我说了，不看医生。”

“我知道。”她说。

“他治不好我，珍妮。”

“你怎么知道？”

“没人能治好我。”

“你好，蒂姆。”巴达塞里安医生说。

街灯亮起，照亮了整个墓地，他们坐在医生温暖的奔驰车里。在所有接触过的医生里，蒂姆最不讨厌巴达塞里安。这些年来，他面对了很多医生怪异的表情，但是巴达塞里安却从没表现出任何讶异的神态。他的那张脸天生就有些怪异，并非因质疑蒂姆神志不清或怀疑他所遭受的病痛而扭曲。看一眼巴达塞里安医生，就会明白，上帝没有赐予他任何美丽或虚荣，是为了让他更好地思考消除人类病痛的办法。巴达塞里安医生博学多识，声调平平却能言善辩，有一种学者的气场。

可是，蒂姆见到他还是不高兴。在生病前，他曾幻想，只需要向医学界寻求帮助，全美的聪明才智、研究成果就会帮他找回应有的健康。至少，总会有一个人，一名专家，能够给予他一定程度的理解、安慰和行动。但是，现在，他已经放弃寻找那“一个人”。那个人已经死了，那个人是上帝，那个人是他在夜晚彻底绝望时编造的救命稻草。他受够了，再也不要寻找那个人，再也不想让自己的希望化为泡影。

再说，谁他妈的需要那个人？他还活着，不是吗？他可以靠自己的力量与病魔作斗争，不是吗？让“那个人”的答案和期望见鬼去吧。

巴达塞里安花了二十分钟给他们讲解大脑图像技术的最近进展。他解释了放射性同位素、运动退化和原子磁力计。他说，自从蒂姆上次进行全面医疗检查后，技术方面又有了巨大进展。事实上，现在已经有很先进的技术，可以直接、即时、清晰地记录大脑图像。

“也就是说，”医生兴奋地说，“我们不需要你一动不动地躺在医院里做检查，我们可以在你走路的时候捕捉你的大脑活动信息，随时记录它的变化。在神经学领域，此项技术意义重大。很多人都想不到，我们居然能提前五六十年就取得如此巨大的进展。但我们确实做到了。我们不用再让你躺在一块平板上，把你推进一条通道，就能进行检查，观测你的脑部活动。”

让蒂姆诧异的是，听着医生的讲述，自己的希望不禁再次重燃。

“这技术能为我带来什么好处？”

“你的意思是想知道它具体能做些什么？”

“它能不能治病？它能为我诊断吗？它能治好我吗？”

“啊，不，它当然不是治病的药方，它只是一种工具。它是我们目前拥有的最精良的工具。”

“没兴趣。”

“没兴趣？”珍妮问道。

她把头探到前排座位中间。蒂姆转身看着她。

“我为什么要折腾自己呢？珍妮。”

“折腾什么？”

“让自己满怀希望，到头来却发现这又是竹篮打水一场空？”

“你都没尝试，怎么断定就会失望？”

“你也听到医生的话了。那不是药方，也不会做诊断。”

“但是，”巴达塞里安说，“它会给你带来些安慰，蒂姆。”

在昏暗的光线中，他转身看着医生。

“我知道，你一直在努力，想让自己的症状得到医学界的认可。我知道，你一度很抑郁，因为没有临床经验能够将你从精神病的指控中赦免。我特别用了‘赦免’这个词，这么多年我一直记得。你讨厌别人把这一切都当成是你的臆想。你一直看重，并努力要使你的症状被认可为生理疾病，得到医学界的重视。得到重视，是所有真正疾病的先决条件。现在，我们有了新工具，有可能做到这一切。向世人证明你特有的症状是一种生理疾病，而非强迫症或心理问题，这不是你一直想做的事情吗？你认为不被认可是种耻辱。现在，如果你愿意尝试，不也是一种小小的进展吗？”

巴达塞里安很有说服力。蒂姆觉得自己又快被说服了。“如果使用新工具，我需要做些什么？”

巴达塞里安医生所说的设备是一种尚未投放市场的设计模型，需提前订制，因此费用高昂。他的症状是独有的，他们手头上没有适合他使用的医疗器材。蒂姆告诉他不必担心钱的问题，他们负担得起。巴达塞里安医生说，他马上联系一家私营生物医药公司，他们有能力生产此种设备——一种不用卧床佩戴的头盔。它的工作原理，就是为大脑拍照——出走前拍一些，行走中拍一些，结束后再拍一些。这样一来，我们就能利用照片重建发病时的大脑活动全景。

“我每次出走前都得佩戴这个设备？”

“是的，”医生说，“为了能得到发病前后的信息，你必须时刻佩戴它。”

医生的话说出了蒂姆绝望的心声。证明他的症状是正常、合法的生理疾病而非心理疾病为何那么重要？他不知道原因，他只知道这很重要。对他来说，不被归类为疯子和骗子是天大的事。他想向珍妮证明，当然，珍妮不需要；他想向贝卡证明，贝卡总是用怀疑的眼神看他；他想向医疗机构证明，那些就知道将病人往外推的山寨作坊；他想向公司的人证明，他们也许会用律师与生俱来的怀疑态度审视他。最重要的是，他想向自己证明。

但是巴达塞里安医生沉默了，蒂姆回想起自己做过的许多次检查，坚硬的病床、冰凉的纸袍，无数次希望和失望在胸中交织、翻腾。然后，他想起了泰勒律师事务所。公司里已经有人见到他肩背大包走过大堂。如果他又头戴着一个特别订制的头盔出现，同事们会怎么想？

“我得好好考虑一下。”他说。

“你还需要考虑？”

他转身对珍妮说：“万一不成功怎么办？我满心的期待终又化做失望。那怎么办？”

“但你从一开始就希望得到证据和认可。”她说。

“谁能保证？”

“还有其他办法吗？”她问，“放弃？绝望？”

“对不起，”他对医生说，“我还是得考虑一下。”

“我完全理解。”巴达塞里安说。

15

她去超市买晚饭。她在柜台前等师傅切小牛排的时候，忽然看到了身旁的男人。她的心跳得厉害。

那是少女的心跳。她说不清楚，为什么四十六岁、已婚二十年的自己仍会被他吸引。他穿西装打领带，戴一副框架眼镜，看得出他喜欢爵士乐和艺术杂志。他刚去过健身房，进行力量锻炼，可爱的汗珠顺着脖颈流下。他最多三十五岁。上天太不仁慈，制造了与她梦中的白马王子一模一样的男人，并安排他在自己为家人买小牛排的时候，出现在身旁。如果她挪过去一点，路人肯定以为他们是夫妇。如果她挪过去一点，别人会以为他们在城里有一栋高层公寓，阁楼里放着音乐，墙上挂着当代艺术品。也许他有两个孩子，也许他在酒吧里吸食可卡因——她不了解他的个人情况。但这让他显得更有魅力。她压抑着自己的欲望，因为她要忠于婚姻的誓言和承诺，她所坚守的道德体系不能被偶然在超市里遇见的男人所摧垮。可事实上，已经垮了。

她想不起来，自己上一次对一个人如此着迷是在何时。他转头看她，她浑身紧张，只能低头看肉。她再也不敢抬头。他依旧看着她，对她笑。那不是礼节性的点头打招呼，那是目不转睛的凝视。他在调情，她想大叫，她想抓住他的领带。她想跟他要联系方式。

这是怎么了？难道是她基因中固有的？要追溯到灵长类动物？肢体语言。她非常不喜欢。可那男人的笑完全是一种消极诱惑力，激起她心底的叛逆，不顾一切和自私自利。她恍惚看到，自己跟他偷偷摸摸走出商店，钻进另外一辆车开走，路过她和蒂姆的车，看到蒂姆正坐在里面闭目养神，听着广播。另外一种生活，完全不同的生活。那是何等轻而易举。他们开到男人的家里，她再也不离开。把他给我，我就会改变。我将重新看到生活的意义，解开所有的密语。我会抱着枕头偷笑，为自己不可思议的好运而欣喜若狂。我会心满意足地赖床很久，带着久违的幸福感。我再也不会把任何事看成是日常琐事。我随时都要会心地笑。我将陷入爱里。我将有无尽的能量。我将不再抱怨。带我离开现在的生活吧，我会重新收拾自己。我会去商场的精品店，买吊袜腰带和布娃娃。售货员打包时，我要尽量忍住，不大声喊出幸福。

半夜三更的电话，漫无目的的寻找。担心、沮丧、疑虑和牺牲。从现在起让贝卡承受这一切吧。让蒂姆自己坐出租车。

她把肉扔在柜台上，走到商店的另一端。她来到卖酒的货架前，挑了一瓶最贵的。她出来，又折回去拿了第二瓶。

“晚饭呢？”他问。

她关上车门，说：“排队的人太多了。我看咱们还是在路上买点吃的打包回去吧。”

“可我想吃小牛排。”他说。

她把两瓶酒放在后排座位上。

“能买酒却不能买小牛排？”

“我直接在卖酒的柜台上买的，那边没人排队。”

“你知道吗，你不让巴达塞里安帮你，我很生气。”她说，“除了我，他是唯一不把你当成疯子的人。我的意思是，他已经尽力在帮你证明你的症状是真的疾病，现在他也许有办法能提供更多证据和更多希望，找到你一直想要的，一直寻找的，一直乞求的。蒂姆，他说这是可能的，就算没有保证，但也是目前最好的机会了。好消息，不是吗？令人激动！但你看也不看，只说考虑一下？你到底怎么了？多少次……”

“嘿，你这是怎么了？”他问。

“咱们俩去过多少次医院候诊室？看过多少位专家？我飞到过俄亥俄、明尼苏达、加利福尼亚，还有他妈的荷兰海牙！去陪你看专家。那些大人物，大名头，我都见过了。你还记得你的病历和记录表吗？蒂姆。你叫它们什么来着？每天。每天咱们把你的饮食、饮水、睡觉、时间等等等等记录下来……你什么时候有肠蠕动，当天天气、温度、气压有什么变化。都有什么鬼用？！每一个疯狂的细节！我保存着一张钉满图钉的地图！这里记录着你周一去过的地方，那里记录着你周三去过的地方。我听你抱怨、听你发火、听你说你的沮丧……”

“我能插句话吗？”

“我付出了这么多，耐心地等了这么久，你竟然连一点小小的努力都不愿付出？”

“你难道不明白，万一这次又失败了，我会想自杀吗？”

“你说过你永远不会自杀。”

“但我会连死的心都有，珍妮。”

“所以就这样了，是吗？这就是你的最终决定？”

“我说了，要考虑一下。”

“我的意见一点都没用？经历了这么多，我的话一点都没用？”

“我必须得自己做出决定，”他说。

“别以为我不知道原因。”她说，“你上班的时候得戴头盔。别以为我不知道你在想什么。”

她倒车，然后突然刹车，差点撞到一位母亲和她的小女儿。

他们开车回家，一路沉默，也没去买饭。快到家的时候，他们看到贝卡的沃尔沃在路上行驶。他们都在雪地里停住，摇下车窗。

“你要去哪儿？”

“不去哪儿。”

“你要去哪儿，贝卡？”

贝卡不耐烦地看着挡风玻璃，又回头看着她妈妈。蒂姆往珍妮身边靠了靠，看着贝卡。“我有演出。”她说。

“明天还要上学呢。”

“上学？你说真的？”

“在哪儿演出？”

贝卡解开安全带，转向后排放吉他的座位，拿了张传单递出去。珍妮看了看，然后递给蒂姆。

“是开放式麦克风？”

“你不是看传单了吗，妈妈。”

蒂姆还在读传单，“上面有你的名字。”他说。

“就在附近，”她说，“不是在城里或别的地方。”

“你怎么不早点告诉我们？”

“因为我不想让你们来，”她说，“再说了，你们能来的概率有多大？我现在能走了吗？”

珍妮让她必须在午夜一点前回家，贝卡开车走了。珍妮把车开进车库，拿起后座上的酒，下了车。蒂姆还在车里看那张传单，她已经进了家门。

16

霍布斯是个暴躁的人。司机还没来得及为他打开车门，他就下了车，走过大堂，从扶梯上了二层中厅。他在等直梯，周围的人都很紧张。他第一个冲进电梯，又在女士们后面第一个走出来。他穿过玻璃门，冲到泰勒事务所的前台，手指不停地敲打桌子。接待员按照他的要求，拿起电话，暗自祈祷快点接通。就算没有被控谋杀的罪名在身，霍布斯也是如此。在等待律师的间歇，他在沙发上坐下，又起身，走到窗前。向外张望时，他使劲晃动口袋里的硬币。他没看到什么，把手从口袋里抽出，摸着自己那染过的油光头发，理了理前额，走到接待台询问还要等多久。其实刚过了四十五秒。接待员拿起电话，蒂姆出现了。

“我的老天爷，瞧瞧这是谁，”霍布斯说，“我以前认识的一位大律师。我不知道怎么才能继续请他为我打官司。”

“你好吗，老伙计？”蒂姆说。

“等着坐牢呢，”霍布斯说，“你都听说了吧？”

霍布斯伸手。蒂姆的手被严重冻伤，但他不想失礼。在和霍布斯握手的时候，他忍住，不让自己叫出声来。

“也许我很不可理喻，那是因为我快坐牢了，你回复一下我的电话会死啊？！”

“最近我一直不在状态，霍布斯。”他说，带着霍布斯走出接待室，进了公司。“无论如何，我都没有忽略你，即便在珍妮即将做手术这样紧要关头的时候也没有。”

“哦，她得了什么癌症？”霍布斯问。

“癌症已经扩散了，看起来情况不好。”

“我很抱歉听到这个消息。你为什么背着背包？”

“这个？我背着书包看起来是不是像个学生？”

“而且你还穿着雪地靴。你为什么要穿雪地靴啊？”

“这里面有个好玩的故事，霍布斯，你会觉得很好笑的。”

霍布斯突然停住。他的脸冲着墙，一个膝盖弯曲着。蒂姆以为他心脏病突发，但霍布斯一手捂住眼睛，一手放在胳膊下，开始哭泣。他看起来有点像无地自容的尼克松。他抽泣着，鼻腔里发出浓重的呼吸声。

“为什么这种事要发生在我身上？”他问，挣扎着呼吸，“我向上帝发誓，我是无辜的。”

蒂姆走到霍布斯面前，为他挡住大堂里路人注视的目光。他把手放在霍布斯肩膀上，不知道该说什么。

“我是无辜的。”

蒂姆的手一直放在霍布斯肩头，直到他拿出手帕，平复心绪。

他们在会议室依次坐好。高级合伙人皮特的面前放着一个信封，里面装着蒂姆在大桥上遇到的人的画像。让蒂姆烦心的是，麦克·克洛尼斯不请自来地非要参会。秘书敲门，说警察和地区助理法官已经到了。

“一会儿我们通知你请他们进来。”蒂姆说。

门关上后，皮特把信封打开，给霍布斯看那张画像。为画这张像，蒂姆和法院的画师花了一小时讨论细节，蒂姆觉得相似度很高。

“我不认识这人。”五秒钟后，霍布斯说。

“别着急，霍布斯，花点时间，仔细看看。好好想想，别有思想包袱，仔细看看。”

“这是给你看刀子的人？”

蒂姆点点头。霍布斯又盯着那幅画像。

“就算看到世界末日的那一天，我还是不认识他。”

“你百分百肯定？”

“啊，上帝，我他妈的真希望自己认识他。”

秘书把警官和地区助理法官带了进来。罗伊警官大衣前兜里装着一包香烟。他有着老烟民皱巴巴的皮肤，就像有人将他原本皱成一团的脸全部展开了一般。会议室里充满了他满身的烟臭味，以及他审问罪犯时的无理和敌意。地区助理法官是一位矮小结实的女人，坐下后立刻挑明，希望大家不要浪费彼此的时间。

蒂姆把画像推到罗伊警官面前。警官漫不经心地把画像拖过来。罗伊皱着嘴唇，边看边嘶嘶地在牙缝间吹气，搅乱了房间的安静。他把画像传给地区助理法官，她把眼镜抬到前额上，低头看画像。

“这人在路上截住你，”警官说，“他说你的客户是无辜的，他给你看所谓的凶器，然后他走了。”

“对。”蒂姆说。

“啊，难道这不是件怪事儿吗？”警官转头看着地区助理法官，“塞尔玛，你不觉得奇怪吗？”

“很奇怪。”塞尔玛说。

“在什么地方？”

“就在办公楼外，晚上我下班的路上。”

“什么时候？”

“上周二，不，上周三。”

“哦，不，百分之百的怪事。是吧，塞尔玛？”警官又转头看着塞尔玛。

“你的客户认识这人吗？”她问蒂姆。

“我他妈的当然希望自己认识他。”霍布斯说。

蒂姆伸手，轻轻碰了碰蒂姆的手臂。“让我们来谈。”他小声说。然后，又稍微大声说，“他不认识。但是这并不影响他与本案的关联性。”

“你没有试着……把他的刀抢过来？你说刀是装在一个密封袋里的，他没拿着刀比画吧？”

“刀是装在袋子里。”

“那你——你就那么看着？”

“你问我为什么没有把刀抢过来？”

“如果他没拿着刀比画的话。”

“是啊，你为什么没把刀抢过来？”霍布斯问。

蒂姆试着碰霍布斯的胳膊，但他躲过了。

“你就没试试？”

蒂姆对着警官回答说：“当你面对一个陌生人，拿着一把极有可能是凶器的刀，你的第一反应绝不是把刀抢过来。”

“也许你的第一反应并非如此。”霍布斯说。

“也对。”警官对蒂姆说。

“警官，你审问的过程中有没有发现长相与画像接近的嫌疑人，或其他人？”

罗伊警官笑了。他直接看着霍布斯：“我们从来都只有一位嫌疑人，律师先生。”

房间里一片沉默。

“你访问过的人里，有没有谁和画像很相像？”

“你想让我们做些什么，方施华先生？”地区助理法官问，眼镜顶在前额上。

“查查看这人到底是谁，他有本案的作案工具。”

“所谓的作案工具。”

“好吧，但无论如何，这都是一个新线索，我觉得你应该认同。”

“哦，那当然，当然。”警官说，“真是怪事。”

“他为什么一直这么说？”霍布斯问道。

蒂姆又伸手碰他。警官和地区助理法官默不做声，心领神会。

“当然，为什么不。”警官起身，叼了一根烟，说道。他说话时，烟随着嘴巴上下抖动，“恐怖主义，谋杀警察，儿童持有武器。我们有大把时间来调查你这案子。”

地区助理法官把眼镜重新戴好，他们离开了。

蒂姆会后直接去了洗手间。他回来后发现麦克·克洛尼斯和霍布斯都在自己办公室里。萨姆·沃迪卡也在。沃迪卡是公司的合伙经理人，监督管理所有部门，处于无形金字塔的顶端。沃迪卡看起来像一位老年冲浪运动员。金黄的头发，晒黑的肤色，全年穿泡泡纱，他有一种让陪审团信服的能量。他们期待着沃迪卡在闭门讨论时把鞋子里的沙倒干净，然后邀请他们去烤篝火，最终他们将站在沃迪卡一边。

克洛尼斯的胳膊肘放在书架上，沃迪卡的屁股坐在蒂姆椅子上，轻轻地摇晃着。他们的意外到来让办公室的氛围变得不同寻常，蒂姆一进门，屋里立刻安静下来。

“哦，我坐了你的椅子。”沃迪卡说，一边起身，一边示意蒂姆坐过来。

你难道想让我感谢你吗？蒂姆暗想。

蒂姆走到桌子后面，沃迪卡退到墙边。蒂姆把背包放在墙角，坐下。他直视霍布斯，说：“什么事？”霍布斯看着他，没说话。

克洛尼斯说：“霍布斯担心因为珍妮的病情，你没法全心投入工作。”

“我明白你得照顾珍妮，但是这个案子如果处理不好，后果很严重。他们会剥夺我的财产，我会在监狱里腐烂，甚至连自己怎么死的都不知道。所以我必须要弄清楚，你能不能全心全意帮我打官司？”

蒂姆迎上霍布斯的目光，忽略其他两位合伙人，说：“没有人能像我一样为这个案子费心费力。”

“大家都知道你为这个案子付出了很多努力，”沃迪卡说，“霍布斯没有我们那么了解情况，因为咱们每天见面。所以他才要求大家当面谈清楚。”

“如果他能了解我们所看到的情况，”克洛尼斯说，“他会明白，没有什么好担心的。基本上，我们只是在澄清一些沟通方面的小问题。”

“我觉得他只是需要跟你更多地保持联系。他需要你每天给他打电话，就像珍妮生病前那样，这样他就不会担心了。”

蒂姆也不理会同事们，他一直盯着霍布斯。又是一阵沉默，蒂姆说：“我就是那个保证你无罪释放的人。”

霍布斯看着他，满脸都是比刚才更绝望的表情。他回头看了看克洛尼斯和沃迪卡。“你们自己处理好这个问题。”他说，他起身，扣好大衣，“无论如何，解决问题要快要好，我马上就要因为莫须有的罪名被判入狱！”

蒂姆起身：“我陪你出去。”

“不，坐下，”霍布斯说，“不解决这个狗屁问题就别起来，我当然能找到出去的路！”

“两千万美元，”霍布斯出门后，沃迪卡说，“我他妈的才不关心这人是在监狱里死掉，还是在迈阿密吃自助，但是咱们公司不能失去这个每年带来两千万利润的大客户。”

“这钱是谁找来的？”蒂姆问，“这是他妈的谁的客户？你们两个人进来——”

“他让我们来的。”

“——审问我？教育我？”

“你去哪儿了，蒂姆？”克洛尼斯问，“我们刚才一直在说谎。你到底去哪儿了？”

“哦，你现在是想说，我连休假一天的权利都没有？”

“要真是一天就好了！”

“你手里有如此重要案子的时候，当然不能休假，”沃迪卡说，“出什么事了？”

“她快死了！”他喊道，“她就快死了，兄弟们！”

两人陷入短暂的沉默。

一向善于圆场的沃迪卡叹了口气，满怀同情和关切地说：“唉，真是太糟糕了。”

“既然如此，你是不是该请假回家？”克洛尼斯问。

“麦克可以接手这案子，”沃迪卡说，“有皮特的帮助，他很快就能上手。麦克也能帮霍布斯打赢官司。”

“她不想让我休假在家，”他说，“她告诉我，保持生活的常态非常重要。否则，病情就会恶化。”

克洛尼斯和沃迪卡对视不语。

“你们都滚开，这是我的案子。”蒂姆说。

他回到洗手间，把自己锁在一个隔间里，将背包挂在门后的挂钩上，坐在坐便器盖上。他用僵硬、疼痛的手指解开靴子，脱下脚上穿的两双袜子。十五分钟前，他刚脱过一次。

情形一如刚才。他左脚的小脚趾已经僵死了，这让他很恐惧，想象着是不是就算用剪刀把它剪掉，自己也不会感觉到任何疼痛。

那天晚些时候，小脚趾掉了下来。他感觉到它在袜子里晃动。他把办公室门锁上，脱下靴子，取出小脚趾，它看上去像一个巨大的葡萄干。他用纸包好小脚趾，扔进垃圾桶。

17

那种被叫做灵魂和精神的东西。看不见摸不着，完全不同于肉体。

他曾经以为他有灵魂，有精神，有本质，有精髓。他认为他的思想就是这一切的证明。

如果情绪、表情、饥饿感、对颜色的喜好这些人类的、偶然事件不是发自灵魂、人类的内核，而是源于神经突触和电子信号这些脑中可以被控制、被X射线扫描到的东西，对于自己，他能有几分确定和自信呢？难道精神只是改良后的肉体？

他不愿相信这些。

那天晚上下班后，他去了保卫处。法兰克身穿制服，系着领带，斜靠椅背站着，双手抱在胸前。他眼袋很深，明察楼里的进出动向。蒂姆把胳膊放在大理石台上。

“你怎么知道我出走的事情，法兰克？”他问。

法兰克放下双臂，把手放在大腿上。他在犹豫，起初的沉默为他争取了些思考和算计的时间。

“您不记得那个女孩了？方施华先生。”

“女孩？”

法兰克给他讲女孩的故事。有一天，蒂姆出现在保卫处，让法兰克跟他出去。法兰克觉得自己从他的声音里听出了几分不安。他想起几周前发生的事。法兰克遇到蒂姆走在一楼大厅里，跟着他出了旋转门。那是个炎热的夏日。蒂姆转头对法兰克说，他不能回自己办公室了。法兰克误以为他赶着去处理紧急事件，需要人帮忙传话或者在大楼里跑腿儿，但是当他们边走边说的时候，法兰克明白了情况比他想象的复杂。“帮我停下脚步。”蒂姆对他说。周围是城市的车水马龙，汽车鸣笛声，路人说话声。蒂姆让法兰克抓住他的胳膊，对付他，使他停下。“对不起，方施华先生，”法兰克一边跟上一边说，“您停不下来？”

他们谁都没看见那个小女孩。她离开母亲，径直走向蒂姆。他的腿一下子将她撞倒在地。他跳到一边，防止踩到她身上，但身体踉跄，险些摔倒。在场的每个人——法兰克，小女孩的母亲，路上的行人——都停下来，注视着，有的人在小女孩身旁蹲下。小女孩受到惊吓，在人行道上哭了起来。蒂姆却一直在走。

“您回头看着我，一脸惊恐。”法兰克对他说，“我看着您，不明白您为何不停下来。我的意思是，您跟我说过您停不下来，但直到那一刻我才完全明白，您是真的无法停下脚步。”

“我一点都不记得了。”

“我记得很清楚，就好像是昨天发生的事情。”

“可我们从没说起过这事儿。”

法兰克摇摇头。

“你就那么信任我？”

“如果您能停下来，您一定会回来，看看小女孩是否还好。”他说。

他偶尔也会怀疑，但很快又完全确信，自己的症状是生理疾病，而非心理疾病。但不知为何，他完全不记得撞倒小女孩的事情。他是间歇性失忆，还是大脑故障？这让他如何再相信自己那永恒的灵魂？

蒂姆对他表示了感谢，转身要走。然后他想起，自己还拿着法兰克的东西。他从大衣口袋里掏出羊毛帽子。

“你借给我的帽子。”他说。

法兰克接过帽子。

“我不知道怎么感谢你才好，它救了我的命。”

“别客气，方施华先生。”

18

他被警棍戳醒。他坐在车里的皮椅上，看着警察。警察以一种自卫的姿势站在柏油路上，用手电筒照着蒂姆的眼睛。蒂姆完全不知道自己身在何处。警察让他下车。警灯照亮了挡风玻璃。他面前的方向盘是一个大的圆形玩具。这个小货车，或者卡车，没有门。他下车，警察后退了几步，保持距离。在他另一边，还有个警察，手一直放在枪套上。他们三人站在两辆卡车中间，一辆是他刚才睡觉的地方，另一辆和它一模一样，上面写着Utz薯片。自己在黄昏时分掉进篱笆墙围院时的情景依稀在脑海中浮现。

警察问蒂姆在这里干什么。他如实地回答说不知道，但警察才不理会他所谓的实话实说。

他之前在和证人做上庭的准备工作。在见陪审团之前，没有什么比让霍布斯做好发言准备更重要的事情了。让霍布斯发言，不是没有风险的，但蒂姆希望他能这么做。他认为让陪审团直接听到霍布斯表达自己的意见是件好事。霍布斯曾多次说过，自己是无辜的。他关于自己无罪的辩护是真诚的，会给陪审团留下好印象。但是，他们必须要教他正确的做法。蒂姆认为这是一件充满趣味的工作。他在为霍布斯做准备，乐在其中。然后，他出走了。

蒂姆想到，皮特或者霍布斯肯定已经跟克洛尼斯说过自己的突然离开。蒂姆没有通过电话或留言解释情况，蒂姆只是背起背包离开了。克洛尼斯很可能已经跟沃迪卡说了。他要如何解释这次的情况呢？他们是经过专业培训，专门辨别谎言的律师。珍妮患癌症的借口就快纸里包不住火了。

在他近期一系列病发后，他第一次不想回去上班。

在警察局，警官对一切粗暴和无礼表示抱歉。在政府卡车停放的区域，他们要认真防范恐怖分子。

“恐怖分子？”

“谁知道呢，”警官说，“对了，你有没有试过去睡眠诊所看看？我妹夫有严重的梦游症。他去了波士顿的一家睡眠诊所，我妹妹告诉我，现在就算用性骚扰，也不能把那浑蛋从梦中叫醒。”

“我是得去看看。”蒂姆说。

出了警察局，他给巴达塞里安医生打电话，医生的秘书接了电话。蒂姆说有紧急情况，请她叫醒医生。当巴达塞里安来接电话时，蒂姆说他决定尝试一下新设备。他没有什么顾虑了。

“只是好奇地问问，是什么让你改变了决定？”巴达塞里安说。

他没有告诉医生自己在工作时突然出走的事实，以及他在公司里越来越无法自圆其说的困境。他说只想证明给大家看。他要带着证据回公司，宣布他确实生病了，而不是疯了。他要得到大家的理解，甚至是同情。这也是为珍妮考虑。他必须认识到，他的疾病不是个人的事。她一直陪着他，走过了很多黑暗曲折的路。在一个有可能看到光明和希望的转折点上，他怎么能抛弃她？

他坐在长凳上，等人接他。他等了又等，比之前的任何一次等待都长。

她停车，他上车。在他们回家的路上，他跟她说了他醒来的地点，Utz卡车以及警官让他去睡眠诊所看病的事。“好像我们从没去过睡眠诊所似的。”他说。

珍妮没有回话。

“珍妮，你在听我说话吗？”

“我听着呢。”

“你都没说话。”

“现在是凌晨三点，”她说，“我累了。”

上一次发病时，他同意戴上手铐，这样既可以免去他在离家三个村镇以外的地方被警察拘捕的风险，也可以省去珍妮随时被电话叫醒去接他的麻烦。

“我给巴达塞里安医生打过电话了。”他说。

她没说话。

“我不能再在薯片卡车上睡着了。”

“不，你是不能了。”她说。

他们一路沉默，开车回家。

19

巴达塞里安医生从一个小购物袋中拿出新设备。蒂姆接过，没说话。一个自行车头盔，有什么可说的。头盔被改造过，能够发挥独特功能，经过特别制作，成本高昂。可他怀疑这样平常的一个物件会对他的特殊病情发挥多大作用。他戴上头盔，扣好，心底满是绝望。生物医药公司在头盔的海绵垫里装了感应设备。这些捕捉大脑活动信息的无线设备都扣在一条皮带上。他一时脆弱，居然鼓励了巴达塞里安这愚蠢的、权宜之计的英雄主义。除了头皮能感觉到带扣紧贴的感觉，什么特效都没有。珍妮看到他戴着头盔，突然笑了。他答应尝试，他试着戴上头盔，期望能得到些研究结果。可现在，他觉得那根树干就要断裂，他只能拼命紧握，随时会跌进无尽的峡谷。核磁共振扫描、梅奥诊所，到现在的体育器材检测，没有任何成功的保证，甚至连这种设备本身的价值都是令人怀疑。没有诊断，没有疗法——这一切有什么意义？珍妮继续笑着，很轻柔，但带点嘲讽，医生也跟着笑起来。蒂姆绝望了，他只想大哭。就这样了，除了眼前这个小小的医疗头套设备，他还看到一片永久憋屈的生活地域，健康的过去将一直折磨着他，就像朴实的大地折磨被上帝忽视的人们一样。

“这东西有用吗？”

“观察一下就知道了，”医生说，“记得要一直戴着它。同时，你应该把头发剃掉。这样的话，它的效果会更好。”

他用剪子剪掉头发，然后又照着镜子用剃刀剃平。剃须水顺着脸颊流了下来。光秃、苍白的头皮吓了他一跳。他不知道自己还有这样的一面，平时被文明的发型所掩盖。他也许很吓人，也许不舒服，也许刚从蛋里被孵出来。

他穿好衣服，戴上头盔，上了床。

“我很高兴，你改变了主意。”珍妮说。

他在考虑后果。现在，他不能去上班，他并不认为这是一种平等交易——用自己的正常生活交换一种盲目尝试。但是，他已经做出决定，他只需要一些理解，一些能够解释世界上所有秘密的小答案。

“我对这个东西的作用不抱太大期望。”

“也许这样最好。”她说。

“为什么？”

“如果它真的没用，你也不会太失望。”

他转身看着她，“我想说件事，”他说，他安静地、羞愧地看着她，“我知道，我们很久没有性生活了。”

她默不做声。通常，在对话中突然提起性生活的问题，都会引发一阵沉默。结婚二十年后，依然如此。

“我非常抱歉，亲爱的，”他说，“生病的事儿让我没有欲望，我也不知道为什么。”

“没关系。”她说。

“走啊走啊走啊走，这成了我脑中唯一的事情。”他说。

时间一分一秒地过去。她换了话题：“医生认为你应该吃些抗抑郁的药。”

“他什么时候说的？”

“我送他出门的时候。”

他确实很抑郁。每次发病，抑郁就跟着袭来，他所到过的或只是张望了一下的房间，都被一种阴郁的憋闷所笼罩。然后，他等待下一次出走。但是，这并非永久性抑郁。悲伤常会被阶段性的斗志所打败，他想，我总会好起来。他很坚强，很特别，有种内在的力量；他的生命中有很多美好的东西，其他人的情况比这糟糕多了；时间是宝贵的，事情的发生总是有原因的，我们总有好的盼头；只要有信心去战斗，就会赢，没有什么能阻挡他；明天又是新的一天。

然后，他突然起床，抓起背包走了出去。她翻身，关了灯。

在黑暗中，她想，下次自己会有更好的运气。下次能看到星星排成一条线。如果有占卜师能用水晶球预测年轻情侣们未来的感情祸福该有多好。这人不适合你。不久以后，亲爱的，他就会掉链子，你就会被扔下，独自承担所有。这一切，将会是沉重的负担。在你还有机会的时候，赶紧断了这姻缘。或者，你自己要适应这短棒。身体抱恙，本非离婚的理由。可他人的患病之躯成为你要背负的十字架，这公平吗？你想要这样的生活吗？

她讨厌这些念头。深夜里，在她脆弱的时候，它们吞噬了自己美好的价值观。在半梦半醒中，她等待电话铃响起。她憎恨自己关于“婚姻检验”的想法。如果他短时间内变得太人性化，你可以走。如果他身体出轨，不要悲伤地做保姆和看护人。带着自己完好无缺的健康和未来，离开他。你还有自己的生活。将自己从重担和束缚中解放。

第三章 无法言说的伤

The Unnamed

蒂姆： 他们说，了解一个人需要很长时间；他们说，一段美满的婚姻需要经营；他们说，需要随着你的伴侣一起改变，这样才不会分手。可是，到底怎样做，才能让我不再一次次地离开?

20

几周后，他躺在沙发上，看那些他以前有所耳闻的节目的重播。他看了奥普拉脱口秀、高尔夫球信息、公共事务频道和宋飞传。为了跳过广告，他不断换台。广告是令人厌恶的提示器，它总是提醒我们，看电视是多么浪费时间。当他沉浸于某个节目时，他不觉得自己在浪费时间。每当节目的魔咒被广告信息所打破，他就会立刻换台，以分散自己的注意力。

他想了想那个案子，和在桥上遇到的那个人。他回想起那天他们相遇的情景，在大脑里重播了这个片段。他给罗伊警官打电话，问他追查的那人是否有新进展，但警官总是变着法儿地表达自己的怀疑、讽刺和冷漠。最后，他告诉蒂姆不要再打电话了。如果有消息，他会打电话通知他。可蒂姆还是继续打，接线员直接将他的电话转去警官的留言信箱，警官自然不会回复。

克洛尼斯接手了霍布斯一案。他知道皮特会尽最大的努力让克洛尼斯快速上手，但就快开庭了，克洛尼斯不可能在短期内了解所有细节。

他们以为珍妮时日无多。

有时候，他绕着房子走来走去，下巴上的带扣晃来晃去。

贝卡在楼上叫他。这是她上大学前最后一个暑假，白天她都待在家里。在她登台领取高中毕业证的时候，他正在一个加油站的浴室里睡觉。她走在屋里，叫住他。她在沙发旁问："爸，你没听见我叫你吗？"

"什么事？"

"有你的电话。"

"谁打来的？"

"麦克·克洛尼斯。"

"告诉他我稍后回复。"他说。

一会儿，她又回来了，把无绳电话递给他，说："爸爸，我不接这种电话，我只接我的手机。"

"谁？"

"一个叫霍布斯的人。"

"跟他说我在医院。"

"医院？"

"跟他说我在医院。不用再接电话。"

他发现，用DVD碟片看电视剧，能免受广告打扰。之后，他再也不看电视台播放的节目了。

开庭以后，他给弗里茨·韦耶打了电话。弗里茨是他的老朋友，也曾是公司的合伙人。几年前他去了一家调查公司，现在偶尔也接泰勒的案子。蒂姆在电话中说，他是为私事打来，而非公事。他想请弗里茨到家里来，商量点事情。下午，弗里茨就到了，还问起了他的光头和头盔。蒂姆含糊地敷衍着说自己有眩晕症，弗里茨也没再追问。他客套地问起珍妮的近况，蒂姆猜想他肯定不知道珍妮的“致命癌症”，所以回答说她很好，一直忙着卖房子和享受生活。珍妮帮弗里茨和他妻子在斯卡斯代尔镇买了房子。现在两家人还时不时地一同外出聚会。

他们在餐桌上，面对面坐下。蒂姆含混地描述了自己的健康状况，又说起自己的病假和在即将上庭前抛弃客户的情况，以及对辩护团队的担心。他说，负责的合伙人是个傻瓜，而上司并不知道实情。他想通过阅读副本来跟踪案情进展，但是他必须待在家里养病，所以需要有人帮忙。弗里茨说他可以帮忙弄到副本，这充其量也就是个通讯员的工作，不过因为自己在一家昂贵的公司担任高级调查员，蒂姆要为此多付佣金。

“没关系，我不介意付钱。我需要找到我能够信赖的人。在他们搞砸的时候，我要知道消息。他们肯定会搞砸的，在一切变得无法挽回之前，我得出手。我是唯一有能力打赢这场官司的人，可现在的情况你也都看到了，我无法参与。所以每天晚上收到副本并且通读它们是我唯一能够跟踪案情进展的途径。”

“没问题。”弗里茨说。

“还有一件事。”

他拿出一份他在布鲁克林大桥偶遇的那名男子的画像副本。他很隐晦地跟弗里茨说，这人与霍布斯的妻子被杀有关。他也许持有本案的凶器。蒂姆相信霍布斯是无辜的，但很有可能会被判有罪。他希望弗里茨能够找到画像中的人。

“这就是你的所有线索？”弗里茨问。

“嗯。”

一瞬间，弗里茨脸上闪过疑惑，他睁大眼睛、瘪着嘴，然后深吸一口气，说：“太少了，蒂姆。”

“我知道。”

“我认识纽约警察局的人，他们能让我查看案件资料。但是，寻找此人……”他指了指画像，“线索太少，无异于大海捞针。”

蒂姆请他尽力而为。

21

珍妮上班前叫贝卡起床。贝卡一整天都待在家里，父亲戴着头盔一刻也不停地看电视。母亲付给贝卡与在星巴克或类似地方打工相同的工资，请她在家照看父亲，这样她暑假里就不需要再去做无聊的兼职。她只要在家待着，等父亲出走的时候一路跟着。母亲虽然没有辞职在家寸步不离地照顾父亲，但还是要随时准备出去接他回家。母亲利用休息时间照料他。白天的工作时间里，她希望有人能照看蒂姆，所以当夏天来临的时候，她提出雇用贝卡在家照顾蒂姆。

“为什么咱们不请人来照顾爸爸呢，比如贴身保镖什么的？我们又不缺钱。”

“他不想要。”

“为什么不？”

“他太独立了。”

“凌晨三点打电话让你去皇后区接他的时候，他看着也不那么‘独立’啊。”

“你到底想不想做这工作？”珍妮问。

母亲告诉她不要声张，因为看上去贝卡的工作就是蒂姆的保姆。像看孩子般照料父亲是件奇怪的事——本该父亲吩咐孩子做东做西，惩罚孩子，一遍又一遍告诉孩子所有幸福的方法。他告诉你的那些幸福的方法，即便你活二十次，也尝试不完。不过照料父亲比出去做那些无聊的兼职好多了。父亲日复一日地躺在沙发上，一动不动。佩戴头盔的目的是要记录蒂姆的脑电波或其他活动，请贝卡照料蒂姆是为了随时跟上他出走的步伐，可是他哪儿也没去，他的脑电波除了看电视，什么活动也没进行。贝卡仍旧认为父亲的问题是精神疾病，虽然她不想这么认为。可有人听说过他的这种病吗？连互联网上都查不到。

她不能待在楼下一直陪他。有时她也上楼休息会儿，就像在星巴克或其他地方打工，也会有休息时间。她回屋躺在床上，查收邮件，或者弹吉他。她时不时地出来看看父亲，确保他还在家待着。有时候，她看到他在沙发上打盹，头上歪戴着头盔。她想，即便父亲没有精神病，他的行为举止也很古怪。

一天早上，她睁眼，看到他坐在自己床边，手里拿着她的一盒光碟，是电视剧《捉鬼者巴菲》的第一季。

“我能借用一下吗？”他问。

“干什么？”

“看看呗。”

“你？”

“没有什么其他可看的了。”

他把碟拿走。几分钟后，她身穿连帽衫、T恤和黑运动裤，脚穿一双她小时候就喜欢的小猫拖鞋，拖着脚步走进了厨房。父亲正在看第一季。她把两个派扔进烤面包机，冲了杯咖啡，加糖加奶。她把热好的派放在纸巾上，拿到躺椅旁，坐下。在第一集最后五分钟和第二集片头几分钟的时间里，她吃完了早饭。这部戏她已经看过无数次，但仍然乐意再看一遍。现在，她很意外地发现自己正和父亲一起看。更让人愉悦的是，她还能因此而拿到薪水。一会儿，他问：“她刚才说什么了？”她将台词重复了一遍给他听，然后他们又都沉默了。

他将所有片头的部分都快进，他们又一起看了三集。看完后，她起身去厕所，他起身换碟。贝卡出来时，看到父亲正等着她一起看下一集。那集有她最喜欢的片段之一，她太熟悉台词了，索性将巴菲和朋友维罗之间的对话大略地背诵了一遍，他注视着她。片头播放的时间里，她一直在背诵台词；主题曲响起的时候，他还在看着她。

“天哪，”他说，“这个戏你看了多少遍？”

他们又看了一集。下午一点钟左右，蒂姆问贝卡想不想吃午饭。他们在电视机前吃三明治，吃完后她悄悄将盘子放进洗碗机，没有打扰他。她回到躺椅上坐下，他起身重新整理床单，拍了拍枕头，然后开始播放下一集。

“这一季还有多少集？”他问。

“大概，五集吧，”她说，“但是我房间里还有一季。”

“总共几季？”他问。

“七季。”她说。

第二天，他们还是照旧看碟，第三天也是。她看戏，也看他，留意他是否有打盹或起身的动向。但都没有。除了换碟和拿遥控器，他一直待在沙发上。当蒂姆从沙发上起身，又换了一张碟的时候，贝卡终于忍不住问：“爸爸，你为什么要看巴菲？”

这些年来，她房间的墙上挂满了各种巴菲的海报。她买了几乎所有的周边产品，漫画书、中短篇小说、杂志、T恤衫、徽章、笔记本、钢笔、铅笔。她加入了粉丝俱乐部，订购了主演的大幅海报。有一次，在她上八年级的时候，他坐在她床边，问自己做什么才能让她高兴，她说她唯一开心的时候，就是看巴菲的时候。

“我那时候就很好奇。”他对她说。

一周之内，他们看完了第二季。他问她是否有第三季。看完第三季，他还没发问，她就起身去卧室拿来了第四季。

他们在看第六季的时候，他突然站起来，从电视前转身走过。他目光直视，走向壁炉。他把遥控器放在咖啡桌上。他把皮扣解开，摘下头盔。他的光头有些吓人，看起来就像是得了癌症或者什么其他的病。他把头盔和配件放在沙发上。

“你不该把头盔摘下来吧，爸爸？”她问。

“为什么我还不出走？”他问，自言自语，“症状怎么消失了？”

这也是几周来一直困扰贝卡的问题。

22

每天早上，麦克·克洛尼斯开着一辆脏兮兮的越野轿车，载着霍布斯去上庭。霍布斯很担心，经常深夜给克洛尼斯打电话。克洛尼斯不断安慰他，给他讲前一天的进展，告诉他当天可能发生的情况。司机将他们载到法院门口，他们下了车，走上台阶，心跳得厉害。当霍布斯走进回声四起的大堂，加入等候安检的队伍时，他汗湿脸庞，焦虑不安。麦克·克洛尼斯开始担心，稍后在法庭上霍布斯会犯心脏病。他以当事人身体状况不佳为由向法院请求延期审理。法官请来医生为霍布斯体检，审阅了检查结果报告后，拒绝了他的请求。法官跟克洛尼斯说，如果霍布斯因为胸闷疼痛入院治疗，他会批准延期审理。

安检时，警察拿走了克洛尼斯和霍布斯的移动电话和黑莓手机。他们一同进入法庭。九点半，法官会准时宣布开庭。九点二十二分，克洛尼斯和霍布斯分别从不同过道走入坐席。皮特已经到了，在指导两位年轻律师和三名助手工作。自开庭之日起，他们每天都照此排位。今天与往常不同，在皮特右手边克洛尼斯的椅子上，坐着一个穿灰色西装、戴头盔的人。看到他们俩，蒂姆转身打招呼。他站起来，和克洛尼斯及霍布斯握手。奇怪的是，他用了左手。虽然现在已是夏天，但蒂姆的冻伤仍未痊愈。克洛尼斯问他在这里干什么。

“刚才我听皮特大概介绍了下情况，”他说，“我已经做好准备，竭尽所能帮助你们。”

克洛尼斯把公文包放在桌子上：“介绍情况？什么意思？”

“我已经完全了解案情的进展。皮特刚才和我谈过了。”

“谈什么？”

霍布斯打断了他们的对话，“我以为你去医院了。前些日子都必须得待在医院里，今天怎么有空儿出来？”

蒂姆没理会霍布斯。他看着克洛尼斯，重申了皮特跟他说过案情进展，他已经准备好开始工作的情况。蒂姆也想让克洛尼斯知道，这些天来他每晚都读卷宗，坦白地说，不是故意藐视他们，但他们确实需要自己的帮助。克洛尼斯不想让霍布斯知道，眼前所发生的，是他做律师这么多年来看到的最严重的违规行为，但他一下子糊涂了。他让霍布斯坐下。

“他来干吗？”霍布斯问。蒂姆的突然出现，对于霍布斯来说，只意味着一件事，那就是——庭审状况比他怀疑的还要糟糕，为了力挽狂澜，他们不得不把蒂姆从妻子的病床边叫回来。“三周前你在哪儿？”

“霍布斯，请坐。”克洛尼斯说。

“为什么开始的时候你不在？”

克洛尼斯对皮特使了眼色，皮特立刻明白。皮特跳起来，轻轻抓住霍布斯的胳膊，劝他坐下。霍布斯不情愿地走了过去。

“他在这儿干吗？”他问皮特。

克洛尼斯很想跟蒂姆单独谈谈，避开霍布斯、公诉人团队和旁听席上的所有人。可五分钟后就要开庭了，法官如果看到辩护律师团队的首席律师缺席，会大为不悦。他站在那儿，对蒂姆小声耳语。

“这他妈的都什么事儿？到底他妈的怎么了？”

“喂，麦克，别激动。我是来帮忙的。”

“现在？”

“我会尽我所能。”

“你什么也帮不了。”

“麦克，我是本案辩护策略的总设计师。皮特已经跟我讲过全部情况。”

“去他妈的情况，蒂姆！我们已经开庭三周了。你的设计已被修改得面目全非。你看不出来吗？你难道不明白这其中的微妙氛围吗？看看那人，看看你对他做了什么。守点儿规矩，小子！”

“喂，麦克……”

“你这个自大的浑蛋。这事儿跟霍布斯一点儿都没有关系，就跟你有关系。你他妈的戴着个头盔干吗？”

“看看这个。”蒂姆说。

他把《新英格兰医药期刊》文章里的一张照片递给他。“约翰”，是医生给他的化名。文章仔细描述了他的症状，对起因进行了讨论。精神病学专家认为他的病因源于身体机能故障，是器官性疾病；神经学家指出从扫描和化验结果上看不出任何问题，所以认为他患有精神疾病。每个阵营都将为他确诊的责任推到对方身上，从精神到生理再到精神，就像以前他没完没了看病时的情形。

克洛尼斯看了看手中的文章，说："这是什么？"

"我就是'约翰'。"蒂姆说。

"谁？"

"文章中讨论的病例。"

克洛尼斯看着他，难以置信："你他妈的不懂规矩吗？"

他话音刚落，法官从外面进来，庭警召唤大家起立。克洛尼斯手里还拿着蒂姆给他的文章。

"请落座。"法官宣布。

当蒂姆坐下的时候，克洛尼斯意识到，蒂姆压根就没打算离开。他别无选择，只好也坐下，他不想招来众人注视的目光。同时，他在盘算着要向法官申请延期。他可以申请休庭十五分钟，把蒂姆带到外面，在垃圾桶后暴打他一顿。但他很快又放弃了这个想法，因为如果霍布斯不能参与对话，他就会莫名地慌张。他也不愿在当天庭审还未开始时，就向法官申请休庭。克洛尼斯的思维瞬间麻痹了。他以前从不会这样。他转头看着坐在身边的蒂姆。蒂姆在等待着自己从第一天就缺席的庭审继续开始。

"把头盔摘掉。"他小声说。

"什么？"

"你头上那愚蠢的头盔。摘下来。"

"不行。"

克洛尼斯盯着他。"蒂姆，在法官发现之前，把那愚蠢可笑的头盔摘下来！"

“我不。”蒂姆说。

那一瞬间，克洛尼斯身体里的两股力量在斗争——理智和愤怒。理智告诉他，任何冲动的行为都不利于霍布斯的法庭形象；可愤怒却让他想把蒂姆的头盔和头一并扯下来。

“晚上回去我要召集合伙人紧急会议，提议将你从合伙人里除名。”他说。

“我有权在这儿。”蒂姆说。

“你他妈的当然无权！”

“辩方律师有什么要与大家分享吗？”法官发问。

克洛尼斯起立，说：“没有，大人。”

控方团队朝他们张望。克洛尼斯听到身后素描画师动笔的声音，感觉到旁听的人们都在看他。

“那是方施华先生吗？”

蒂姆起立，说：“是的，大人。”

“你已经到达目的地，方施华先生，为何还要戴着头盔？”法官问。

“他要走了，大人。”克洛尼斯说。

“我不走，大人。”蒂姆说，“之前的庭审我都未出庭，现在我请求出庭。”

说完后，蒂姆转身抓起背包，走出座位。

“我还是走了，大人。”他对法官说，周围旁听席上的人们都看着他。

“发生了什么事？”法官问。

蒂姆从庭警身旁经过，打开大门。

“克洛尼斯先生，发生了什么事？”

克洛尼斯背对着法官，他在看蒂姆·方施华走出法庭。然后，门关上了，他转身面对法官。克洛尼斯张着嘴，但说不出话来。

蒂姆在皇后区的一家肯德基醒来。他抬起头，脸上粘着一张面巾纸。贝卡伸手帮他把面巾纸拿下来，正了正头盔。

“你在这儿干吗？”他问。

她一直跟着他，从法院的台阶走到布鲁克林大桥。他很热，边走边脱掉西装和大衣，根本不在意周围人的眼光，他们认为他是个疯子。她捡起他扔掉的衣服，跟着他走到市中心。她跟着他，随时准备发现他假装的痕迹，但他从没停过脚步。城市就像冒着热气的水泥塘。楼房嗡嗡地响，人行道上闪着阳光。公交车到了终点站，没完没了的路让人抓狂。他一直不停地走。最后，她看见他一头钻进肯德基，瘫倒在桌上。

现在，她看着他，满眼泪水。“很抱歉，我曾经怀疑你。”她说。

23

森林野火蔓延数英里，高速公路被迫关闭，附近居民也被迫撤离。

雨不停下，风一直吹，电闪雷鸣，让县与县交界处的灌木丛成了导火索。火焰焚烧的痕迹，就像彗星划过地球表面留下的伤痕。消防工人将大部分火苗控制在封锁线以内，抽空易燃材料，让它熄灭。他们召来灭火专家，派出直升机，安排二十四小时洒水，以确保大火不殃及保护林和周围的居民。高尔夫球场被用做终结点，这个城市刚刚从诡异的春天的洪水中复苏过来。曾经只发生在西部的灾难现在扩散到其他地方，就像被异常气候迷惑的动物。贮水池被污染，余焰还在燃烧。终于，高速公路又重开，大部分居民重返家园。

他伸手，将她脖后的头发扎成马尾，她钻进他怀里。两唇相碰，亲吻起来。他抚摸着她的后背，翻身，将她放倒在地上。他把她的裤子脱到鞋面处，来不及解鞋扣。她感觉到他瘦削的身体，强壮有力的双腿，如孩童般单薄。他握住她的双手，将她的双臂展开，好像要拉伸到草坪外沿，然后感觉到双膝碰着坚硬的土地。他们十指紧扣，就连死神也不能将他们分开。在灰蒙蒙的天空下，他们双目紧闭。他们已经做过很多次，但这次与往常不同。在他病发前的几个月里，性生活乏味而平淡，可现在好像又找回了最初的新鲜感。他们能够闻到空气中的焦煳味，感受到拂面的热浪。他们在一堆就要熄灭的余烬旁。远处的木篱笆前，牛群在散步。

事后，他们躺在草地上。他对于自己没能坚持太长时间而感到抱歉。事隔太久，一两分钟后，他自然把持不住。

“如果每次都能这样，那么所有的等待都值得。”她说。

“很抱歉，这么快就结束。”

“这是小小的缺憾。”

他们穿戴整齐，站起来。他们穿过田地和蒿草，走到车旁。他突然觉得，他们离开得太早。他很想再次说明，他们此生是多么彼此需要。她经过漫长而艰难的跋涉来到这荒郊野岭，完成接他回家的任务。这一次，在她看来，他的疾病是自己最疲倦时段里的小小刺激。这难道真是这么多年来他们最好的一次性生活体验？

“我们得回去。”他说。

“回哪里？”

“那边。”

她向他的身后张望，只看到篱笆围墙和无边无际的干草。“干吗？”

“找回刚才的感觉。”

她明白他的意思。“找不回来的。”

然后，她跳起来，蹒跚着，尖叫着，跑到他身后抓住他的手臂。

“怎么了？”他喊道。

“有蛇！”

他一动不动，向后伸手抱住她。他低头看着草地，说：“我没看到啊。”

“你怎么会看不到？”

“哦，现在没了。”

“还在呢，就在我们前面，没走。”

“它比你更害怕。”他说。

“你问过它了？”

“想让我背你出去吗，宝贝儿？”

“我讨厌蛇。”她说。

她走出田地，决心坚定，但心惊胆战，双眼一直盯着草地，双脚选择最稀疏的点。他们翻过木篱笆。车停在远处的路边。篱笆前的指示牌写着——禁止穿越，史东尼·赫德农场。

他们从小路开出来，路过她之前跟着蒂姆走进来的那段被烧毁的道路。他们开进一个居民区，都是独栋住户，看到烧焦的房子和废弃的汽车，就像身在刚刚发生过暴乱的城市。门廊被烧毁，将牧场小屋砸成废墟。大部分房屋安然无恙。那被烧毁的建筑很像有人刻意为之，或许是冥冥中注定。

“比新闻报道的情况还糟糕。”她说。

“你觉得这说明什么问题？”他问。

她沉默，继续开车，然后说：“要么是自然的力量，要么是人类的无知。”

他们开了很久。他坐在车里，戴着头盔，手里拿着监视仪，琢磨着它一路走来都记下了些什么。

24

“什么都没有，”巴达塞里安医生说，“很抱歉，蒂姆。”

扫描结果一切正常。既没有证据证明精神疾病，也没有证据证明药理疾病。还和从前一样，正是他恐惧的结果——更多的无果，额外的无据。本就漫无目的的寻觅，现在连最后一点障碍也被消除。任何人都能对他进行定义——疯子、受害者、怪物、谜题。他从巴达塞里安医生手中接过头盔的那一刻，就知道会是这种结局。可是，曾如此熟悉的失望感，此刻却如此陌生。他不知道自己在多大程度上抱有希望。他真是个傻瓜，积习难改的、自我惩罚的傻瓜。他感觉到珍妮和贝卡在看他。他转头望着她们，笑了笑。

医生尽力解释这些无用的检测结果。他说这个设备只是样品，感应器只记录了神经活动，第二代头盔可能不仅会提高记录的敏感度，还能将电流、荷尔蒙变化、血流以及其他生理指标记录进去。他建议更换设备。

珍妮摇摇头，说："这本来就是个错误。很抱歉，我当时非要尝试。"她看着自己的丈夫，说："蒂姆，对不起。"她伸手去握他的手。

"可我们已经取得了进展。"巴达塞里安医生说。

"不用了，医生，谢谢你。我们不做更多检查了。"她说。

蒂姆转身看着她，"为什么不再给他一次机会？"他问，"看看能对机器进行什么改进？"

那天晚上，当珍妮和贝卡都睡着的时候，他去了地下室。他坐在健身器上，把枪口放进嘴里。冰凉的金属刺激着他分泌唾液。他把枪口对准自己的脑袋。

他曾对纽约杂志爱戴的精神病学专家迪特玛医生说，他倒希望自己得到一个绝症诊断。迪特玛直言不讳地说，他太过分，也太天真。相比那些患上路格瑞氏症[1]，在三个月内死亡的人来说，能在大街上走，难道不比在坟墓里待着好吗？“不，”蒂姆说，“我宁愿自己得的是能够被人理解的病。”迪特玛说：“你觉得你能理解路格瑞氏症？”

他有坚定的信念，认为现在自杀不仅是有道理的，而且是必须的。死亡的解脱是对饱受折磨的失败生命的最好回答。他的大脑让他扣动扳机，但他的身体不断劝说，本能地反抗。他坐在那儿，嘴里含着枪，差点呕吐。思想和身体不断斗争，试图说服对方。最终，他拿出枪，放进斧头、改锥后面的工具箱里，回到楼上。他缺乏勇气和意志——也许他两样都不缺，但还是再次被自己打败，只因为之前在一片无人知晓的田地里发生的那件事。

25

麦克·克洛尼斯根本不接蒂姆的电话。萨姆·沃迪卡向蒂姆宣布消息。合伙人会议召开，进行投票，取消了蒂姆的合伙人资格。

“不仅仅因为你之前出现在法庭上，蒂姆，”沃迪卡说，“你妻子呢？”

1　肌肉萎缩神经侧索硬化症，简称ALS，是一种运动神经元混乱疾病，美国棒坛传奇人物路格瑞也因患此病而去世，为了纪念他，ALS又称路格瑞氏症。

“她还没死。”

“废话。”

蒂姆认为自己有机会参加合伙人会议。他认为他有机会为自己辩护。他们是律师。难道他们不懂程序吗？

“霍布斯知道我太太的事吗？”

“滚蛋，你不仅想让公司丢掉大笔收入，还想让我们被告渎职？”

“我不知道为何我的行为能构成渎职。”

“你都干了些什么，蒂姆？啊，请让我问问你，你到底都干了些什么？”

蒂姆渐渐回想起自己衰败的生活，罪大恶极。二十一年来，公司就是他的第二个家。现在，连法兰克都不跟他打招呼。也许法兰克会看着他说：“很抱歉，方施华先生，我不能让您上楼。”也许他会说：“二十一年了，法兰克。”

他和沃迪卡简要地讨论了一下霍布斯的案子。唯一的好消息是，纽约州禁止死刑。几周后，初步判决报告就要出来，霍布斯就要被送走。如果蒂姆从头至尾负责打官司，霍布斯的遭遇会是怎样？如果在上庭前蒂姆能帮助做些陪审团选择、辩护和反对方面的准备工作，结果又会怎样？蒂姆确信，如果自己参与，他们此时肯定在为霍布斯的无罪释放而庆祝。

他偶尔会给罗伊警官和弗里茨·韦耶打电话，了解各方事情的进展。弗里茨已经请朋友帮忙在数据库里寻找画像中的脸，希望能够找到些线索。

26

蒂姆又到公司了，穿西装打领带，站在合伙人同事们面前。霍布斯在场，珍妮和贝卡也在。他要挽回自己的工作。他说他不应该为霍布斯被控有罪负责，因为他本来就是有罪的。罗伊警官开始鼓掌。蒂姆看了看坐在辩护席的霍布斯，他正努力掩饰自己的悲伤。他走到霍布斯身边，小声说："别担心，我相信你是无辜的。"霍布斯对他表示感谢。曾经参与此案的地区助理法官将蒂姆的违规行为一一分类：内部谎言，对权威机构说谎，不专业行为。她激动地向陪审团请求，将蒂姆逐出公司。法官起立，倒了倒鞋里的沙子。那其实是穿着黑袍、戴着护镜的沃迪卡。他向坐在陪审席的其他同事看了看，伸出大拇指。珍妮坐在辩护席，安慰霍布斯。麦克·克洛尼斯走进法庭，想脱掉蒂姆的裤子。蒂姆抓住自己的裤子进行反抗，因为他在为自己的工作斗争时，决不能脱裤子。可克洛尼斯很强壮，他希望每个人都看到蒂姆脱裤子的样子。蒂姆想把克洛尼斯推到一边，但克洛尼斯当着沃迪卡法官的面将他推倒在法庭地板上，一位素描艺术家在记录当时的场景。克洛尼斯抓住蒂姆后颈，以便脱掉他的裤子。蒂姆看不到周围都有谁，因为他的头被按倒在地上，法庭地上的小石子扎到他的皮肤。他想把克洛尼斯推走，可是很难。就在克洛尼斯脱掉他的裤子，将他暴露在众人面前时，蒂姆醒来了，意识到他的裤子真的被脱掉了，他的头被按在坑洼的柏油路上。

他在纽瓦克一家零售商店的后面。玻璃碎片和垃圾被远处的警灯照着。一些无家可归的人将废弃的拖车当做居住营地。

蒂姆试着用双手撬开按住他脖子的手，可是角度很奇怪，那人用另外一只手打他的头。蒂姆的头陷进柏油路。在那一瞬间，他把蒂姆的裤子完全脱掉。蒂姆在他身下转身，与他面对面。那人的眼睛和右耳上有恐怖的烧伤疤痕。蒂姆伸手，抓住他的脖子。他把手指伸进气管，好像要把它拉出来。同时，抓住那人的睾丸，使劲地捏。那人的恐怖尖叫从垃圾桶旁传来。蒂姆一边挣扎着站起来，一边捏。他起身后，对着那人的脑袋狠狠地踢了一脚，就像踢足球。那人的头撞到垃圾桶上，摔倒在地。鲜血从他的鼻孔里喷涌而出，像个小喷泉。蒂姆可以转身就走，但他停不下手。他找到一个四十盎司的空瓶，打那人的头。那人的鲜血溅到马路上。蒂姆逃走了，没穿裤子。他在一个满是枯树和落叶的小公园的垒球掩体里等珍妮来接他，周围的垃圾堆得过膝。他看到车灯在停车场亮起，就从暗处爬出来。他穿着内裤，急匆匆走向珍妮。

她看到他从一片废弃的场地走出来，为他打开车门，说：“你的裤子呢？”

“上来。”

“那是血吗？”

“不是我的，”他说，“珍妮，进来。”

他上了车，他们开走了。

她把他沾满血渍的衣服放进洗衣机，然后从地下室走上来。在厨房的洗手池边，她开了瓶白葡萄酒，倒一杯，喝掉，然后又倒了一杯。她拿着第二杯酒和酒瓶走到餐桌旁。此时是凌晨两点半。

他洗完澡，穿着运动裤和T恤到楼下。他看到她很疲惫。她的眼袋更重了。他毁了她。

“我不能再这样对你了。”他说。

他看到她脸上写着厌倦。这不能怪她。

她又倒了杯酒。“坐在我旁边，”她说，他坐下，“你走得越来越远了。你给我打电话，现在是半夜，你在纽瓦克，纽瓦克，这个谋杀率极高、游魂满街游荡的地方。”

他嘟囔了一句道歉，身心疲惫。

“听我说，”她说，终于感觉到红酒的功效，“你瘦了。你很抑郁。你从那个掩体里出来，赤裸着身体，浑身鲜血。如果出走不能伤害你，其他的事情早晚是致命的。你想因此而丧命吗？”

“还能有什么办法？”他说。

“我正在申请辞职。你要重新开始戴手铐。不能再三更半夜走到纽瓦克去了。不能再满身沾着别人的鲜血。”

27

他们说，了解一个人需要很长时间。他们说，一段美满的婚姻需要经营。他们说，需要随着你的伴侣一起改变，这样才不会分手。他们说过关于耐心、牺牲、妥协、忍耐的话。看起来，这些常识智慧障碍的目的是要回到创世记。他们把你放到水上，拴上铁链，挂到一艘满是宝物的沉船上，让你自己求生，重回水面。如果幸运，他能够挣脱，你们可以一起跳跃，眺望地平线，寻找大陆的迹象。他们说枯燥的生活开始，热情消散，个性被磨灭，同样的问题重复发生。为什么你还要这样做？安全、家庭、陪伴。理想状态下，你是为爱而做。但是，有些问题他们没说清楚。他们只是说些词语，以为你们会明白。然而，在二十年的婚姻生活后，你仍然以那个简单的基础为范本。爱，所有的东西因爱而生。但是，不要被表面现象所蒙蔽。那对夫妻结婚二十年仍然吵架，他们同床共枕的时候还在生对方的气，他们仍然过着没有意义的生活。

这些廉价的陈词滥调的问题在于，他们连其中的一半都没搞懂。

他一整天都在走，终于走到了一家杂货店的后面。他醒来，看到有人正试图强奸他。他把那人打得奄奄一息。

当那人是你丈夫的时候，你要向谁咨询？看哪集奥普拉脱口秀能管用？

她也想知道，被他打的那人是死是活。她没问，他也没说。他只是说：“那是自卫，珍妮。我是在自卫。”

她其实很想看到他为自己打人而感到痛苦，而不是一直在强调他是出于自卫。

但她当时不在场。她怎么能知道当时他必须采取何种行动，就像他并不知道她必须要做什么事情一样。

简单地说，就是，离开他。

我让你离开他。

时机很好。贝卡刚上大学，她自己可以赚钱。她依旧貌美，她可以重新来过，她还有后半生的时间。

如果不离开他，她就要在他床边守着，不知要到何时，巴望着这场莫名的病走掉。最终，他们能回归正常现实的生活。

但是，如果病好不了怎么办？正常的生活又是什么意思？从零开始吗？

她需要他吗？她不这么认为。这个世界上真的只有一个人是属于你的，唯一的那个男人？她不这么认为。

如果他得了帕金森病，她不会离开他。如果他得了癌症或者年老体弱，她不会离开他。如果他大限将至，她更不会离开他。

但是，这个病，会一直持续。她想这么过完一辈子吗？被束缚在那人的身边。

我谅你也不敢。

她拔出瓶塞，又倒了杯酒，一饮而尽。她又喝了一杯，等他下楼。他走进房间。

“我不能继续这么对你了。”他说。

他看起来很懊悔，很悲伤，瞬间老了十岁。他很瘦，很绝望，像个孩子般需要被照顾。她又倒了杯酒。

“坐在我旁边。”她说。

28

巴达塞里安进门，把两根脚趾取掉。即便打了麻药，蒂姆还是尖叫着，徒劳地挣扎。最终，他还是投降了，被紧紧地束缚着，就像在六英尺的地下棺材里醒过来。他愤怒地咒骂医生，他的咒骂里混杂着对医生的丑陋和无能的侮辱以及对病人的祈祷。巴达塞里安医生没有做声，只是对惊恐地站在走廊里的珍妮说，蒂姆很幸运，只掉了两个趾头，没有坏疽已经是很大的奇迹了。蒂姆还在尖叫，在窗外也能听到他的声音。那尖叫随着微风，散播到这个安静繁荣的居民区的各个角落。

珍妮送医生出门。在离开之前，他给她两封信。他解释说，一封是他的一位知名神经科学家朋友写给蒂姆的，他出版了很多讨论各种医学难题的书。可能珍妮也听说过他。第二封是一个机构的女士写来的。医生不知道怎么办，他让珍妮自己决定。

巴达塞里安医生轻轻地伸出手，拍了拍珍妮的肩膀，说：“尽力而为，让他不要忘了人性。”

“我在尽力。”她说。

医生开门。他们握手，她对医生表示感谢：“你帮了我们很大忙。”

巴达塞里安医生笑了笑，说：“我什么忙都没帮上。”

她走到厨房，在餐桌旁读信。第一封，神经科学家写来的信，是介绍情况的。她认得他，就像巴达塞里安医生说的，她读过他在杂志上发表的文章。他解释说自己生活的目标就是致力于解决疑难杂症。他的信饱含感情，充满自信。她想，如果是在不久前，蒂姆看到信会作何感想。第二封信是一个位于威斯康辛密尔瓦基的科学机构——防止内分泌紊乱联盟的执行主席写来的，她说蒂姆的症状已经引起了他们的关注。……我百分之百确信，病因是内分泌紊乱，这是由于摄入对人体内分泌系统有害的药物所致。这些药物在环境中大量存在，能够对人体的机能，甚至是行为产生根本性影响。一个惊人的事实是：临床实验已经证明，两个苯环大小的化学介质，或者相当于人体一万亿分之一（也相当于三千个世纪的一秒钟时间）的化学介质，能够完全掌控我们的身体。今天，我写信是为了告诉你这些知识，但是更重要的是要说服你相信，病因是源于——

她停止了阅读。

曾几何时，每当收到类似信件，不论其中的信息有多怪异，都能重新振奋她的信心。蒂姆被迫去看专家，专家又把他介绍到其他专家那里，那些专家再将他送到更好的专家手中，他们又向自己最崇敬的专家提起他的病症。现在，专家们都来找他。一个医药联盟的执行主任直接彻底地告诉他，什么是真正的病因。“内分泌紊乱”，就算他从没听说过，也没关系。就算仍存在争论，就算证据不足，就算是伪专家，都没关系。以前的蒂姆会立刻打电话，会立刻飞到那里，为了看病待足时间。她也会陪着他。

现在，她把两封信拿到水池边，扔进了垃圾桶。

第四章 — 欠你一场辩护

The Unnamed

蒂姆：二十五年前，我考进哈佛大学，开始学习法律。我从律师助理做到了合伙人，如今，作为霍布斯案辩论策略的总设计师，我却没有办法出庭辩护，而我的委托人，只有我能够让法庭相信，他是清白的。

29

周二早晨上班后，蒂姆又读了一遍自己为姬伯乐一案起草的结案陈词动议。他从上周开始动笔，起初有些忧虑。这项工作本应由合伙人负责分配，他不该自作主张去承担。五天前，蒂姆在翻阅卷宗时想到了几个论点。他反复琢磨，乐在其中。蒂姆着手草拟大纲，顿感一股暖流穿过他的办公桌，使整间屋子顿时蓬荜生辉，他一整天都浑身充满干劲。在蒂姆动笔写第一段的时候，脑中闪耀着智慧的灵光。

窗外，一群蜜蜂想方设法要钻进屋里，其中的一小群蹭着玻璃飞来飞去。蒂姆不是养蜂专家，看不懂它们究竟在干什么。他觉得在如此寒冷的天气里，蜜蜂早该死光了吧，或者都去蜂巢冬眠了？蒂姆不知道蜜蜂是否会冬眠。但无论如何，它们也不该在此时成群结队地爬上高楼大厦，在窗外飞来飞去。远处，城市不断向北延伸。建筑高低不一，密度不同，错落有致。城区被两条河围住，从楼上刚好可以看到河流蜿蜒的踪迹。蒂姆已经习惯了眼前的现实：窗外再也看不到公园景观，办公室面积小了很多，桌子上到处是划痕，椅子也不如从前高档。物质享乐只不过是过眼云烟。他也懒得把从前装饰办公室用的地球仪、蒂凡尼台灯以及自己的各种证书拿过来。朴素的环境更适合他目前简约的心境。他到公司是为了上班，下班后他就要离开办公室，去过自己的生活。

蒂姆起身，靠近窗户去观察那些蜜蜂。它们拼命地飞，胡乱地撞着窗玻璃。这群蜜蜂肯定是疯了，蒂姆想。它们撞到玻璃，被弹回去，然后扑腾着又冲向玻璃。也许它们在自杀，也许它们离开蜂巢后只能这么做。它们在蜂巢里的时候会四处游荡吗？难道这就是所谓的蜂群？蒂姆对蜜蜂真是知之甚少。

蒂姆回到办公桌前。稿子还存在问题，论证不够流畅，结构有些纰漏。他花了一小时进行修改，然后又用了一小时核查引文。他觉得差不多可以将稿子打印出来了，最后又通读了一遍，然后放进抽屉里，等待有人将此重任正式交由他负责。没人让他写这份动议，自作主张的行为是不守规矩和藐视他人的表现。他出于爱好而写稿，单纯地追求写作的快乐。自从法律诞生之日起，人们起草过无数的动议稿件，为了打赢官司，为了利用和说服对手。也许，直到今天，没有一份动议书的起草是基于单纯的创作快乐的。周末，蒂姆花了几个小时进行写作，享受它带来的快乐，让自己从郁闷中解脱出来。家里没人在厨房倒腾的时候，静得让人心慌。

蒂姆从办公室出来，走向打印机。他不想让别人看到稿子，因为这并非他分内之事。他更不想让皮特知道自己的越权行为。没人提过姬伯乐案的结案陈词动议一事。反正蒂姆从没听到过相关讨论。但大家迟早会发现，提交结案陈词动议的时机就要到来，这绝对是步好棋。然后，克洛尼斯和皮特就得一起合计究竟让谁负责此事。肯定是那个叫梅瑟利的毛头小子，他是皮特的得意门生，是最有可能的人选。

在蒂姆回办公室的路上，皮特叫住了他。梅瑟利也在场，就坐在皮特办公桌对面。他二十来岁，刚当了一年多律师助理，就因为得到皮特的喜爱而扬扬自得。他皮肤干燥，泛着红色，在边缘处有斑点的痕迹，比如发际线和指节处。蒂姆漫不经心地看着梅瑟利，突然联想到那些未老先衰的儿童。他们快速衰老，十三岁便夭折，一副老人的模样。今天，梅瑟利穿着粉色外套，露出白色的领口和袖口，银袖扣在旋转座椅扶手处闪着亮光，衬衫前襟的螺旋花纹领带垂在胸前，像个绸缎舌头。他完全符合新人对老油子律师的想象。皮特又穿了蓝色条纹服，打了领结。他其实该系领带来搭配这身衣服。他挺着肥大的肚子，看上去就像是脖子上挂了个大水球。节日的喜庆气氛活跃了两人间的气氛。蒂姆紧抓着自己打印出来的文件。皮特的办公室窗外也有蜜蜂。

“梅瑟利不知道你出走的事情。”皮特对他说。

蒂姆站在门边，没说话。

“我说的是真话。刚才我问过他，他说不知道。”

“我有点怀疑。”蒂姆说。

“告诉他，梅瑟利。”

梅瑟利转头回答：“我从没听说过。”

“这原本就是我个人的私事。”

“私事？拜托，你的病例被刊登在《新英格兰医学期刊》上。”

“他以前随身带着一份文章复印件，以向别人证明他不是疯子。”

皮特对梅瑟利说。

“我带复印件的目的并非如此。”

“他上班的时候戴着头盔，背个大背包。”

“我敢说他肯定早就从别人那里听到这些故事了，皮特。”

“他就像小学生赶校车一样走来走去。那时候他们还在做实验。那个实验的目的是什么？”

“说这些有什么用？”

皮特耸耸肩：“聊聊而已。有一次他就那样出现在法庭上。法官进来，他也不肯摘掉头盔。他穿着西装，下巴扣着扣带。法官问他为什么要戴头盔。你没看到当时克洛尼斯的表情。”

“你可以在《新英格兰医学期刊》里读到这些。”蒂姆对梅瑟利说。

“我从来没见过克洛尼斯如此生气。当时我只是律师助理。我他妈的什么都没说，是吧，蒂姆？我跟你提过关于头盔的事吗？只字未提。”

“你是个圣人。”

“嘿，蒂姆，别生气。我们就是聊天而已。无法自控地出走。梅瑟利，你得读读那文章才会相信，太不可思议了。”

蒂姆想知道，究竟是谁提议让皮特成为合伙人。是克洛尼斯吗？他根本不认为皮特是块合伙人的料。皮特能做泰勒律师事务所的合伙人？他觉得不能。“我要回去工作了。”蒂姆说。

“等等。我的意思是，还有很多问题呢。比如，万一你被蒙住双眼，怎么办？”

“嘿，皮特，你有没有和克洛尼斯讨论过关于结案陈词动议的事？”

他本想保持低调，但那一瞬间他却忍不住了。是谁推荐那个戴领结的蠢人做泰勒的合伙人的？

皮特点点头，说：“哪个案子？”

他当然知道是什么案件。

“你们考虑过由谁来负责起草结案陈词动议吗？”

“哪个案子，蒂姆？”

“姬伯乐案。”

“姬伯乐？”

“我只是好奇，所以问问你和麦克是否讨论由谁负责起草。”

皮特看了看梅瑟利。“哪个正常人会想给姬伯乐案写结案陈词动议？”他问梅瑟利。

30

蒂姆时常抱怨“头脑迷雾”。珍妮和贝卡都不明白“头脑迷雾”究竟是怎么回事，可她们相信蒂姆深受其扰。他早已争取到描述自己独特症状的“特权”，也得到大家认可。他说自己“精神没有黏稠度”。此类表述看似毫无实际意义，但他坚持自己的“精神没有黏稠度”的说法。蒂姆对贝卡说，他的神经一直叮咚作响，就像松了弦的吉他。比喻虽形象生动，但贝卡怎么也无法将其与自己的神经系统进行比照。生理疼痛不难描述，可蒂姆还是选择使用个人语汇。他的肌肉“超级疲惫”。他的左半边处于“漂浮状态”。有时候，他的呼吸“挤成一团”。当他用类似吉他弦的比喻进行解释时，珍妮和贝卡能估摸着猜个八九不离十。但是，他坚持使用无用的非医学个人语汇。因为，在蒂姆看来，根本不存在更恰当更准确的说法。珍妮和贝卡只好谨慎选用最精确的描述语言，那些他能感同身受的语言。

“所以，当你说呼吸‘挤成一团’的时候，”贝卡问，“你的意思是不是‘上气不接下气’？”

“不，”他回答说，“我的意思就是，‘呼吸挤成一团’。”

“叮当作响”、“极度疲惫”、“挤成一团”——他说的话，只有自己明白。

在“头脑迷雾”袭来的时候，蒂姆要听珍妮和贝卡为他朗读。他喜欢历史和传记。他担心大脑失去外界刺激就会丧失智力，如同汗水会被床单吸收一样。蒂姆被锈在家里。没过多久，珍妮买了一张病房专用床，两边能伸缩，手腕和脚腕处有扣带。这比床头架和手铐先进多了。混合着病床便盆、润肤油、抗抑郁药、消毒液和汗液的味道，家里的客房变成临终关怀室。蒂姆处于出走的长久梦魇中：行走，睡觉，起床，等待下一次行走。他的双脚不停抽筋。贝卡在给蒂姆讲述国会利用林登·约翰逊一事时，发现他能边走路边睡觉。

“爸爸，”她叫着将他晃醒，说，“你睡着了。”

“在大脑迷雾里，很难集中精力。”

“但你一直在走。”她说。

她认为这足以向任何人说明，蒂姆所患疾病并非“精神问题”。他的意识已经进入休眠状态，可身体仍在运作状态。不过，他没兴趣再去进行任何辩论。无论病因源于生理还是心理，无论被诊断为器官性疾病还是精神疾病，他都无所谓。

“你下次不能让我睡着。”

“为什么？”

“如果我又睡着了，马上叫醒我。让我保持清醒，贝卡。继续读。”

不久后，她再次回家替母亲照顾父亲。还未张口朗读，就被父亲打断。蒂姆说：“这样没用。收拾一下东西，把我解开。”

“不行。”她说。

“这房间就是地狱，贝卡，放我出去。”

“那会破坏整个疗程。你得耐心点儿。”

“有用的话我早就康复了。见鬼。放我出去，这里是地狱！”

他一直被锁在屋里，就像被监控的自杀倾向严重的疯子。贝卡其实可以离开房间，戴上耳机屏蔽他的叫声。但妈妈不在家，她负责照顾父亲，她不能丢下不理。在每次仅有的和父亲共处的三四天时间里，她总要持续不懈地努力，让他集中注意力，不脱离这个世界。

她买了一个苹果音乐播放器，装好音乐：“试试这个吧，爸爸。”

“你妈妈呢？”他问。

“不知道。”

“她出门的时候去了哪里？”

“我不知道。”

“你在撒谎。”

“别缩脖子，放松。”

她把降噪耳机放进父亲耳朵里，盼望着能够抵消他不停运动的双腿的消极影响。然后，她让父亲听自己这些年来都很喜欢的疗伤音乐。

31

他坐在合伙人团队面前，忍住不哭。无论如何都不能哭，要一直说话。他的绝望就像是潜入了满是饿狼的屋子里的一只小羊。他用二十多年来兢兢业业的服务和为公司赚得的成百上千万的利润说话。你们这些忘恩负义的浑蛋！他想破口大骂。你们这群冷酷无情的官僚！总有一天，你们都会得病！强硬的言辞与软弱的请求在他脑海中斗争。哦，请让我重回公司工作吧！请让我重新开始正常生活。他低声下气地看着那些死气沉沉、令人生畏的脸：我会好好表现，按你们的要求工作，不再闯祸。我保证，我保证。

“蒂姆，差不多就行了。”克洛尼斯说。

蒂姆喋喋不休地继续为自己辩护，强忍着，不哭。

“蒂姆，蒂姆——”

蒂姆停下。

“我们听得差不多了，谢谢你。我相信，大家都很高兴看到你康复。给我们一段时间讨论，过些天我们给你答复。”

时过境迁，他的过错已被淡忘，先前的声望在一定程度上得到恢复。公司答应给蒂姆一个解释机会，他列举出自己的优势：丰富的专业知识、多年的衷心服务、良好的法律头脑。然后，他们投票决定，鉴于蒂姆先前有渎职行为，不再给予他合伙人资格。公司请蒂姆回来担任事务律师，走一条永远不会成为合伙人的职业道路。

作为附则，蒂姆继续享受担任合伙人期间为公司赚得利润的季度分红。从经济角度出发，他完全可以拒绝克洛尼斯的侮辱性条款。但是，他对回归正常生活满心感激，对泰勒律师事务所满腔热爱，所以当即全盘接受。蒂姆放下电话，失声痛哭。他们都是大好人。他们都有宽恕心和包容心。做事务律师将会是多么有趣的工作。

32

重返泰勒后，蒂姆做的第一件事就是邀请法兰克·诺沃维吃晚餐。他想感谢法兰克，因为在很久以前的那个冬日，法兰克曾陪他走在大街上，还把自己的羊绒帽借给他。

法兰克坐在安全岗亭里的凳子上一动不动，就像池塘里的青蛙。蒂姆走过来时，法兰克从一排监视器前抬起头。

“方施华先生，你好吗？”

法兰克口气平淡冷漠，不苟言笑——对于一个负责办公楼保安的人来说，这是值得赞赏的好品质。

“法兰克，我们想邀请你和你太太吃晚餐。”

这让法兰克很意外。

“很抱歉，我还不知道你太太的名字。”蒂姆说。

“琳达。”

“周六我和珍妮商量过，不知你和琳达这周末是否有空。”

法兰克伸手去挠肩膀，外套紧贴在身上。蒂姆走后，他变得更强壮了。蒂姆担心他的制服会被扯破。“我们有空，方施华先生。周末是什么特殊日子呢？”

“你可以叫我蒂姆，法兰克，我不是合伙人了。”

“方施华先生，只要你是泰勒律师事务所的职员，我就要使用尊称。很多人不看重这条规矩，但他们是他们，我是我。”

蒂姆点点头：“好的。不过，你来我家吃晚饭时，能叫我蒂姆吗？”

法兰克想了想，说：“如果你允许我带酒的话。”

“那就说定了。周六？”

“嗯，周六。”法兰克说。

一进门，法兰克就摘下棒球帽，放进大衣兜里。看着法兰克的大衣，蒂姆联想到法兰克在自家院子里扫雪的情景。蒂姆脑中浮现出法兰克家的小区：密集的房屋，金属防护板，铁链围起来的后院。狗在叫，小货车挤着开进停车道。

进门时，法兰克抬头环视屋内，仿佛要开始一段观光旅程。现在是业余时间，他的状态很放松，大赞蒂姆的房子。他送给蒂姆半打啤酒，介绍了自己的妻子。琳达比法兰克瘦小，亚裔血统，有深色刘海，涂着浓重的眼线，笑起来大气又美丽。蒂姆曾以为法兰克的妻子会是个浓妆艳抹的意大利人，说话带着布朗克斯口音。蒂姆接过他们的外套，琳达送给他一瓶酒。

“说真的，方施华先生。你的房子真棒。”

蒂姆想起他们的约定——今晚他是蒂姆，不是方施华先生——但又怕直接提醒会让法兰克觉得尴尬。他决定顺其自然。他请法兰克夫妇进门，法兰克再次对他的邀请表示感谢。

“这个房间真棒，”法兰克坐在沙发上说，“电视信号一定很好吧？”

“试试看，”蒂姆将电视遥控器递给法兰克，“我太太在厨房。”

“我能帮忙吗？”琳达问。

“虽然不知道是什么菜，但闻起来很美味。”法兰克说。

“要帮忙的话，你不妨先告诉我你喜欢喝什么。”蒂姆说。

琳达看了看法兰克。

法兰克抬头看着蒂姆，问：“你喝什么？”

“我想先喝一瓶你带来的啤酒。”他说。

“那我也喝。”法兰克说。

“我喝啤酒。”琳达说。

“三瓶啤酒，”蒂姆说，“马上来。”

他走进厨房，发现珍妮坐在流理台上。她正盯着酒杯，好像在找金鱼。

“珍妮？”

她慢慢转过头。她看着他，举起酒杯。她漫不经心地用牙齿撞击玻璃杯，发出声响，杯里的液体像金色浪花一样溅出，洒在她脸上。“嗯。”她放下酒杯，摇摇晃晃地伸手去拿纸巾，然后一屁股坐回凳子上，擦掉酒渍。

“亲爱的？”他说。

“嗯？”

“你喝了几杯酒？”

她没回答。

“今晚又喝醉了吗？非得今晚喝醉吗？珍妮？”

“嗯，”她从椅子上下来，“羊肉。”她走向烤箱，东摇西晃。打开烤箱门后，她站起来，转身看着厨房的另一边。“手套呢？”

“让我来吧。”蒂姆从她手里拿过手套。

“我喝醉了。”珍妮说。

“我知道。发生什么事了？”

她伸手抱他。她摇晃得厉害，他将她拉入怀中。“有时我在浴室里也会喝醉。”珍妮说。

他拿着啤酒回到客厅。法兰克提议敬酒。“为你的房子。”他说。他们碰杯，为蒂姆的房子而喝酒。然后，蒂姆告诉他们，珍妮身体不适，在楼上休息，晚些时候可能会下来。法兰克和琳达表示关心。

“也许我们该回去了。”琳达对法兰克说。

“别，千万别，”蒂姆说，“我会埋怨——”

珍妮走进客厅，说：“你一定就是汉克了。”

蒂姆转身，看到珍妮走过来跟法兰克握手。她被地毯绊了一下，定了定神，又低头看脚。然后她转身，离开了房间。

三人面面相觑，站在门口。蒂姆站住，对客人们说：“也许她感觉好点了。”话音刚落，他差点撞上转头回来的珍妮。“我忘了拿我的酒。”她说着，接过酒杯，用手拍打洒出来的酒。

“人家叫法兰克。”他愤愤地对珍妮耳语道。

吃开胃菜时，蒂姆和法兰克先是谈论电视节目，然后又谈论开胃菜。最后，话题集中在了Chex Mix[1]上。蒂姆无心讨论Chex Mix。他想和法兰克——一个能让他信赖的人，说说几个月来他在这间屋子里的生理和心理挣扎。

“约巴林达，”蒂姆听到珍妮对法兰克的妻子说，“那是理查德·尼克松出生的地方。”

“约巴林达？”法兰克的妻子问。

“我想着琳达，琳达，你的名字让我想起了约巴林达。”

珍妮做的羊肉还不算难吃。吃饭时，她没怎么说话。她沉浸在自己的世界里，早已跟不上对话节奏。蒂姆用尽浑身解数，调动所有他在泰

1　一种糖果的名称。

勒做合伙人时的素材资源，给法兰克和琳达讲了很多著名故事和案例。法兰克和琳达喝着酒，全神贯注地听着。蒂姆的独白结束后，他们起身告辞。

33

蒂姆离开皮特和梅瑟利那里，回到自己办公室。手中的姬伯乐结案陈词动议还留有打印机的余温。他坐在办公桌前，打开柜子底端的抽屉，按计划将动议收好。他试着回味当初想写这份东西的简单冲动，以及在漫长寂寞的周末里，写作所带来的满足感。可现在，成稿的最终命运让他遗憾。躺进抽屉，浪费生命。就算给皮特和梅瑟利六个月时间让他们愁眉苦脸地苦思冥想，也不可能写出有他这份辩词一半说服力的东西。可他只用一周时间就完成了。梅瑟利那种优越感和皮特名不副实的合伙人身份让蒂姆恼怒。

他关上抽屉，把胳膊放在办公桌上，向门口张望，满腹心事、压力和不满。他试着转换思维，想些崇高和积极的事。事务律师也是人，他想。然后，他转念一想，去他妈的。

他带着稿子，下楼去找克洛尼斯。幸好，办公室没人。要他当面把稿子交给克洛尼斯，他可能无法做到。他把稿子放在克洛尼斯办公桌上，留了张字条，然后满怀希望、满腹忐忑地离开。走到半路，他开始后悔，觉得自己做错了。

34

蒂姆被锁在家时，珍妮和贝卡每天都会松开他的一只手，为他翻身，以免生褥疮。她们在蒂姆睡着的时候为他翻身，在他双腿后面皮肤破损处涂上抗生素油。

一天晚上，贝卡解开扣带，在床边找护肤油，蒂姆突然用力抓住贝卡的手。她吓得大声尖叫。

“别再为我松绑了。”他说，紧紧地抓着贝卡。

“你弄疼我了，爸爸。”

“你解开一半，我就能解开另一半。”

他松开她。

“我会忍不住，我会出走，然后再也不回来。”

他们必须找到新的防褥疮方法。巴达塞里安医生给他开过一种要注射的液体镇静剂药方。但蒂姆语无伦次，极不稳定的时候，什么药都没用。

35

接下来的一小时里，他不停地检查自己的收件箱，盼望着收到克洛尼斯发来的邮件。他盯着手机，希望它响。十一点三十分，他被等待折磨得就要发疯，于是决定出去走走。他把办公室电话设置呼叫转移到黑莓手机上，顺着走廊来到电梯旁，担心被人看到。

法兰克站在大厅的岗亭里，像个大气泡。无论进出，蒂姆都尽量避开法兰克，但是保安站得离扶梯太近，避无可避。蒂姆每次都设法走在人群中间，可现在还没到午饭时间，所以周围没有人。他走过时，法兰克抬起头，他们对视。

“嘿，法兰克。”

“方施华先生。”

“我去吃午饭。要不要给你带点儿吃的？”

“我带了太太准备的午饭。”法兰克说。

“是吗？”他随意地走向岗亭。

“天天如此。”

“她对你真好。她最近怎么样？”

“很喜欢自己的新工作。”

“她刚换了工作，是吧？”

“嗯，同样的工作，不同的银行。”

蒂姆根本记不起，也压根儿不知道琳达在银行工作。“非常好，祝她好运。”

“方施华先生，你太太最近怎么样？希望你不要介意我这么问。”

蒂姆压低了声音，望着大厅。

“我非常感激你的谨慎小心。”他小声说。

蒂姆对法兰克点点头，说话时加入了很多确定性的肢体语言，其实并没有对法兰克说任何实质性的珍妮的近况。然后他用手指头敲敲大理石台面。

“现在我要去吃饭了。”他说。

坐上扶梯，一路走出大堂的时候，他查了查黑莓手机。珍妮很好，她明天就从疗养中心出院回家。蒂姆不知道法兰克为何问起。

36

珍妮在床边的椅子上睡着了。蒂姆喊了一声，她起身，开了灯。蒂姆的眼睛适应了光线后，才看清那不是珍妮而是贝卡。她摇摇晃晃地走回躺椅边，一屁股坐下，好像身体里都是塑胶豆，柔软无骨，慵懒散漫。座椅弹簧很快安静下来。贝卡休息的方式很像中年服务员劳累一天后回到家的情景。可贝卡还只是个青春的大学生，因为替母亲熬夜值班照料父亲而身心疲惫。

“贝卡，”蒂姆问，“她去哪儿了？”

贝卡打了个哈欠，摇了摇头，“爸爸，我不知道。我要是知道，早就告诉你了。”

“我才不问她。”他说。

贝卡又打了个哈欠。

“你太累了，”蒂姆说，“回房睡觉吧。”

贝卡没动。蒂姆仔细地端详她。钟表显示，现在并非早晨，但对于他来说，这就是早晨——每个周期里都有那么一两个小时的时间里，他会觉得自己又像正常人一样活在世界上。要是此时贝卡起身道晚安，然后离开，他会被绝望淹没在黑暗中。他必须抓住这宝贵的一小时。

“我给你讲过列夫·威蒂格的故事吗？”蒂姆问。

贝卡从椅背上抬起头，困顿地看着他。

“列夫·威蒂格曾是泰勒律师事务所的合伙人，”蒂姆说，“从康涅狄格州来的税务合伙人。他是耶鲁毕业生，很顾家，但也是世界上最无趣的人，而且长得很丑。他的脖子是我所见过的最大一坨人肉。”

贝卡把头放在躺椅的金色天鹅绒扶手上。这椅子应该属于一户正常美满的人家。在那个家庭里，所有的吵架拌嘴都是关于汽车问题、账单问题，以及争抢遥控器的问题。蒂姆看着自己的女儿。可怜的孩子，大半夜的，她太累了。

“但是，列夫·威蒂格确实是个税务天才。这样的人不多。现行的能够使大公司免交联邦收入税的制度架构，就是列夫·威蒂格设计的。能为泰勒律师事务所节省大笔税金，他理所当然地成为了合伙人。你想听这故事吗？”

“当然。”贝卡说。

“不是因为可怜我才想听吧？”

“可怜你？”

“很晚了。”

“继续讲故事吧，爸爸。”

“好的。列夫·威蒂格的故事。他招揽了很多客户，为公司赚了很多钱。但是，你也知道，很多合伙人都无聊透顶。而且，列夫·威蒂格还很丑。多金、无聊、丑陋的结合体，就是个火药桶。你确定要听下去吗？”

“为什么你总问这个问题？”

“我是说，如果你现在去睡觉，我完全理解。”

“爸爸，我醒了，我在听呢。”

“我觉得你可以给我松绑一小时，我应该没事。”

“不行。”她说。

蒂姆默不做声。

“爸爸？”

“我想说说话。”他说。

“那就说吧。”

蒂姆又沉默了一会儿。“列夫·威蒂格的故事。他将全部精力投入税务工作，花了二十年时间，成为行业内的明星。没人比他做得更好。他有数不尽、花不完的钱，是这座城市最有名望的公司的顶梁柱。可是，他也感觉到自己日渐衰老。他五十岁了。人们在五十岁的时候，都会有这种感觉。列夫决定享受人生。他说，既然我如此努力地工作，赚了如此多的钱，我就应该做自己喜欢的事。他付诸了行动。”

“什么事呢？”

“纵欲。那些人几乎都想做这事。你想从爸爸口中听到荒淫无度的生活故事吗？”

“会让人尴尬吗？”

“不会，都是些怪事。”

她示意蒂姆继续。

“嗯。他想放纵，于是在唐人街找到一个人。这人专门从中国、非洲等地走私动物，高价卖给有钱人做宠物。谁知道他怎么找到这人的。列夫·威蒂格有钱，有钱能使鬼推磨。列夫·威蒂格不怕花钱。”

贝卡起身，问：“然后呢？”她盘起腿，冥想般坐着。

“你首先要了解，列夫已经厌倦了和妻子的性生活。也不能怪他，他妻子是个粗野的人。长胡子，少头发。他不想碰她。”

“你怎么知道的？”

“他告诉我的。那时我是律师助理，根本不在他们部门工作。他到处跟人说自己的事。每逢公司举办重大活动，他都会告诉在场的所有人。我们都穿戴整齐，围站一圈，手拿酒水，听他像讲述法庭轶事一般滔滔不绝地说自己的房事。他就是列夫·威蒂格，制定税收规则的人。”

“那也够恶心的。”贝卡说。

“不过，事实的真相是……”他停顿片刻。蒂姆想制造点气氛，但又不想让贝卡失去兴趣。“在特定情况下，他还是能和她进行性生活的。”

“你怎么知道的？”

“在某些非常特殊的情况下，他可以。”

“什么情况？”

他停顿了稍长时间，说："房间里必须有蛇。"

"什么？"

"房间里必须有蛇，他才能勃起。"

"你说真的？"

"我向上帝发誓。"

"你怎么知道的？"

"上庭时听说的。"

"什么庭审？"

"听说的。列夫在唐人街找到的那人手里有一条亚利桑那三脚响尾蛇。他通过快递将蛇送到列夫公司。蛇装在笼子里，笼子又装在一个盒子里。必须按照说明给蛇喂食。你知道有些响尾蛇会影响人的呼吸系统吗？"

贝卡双手抱膝："你在开玩笑吧？"

"列夫把蛇拿回家，对太太说，如果她不想离婚、不想无家可归，就必须把蛇放在屋里陪他们做爱。"他顿了顿，等贝卡领会。蒂姆知道，自己不讲完，贝卡是不会离开的。"老妇人听后大吃一惊。"

"是吗？"

"但这是列夫多年来的幻想，他不想再压抑自己了。他如是告诉妻子，蛇能让自己兴奋。他把蛇笼放在客房里，告诉妻子可以先进屋或者后进屋，反正他要放蛇出来自由活动，陪他们做爱。然后，她上楼到客房，看了笼子里的蛇，就下楼提出离婚。"

"这才是正常人做的事。"贝卡说。

“谢谢你听我讲故事。”蒂姆说。

“讲完了吗？这就是结局？”

“没有。”

“那干吗谢我？”

“我就是想谢谢你。”

“爸爸，”贝卡说，“把故事讲完。”

“然后呢，你猜列夫会怎么做？他对妻子威逼利诱，百般操纵。但妻子掌握了充分证据，他最终黔驴技穷，只得同意离婚。他搬进中央公园附近的一栋公寓，开始招妓。”

“他还带着那条蛇？”

“他有钱，想做什么都行。”

“他到底是谁啊？”

“列夫·威蒂格，税收规则的制定者，你能见到的世界上最无聊的人。”

“我才不要见他呢。”

“列夫对妓女们谎称自己只有在黑暗中才能做爱。一进卧室，列夫就兴奋，因为有蛇在。”

贝卡扭了扭身体，浑身发抖。她换个了姿势，将腿抱得更紧了。

“另外，他每次都要换一条蛇。这简直就是大麻烦。唐人街那人给列夫找来眼镜蛇、毒蛇和绿色树眼镜蛇，等等。都不是什么对人有益的好蛇。”

“‘好蛇’的定义是什么？”她问。

蒂姆举起食指，表示明白贝卡的话。他的手只能微抬，因为手腕被紧紧绑在床边。“列夫越来越娴熟。他没有靴子、手套之类的装备，只用一副蛇钳把蛇拿出来或放回去。每次事后，他都把蛇装进笼子，放回盒子，走到公园，扔掉。”

“把蛇丢在中央公园？”

“罕见的毒蛇。”

“我不去了，”贝卡说，“我再也不去中央公园了。”

“他屡试不爽，直到有天晚上，一个女人来到他家，往卧室床上走的时候，踩到了蛇。”

“天哪，然后呢？”

“这个女人死了。我觉得她可能本来身体就不好。现在，你可以对列夫做出评价。他打了911，如实告诉急诊医生所发生的事，给医生看笼子里的蛇，蛇钳，和那女人腿上被蛇咬伤的痕迹。医生报了警，列夫被抓了。”

“真不敢相信，你居然认识这种人。”

“这就是我同事，”蒂姆说，“列夫入狱前，我见过他最后一面。上庭前，他被保释在外。他去所有的办公室，给大家解释他的所作所为以及原因，毫无悔意。他并不是泰勒公司第一位有钱且丑陋的纵欲合伙人。我记得在大堂里见到列夫，他把我拉到一边。我当时刚成为合伙人。他问我是否听说过他的事。我说我知道。列夫用他那小豆眼睛和大脖子看着我，说总有一天，我也会做类似的事情。等着瞧吧，他说。他用自己的厄运诅咒我。他说：‘这是我背负一生的十字架。屋里没有蛇我就不能做爱，我喜欢做爱。’”

贝卡在椅子上坐着，抱住双腿，摇摇头。

“你相信吗？”

贝卡还是摇头。故事讲完了。然后，他们要做点什么呢？

“你累了吗？要不要去睡觉？”

贝卡突然打了个哈欠，好似在回答蒂姆的问题。他必须要想出点其他事情来。

“你认识麦克·克洛尼斯吗？”他问。

“名字听起来很耳熟。”贝卡说。

“你见过他，”蒂姆说，“他是主管诉讼的合伙人。”

“他需要在房间里放什么动物？”

“听我讲故事吧，再多听一会儿？”

她把头靠在椅背上，睁着眼睛。

“克洛尼斯当主管后，定了个规矩，就是公司招录新人时，他要亲自面试每个候选人。公司每年招很多新人，所以面试是项非常艰巨的工作。克洛尼斯就是传说中那种控制欲极强的人，比我更甚。他给每个来面试的人讲述同一段关于他自己的故事。他的故事的确属实，因为我曾身在其中。克洛尼斯想借此告诉新来的员工，自己是泰勒的律师典范。故事大致如下。克洛尼斯接手了一个非常著名的案子，政府部门想关闭一间高科技公司，认为它违反了反垄断法。这个官司打了好几年。涉案公司有个竞争对手，位于加州，也趁机发起诉讼。克洛尼斯接手此案时刚成为合伙人不久，他必须要在加州做出庭准备工作。讲述自己英雄事迹的时候，他说——其实我很怀疑——他曾想每月有几个周末能飞回纽约，陪陪家人。他有两个儿子，当时一个六岁，一个八岁，或者一个八岁，一个十岁。但是，在那两年时间里，除了节日，他从没回过纽约。孩子们会去加州看克洛尼斯，他妻子带孩子们去迪斯尼公园和海边玩。每个周末，孩子们只有一两次和父亲在宾馆吃晚餐的机会，然后就得回纽约。所以，当官司结束后——当然，我们打赢了——为了补偿，他对孩子们说，咱们全家去汉普顿度假一周。我们要补回失去的时光。一个周五晚上，他们开车去汉普顿。当晚，克洛尼斯接到一个重要客户的电话。客户对克洛尼斯说，当他在加州努力工作为科技公司打官司的时候，泰勒的另外一位合伙人却在公司捣乱，不好好打官司。现在只剩下两个月时间，客户在考虑是否要换用其他公司，除非克洛尼斯亲自接手。就这样，在和孩子们度过了不到十二小时的汉普顿时光后，克洛尼斯打电话叫司机来接他回去。他对孩子们说，自己当晚要飞去休斯敦，不能陪他们度假了。据克洛尼斯描述，孩子们非常伤心，哭闹个不停。克洛尼斯不喜欢孩子们这样。他把孩子交给妻子，自己上楼收拾行李，然后下楼到门外等车。司机来了，克洛尼斯上了车，儿子从屋里冲出来，直奔向车。孩子没流一滴眼泪。他说，如果克洛尼斯不走的话，他以后再也不哭了。克洛尼斯看着儿子颤抖的小脸，一句话都没说，摇起车窗，让司机开车。克洛尼斯坐车离去的时候，孩子在后面号啕大哭。当天晚些时候，我们一起坐飞机，克洛尼斯告诉我，如果最后孩子不哭的话，他也许会考虑留下。那是对他的考验，克洛尼斯说。我不相信他的鬼话。他在飞机上给我讲这个故事，在招聘面试的时候给大家讲这个故事，在公司重要活动上跟所有人讲这个故事。他还给所有客户讲这个故事，好让大家都知道，他永远将客户利益摆在首位。走进他的办公室，第一眼就能看到，在他的法学学位证书旁，摆着一张8×10cm的全家福。克洛尼斯的儿子们现在都长大了，他们称呼麦克为‘老爸叔叔’。有时候，我对你也很过分，但不像他这么离谱。”

“你对我从不过分，爸爸。”贝卡说。

“你上中学的时候，我曾让你失望。”

“我上中学那会儿，很混账。”

“从一九七九年开始，我就是个浑蛋。”蒂姆说。

“我从小到大都很混账。”

他们大笑起来，然后又是一阵令人不安的沉默。蒂姆琢磨着要开始讲下一个故事。

37

蒂姆回到公司，坐在办公桌前，过着一天又一天不受打扰的正常日子。他坚信，这一次自己完全好了。他被关在屋里的日子已经结束。二十七个月零六天的无用劳动都成为过去。他曾过着傻子的生活，生命的意义缩水成一个枷锁。蒂姆兴高采烈又小心翼翼地重新适应新生活。他还记得自己得到解脱的那天，走到屋外的草坪上，面色苍白，双腿颤抖，被阳光照得睁不开眼睛。

回到公司后，蒂姆常在走廊里溜达，总会遇到些人，他主动打招呼问好。他喜欢端着杯咖啡，寻觅以前未曾注意过的景象。他看着街角的出租车缓慢地拐弯，拖船在河上漂浮。

时不时地，他就想走出办公室，仿佛爬出地下墓穴，去享受新鲜空气，让阳光照耀脸庞。这次的“缓刑”不知能持续多久？他生活在疾病复发的恐惧中，像一个移民到梦想国度的人，时常担心变化无常的当局会突然将他拘禁，剥夺他的自由，留下痛苦和尘埃。

在一次外出溜达的时候，他巧遇一群在灰色钢筋混凝土大楼拐角处排队的人。大楼既华丽又普通，好像重建的银行。他们整齐划一，为了一个神秘目标而努力，路人禁不住要多看两眼，就怕错失细节。蒂姆以前也注意到类似人群，但从没真正关注过。他从两辆车的保险杠中间钻过，穿越马路，走近队尾的人，像一个从没见过城市聚众活动的游人一样，向他们打听情况。

“招募演员。”

“什么演员？”

“电影。”

“不知道就赶紧走吧，”那人不耐烦地说，“我们不需要更多竞争对手。”

可蒂姆没走，他觉得很好玩。他惊奇地发现，自己居然进了这栋大楼，加入了招募演员的队伍。他尽量使自己保持镇静。办公室里有很多事情等着他去做，但都不好玩。很快，他身后又排了些人。他有强烈的陌生感。蒂姆从没有做过演员，没拍过特写，没因为要贴补薪水而去做服务员，没经历过在最后一次试戏时丢掉角色的伤心。这都是演艺界亚文化。人们总是八卦地谈论，但从未认真过关注演员风光生活背后的辛酸奋斗。他们被遗弃在世界的角落。艺人和移民，共同背负起这座城市。饮食不规律，生病，做服务员端盘子上菜，边洗澡边背莎士比亚。蒂姆身后站着两个拉丁裔女孩：一个戴着圆圈耳环，满头硬邦邦的乌黑鬈发；另一个穿着很不得体——不过，在这里好像百无禁忌——她扮成公主的模样，牛仔夹克罩着一身白色纱绸的无吊带礼服，头戴一顶闪亮王冠。蒂姆想，她肯定是来面试公主一角的。

拉丁裔女孩对“公主”说：“他凭什么那样对我？我对他那么好，女人！可他瞧不起我，好像我是连教堂都不去的人，胡扯。”

“让曼尼揍他。”“公主”说。

“我要怎么跟曼尼说，才能让曼尼揍自己的孩子？”

“就说他一派胡言。”

先是演艺圈亚文化，后是女性亚文化，关于欺负女人的男人该被打屁股的事。蒂姆试着回想，这些年走在街上或者在饭店吃饭时无意间听到的其他八卦。他在这座城市生活了很多年，肯定有很多次类似的际遇，但他什么都想不起来。一件也没有。没生病的时候，蒂姆好像从来没把耳朵和注意力从自我思考中解放出来，要么在想工作，要么想如何治病。他留意过别人说的话吗？

那天晚些时候，蒂姆在烤肉王点餐，听到了另外一段对话。烤肉王是停在四十号大街上的一间可移动塑料小屋。小推车上挂的塑封物品表明烤肉王是街头零售小吃之王。店前张贴的菜单上只有三道菜——羊肉、鸡肉和沙拉三明治。他点了烤羊肉串，把钱付给穿白色厨师服、戴塑胶手套的女人。也许她是烤肉王后。烤肉国王穿着类似的服装，背对着她，正在烤肉。

蒂姆热切盼望吃烤肉。他比想象中还饿，他老早就想吃饭了。很多时候，走路的辛苦并非源自痛苦、神秘，或者幻灭，而只是路过小推车时被食物的香味所诱惑。长走不停使他产生了幻觉，就像在沙漠里死亡的人知道自己误将沙子当成了水。几小时下来，他脑中一直充斥着火苗烤着小腿嗞嗞冒油、烤肉关节处直接被从骨头上撕下来、表皮被烤出了血泡的画面。他不属于文明时代，在原始直觉驱动下他单纯地渴望食物和火。

服务员把锡纸裹着的三明治和几张纸巾递给蒂姆，他知道自己已经没有耐心将它拿回办公室去吃了。他站在砖墙边，躲过人行道，撕开锡纸。手中的三明治像矿石一样炙热。一大口肉、汁、酸奶酱、洋葱和切块的腌菜下肚，什么都值了。淡茶色的皮塔饼是一种浓郁的享受。他大口地吃，大口地嚼，好像下肚的只是热气。

蒂姆又点了一份烤肉，走到大街另一边的院子。他坐在朝向路边的玫瑰色长板上，看其他人围坐在高楼中间废弃的喷泉边吃午餐。吃饭的时候，蒂姆听到两个人的对话。他们就在长板的另一边，靠着墙。他们是无家可归的人，住在棚子或隧道里，手边都放着一个包，包里装着瓶子。其中一人有辆独轮手推车，停在墙边。车上挂满了衣服和塑料袋，一部分被蓝色油布裹了起来。蒂姆停止咀嚼，听他们说话。他们说着英语，但蒂姆完全听不懂。他只是听出了抱怨的强调。他知道说话人肯定受了莫大委屈和不公，但至于具体是什么，他也听不清楚。

38

蒂姆把结案陈词动议书放在麦克·克洛尼斯桌上的那天中午，去了布莱恩特公园。他走进一家小店买了份火鸡卷，然后到阴凉处的绿桌旁坐下。蒂姆感觉到落叶在脚下咯吱咯吱作响。其实他错了，现在不是落叶的季节。但他满脑子都是关于稿子的事情，根本无心留意。克洛尼斯看没看稿子？如果他看了，会怎么想？

蒂姆坐下，拍掉了桌上一只慵懒的蜜蜂，打开火鸡卷。他一直盯着黑莓手机。天有点凉，但周围还是有很多人，在无声抵抗中等待春天的温暖早些到来。蒂姆没注意人们在说什么。自始至终，他都机械地吃，味同嚼蜡。下巴的疼痛提醒他，已经吃完了。他履行了午餐的义务。不久后，仿佛他的注视给黑莓手机注入了神奇力量，麦克·克洛尼斯给他打电话了。蒂姆认出了屏幕上闪动的号码，心开始狂跳。他上次有类似感觉的时候，是在二十五年前。那时他只是个律师助理，接到高级合伙人的电话，事无巨细，都是证明自己实力的好机会。他用自己都难以置信的声音很不情愿地接起电话："你好？"

"蒂姆，你在我桌上放的是什么东西？"

"请问你是……麦克吗？"

"结案陈词动议书。这是你写的？"

"你看到了吗？我放在你桌上了。"

“谁写的？”

“我。”

“用来干吗？”

“哦，因为……你看了吗？”

“我要它做什么？”

“做什么？”

“一个正常人怎么会为姬伯乐的结案陈词提交一份动议书？”

“这叫战略战术。”

“什么战术？”

“麦克，我一直在跟踪这个案子。我了解前因后果。我们迟早要提交动议书。”

“我们迟早要干什么？”

“你需要一份姬伯乐案的结案陈词动议书，没人能比我写得更好。”

克洛尼斯清了清嗓子说：“第一，也许你以为自己了解这案子，但你其实并不了解。姬伯乐案本质上是一起诚信争端，法官不会为诚信争端而考虑结案陈词的；第二，如果你真的了解姬伯乐，你就会知道埃里森的证词；如果你知道埃里森，你就会明白根本没有结案陈词动议这回事儿；第三，二级法院去年审理了霍瓦特案，它和姬伯乐案一样，只不过当事人由瑞士人换成了以色列人。当时，二级法院否决了结案陈词动议。所以，此类案件的审理中没有结案陈词动议。”

“我忽略了埃里森案的情况。”蒂姆说。

“那霍瓦特呢？”

他从没听说过霍瓦特。二级法院审理霍瓦特案的时候，他肯定不在职。“我也忽略了霍瓦特案的情况。”蒂姆说。

“姬伯乐就是换了国籍的霍瓦特。先例已有，此类案件没有结案陈词。那么，你所谓的战略战术到底是要干什么？”

“我以为两个案子不一样。”

“第四，蒂姆，你不是我们这组的。你有分内职责，不要越位做些不该做的事情，明白吗？”

“麦克。”蒂姆说。

“你明白我的话了吗，蒂姆？”

“我在泰勒就只能做一辈子事务律师吗？麦克。有什么办法，能让我做回原来的工作？我想回到原来的岗位，麦克。我现在完全康复了。我有资格，我有经验。我只想知道，还存在这个可能性。”

电话那端克洛尼斯的沉默对蒂姆是种巨大的折磨。

“你说你了解姬伯乐，是吗？”

“所有情况，麦克。”

“不，你什么都不了解。我们还是按照原计划行事。好吗，蒂姆？”

蒂姆在布莱恩特公园的绿桌子旁坐了很久。他并不失望。他越想越觉得自己得到了解脱。他想起，多年前曾去一位老神医那儿看病。老人告诫他，不要将全部精力都花在等待未来上。他用了一上午时间等待麦克·克洛尼斯关于稿子的答复。他本不想给任何人看那份动议，写作的单纯初衷已被彻底破坏。整早的焦虑，偷走了他本应享受的快乐时光。在那些被关在屋里的痛苦记忆逐渐淡去，他又重新找回雄心壮志的时候，蒂姆告诫自己，一定不能忘记如何在这个世界上好好生活。将稿子交给克洛尼斯，等待他的恩赐来电，将自己置于期望的外太空，不知不觉中浪费了生命。蒂姆发病时，完全忘记了这种生活状态。此时，在那个迟迟不来的电话或邮件的催逼下，从前的一切奔涌而来。到头来，等到的只是坏消息。他必须下定决心，不能让自己再次陷入困境。珍妮明天就回家了，她需要自己的帮助。如果克洛尼斯来电，通知恢复自己的合伙人身份，他就不能好好照顾珍妮了。他一天可能要查四五百次手机。那算什么生活？

想通这些以后，蒂姆开始关注周围的世界。起风了，他被冻僵的神经在皮肤下咚咚作响。不温不火的太阳投下阴影，又很快消失。天哪，已经下午一点半多了。

他起身，要走，又踩到那些落叶。不过，现在他的注意力恢复了，他意识到自己之前的错误。那不是树叶，而是很多死去的蜜蜂。他抬脚，想避开它们，但到处都是。直到走上大路上，才看不到。他望着那成千上万只脆弱的小小黄褐色尸体，满心惊叹。在一个满是奇闻怪事的城市里，这也堪称代表性事件。

39

在回到泰勒上班后，蒂姆先邀请法兰克一家吃晚餐，然后去监狱探望霍布斯。他硬着头皮，满心不情愿地去做这件最棘手的事。结果与预期一样不顺利。

狱中的霍布斯不穿西装、不打领带，苍老了许多。他不理会蒂姆。绝大部分时间里，霍布斯只是坐在玻璃窗的另一侧，保持沉默。他穿着短袖的橙色连衣裤。蒂姆注意到他胳膊上有浓重的灰色卷毛，从前霍布斯西装革履的时候，他绝看不到这番景象。蒂姆很心痛。霍布斯的头发也变了很多。染色的效果全部退去，只留下浅浅的灰色。单薄的头发凌乱地飘着，就像一团散乱的花蕊。霍布斯很不情愿地拿起听筒放到耳旁，紧张地盯着蒂姆。霍布斯往前挪了挪，一言不发。蒂姆开始说话。边说边观察对方是如何解读他的话语。蒂姆不抱有乐观的希望。霍布斯是因为坐牢痛恨自己？还是受环境重创而不想与任何人交流？蒂姆觉得自己别无选择，只好坚持着实话实说。这是坚持，也是忏悔。

他承认，珍妮当时并没生病，也从没得过癌症。他承认，自己撒谎，编造出珍妮的绝症来掩盖他自己的疾病。在霍布斯的案子上庭前，他刚好旧病复发。作为一个关注自我、自私自负的人，他本能地想掩盖一切。他认为除了掩饰，别无他法。虽然是旧病再度复发，他仍旧极度恐惧。他害怕自己在关键时刻辜负了霍布斯，更担心自己丧失对事业的掌控权。蒂姆承认，当时他对自己的担心胜过对霍布斯的关心。

“我曾拥有坦白的机会。”蒂姆说。霍布斯一言不发，难以置信地透过两个干净的孔洞看着玻璃窗另外一侧的蒂姆，好像那小孔随时会冒烟。“我本该坦白自己的病情，然后竭尽所能帮助麦克·克洛尼斯接手你的案子。那样的话，你会被无罪释放吗？我不知道。如果我身体健康，我能保证你被判无罪释放吗？我曾经以为自己完全有把握预见案情的发展。但事实是，我不知道。我要学会不再固执己见。”

蒂姆相信霍布斯没有杀害妻子。可玻璃窗那端的霍布斯面色惨白，目不转睛地仇视他，好像要杀人。

“你曾经见过他。”霍布斯说。

“什么？”

霍布斯的头一动不动，说：“你曾经见过他。”

“见过谁？”

“杀害伊芙琳的人。”霍布斯说，“你曾经见过他。”

“你是说那个有刀的人吗？”

“你曾经见过他。”

“我们能百分之百地确定他就是凶手吗？”

“你曾经见过他，但你放他走了。他就站在你面前，你却放他走了。”

“当时，霍布斯，我不知道——”

“唯一一个能令我无罪释放的人，你居然放他走了。”

“我觉得你太过于相信——”

“你应该抓住他，”霍布斯打断蒂姆，提高了声调说，“你为什么不抓住那个浑蛋？他是唯一一个见过真凶的人。他就是凶手！你居然让他从你眼前溜走！你为什么不抓住他？”

霍布斯根本不在乎蒂姆之前的认错和悔过。他认定蒂姆犯下此等大错。霍布斯为此耿耿于怀很多年，今天终于可以发泄。蒂姆不用听筒，就能听到他在玻璃那端喊叫的声音。

“回答我！”

“我觉得你可能有些误会，我们都没搞清楚，没人能证实他就是凶手。”

“他有作案凶器。”

“是有嫌疑的凶器。”

“有嫌疑？有嫌疑？”

他高声说话，引起了墙边狱警的注意。“你怎么能放他走呢？你怎么能离开呢？他曾是我唯一的希望！你却放他走！”霍布斯起身，对着话筒嚷道，“你放走了他！”霍布斯用话筒敲打玻璃窗：“你放走了他！”狱警冲过来。嘭！“你放走了他！”嘭嘭！狱警从后面抓住霍布斯，将他抬到半空中。椅子被他踢飞。他一脚踹在玻璃上，拼命地抓住话筒，直到扯断了线。狱警拖走了霍布斯。“你放走了他！”霍布斯对着玻璃拼命地喊。在即将离开会客间的时候，霍布斯把话筒扔到玻璃上。他的哭喊声越来越低：“你曾经见过他！你曾经见过他！你曾经见过他！”

第五章——说好的幸福呢

The Unnamed

珍妮：我恨我自己，恨我曾经忽视过他，在他最需要帮助的时候。我们曾约定，哪怕不可避免地要分开，哪怕我们犯下了任性的错误，我们也要共同承担，如今，这约定依然有效。

40

她喜欢在晚餐的时候喝上一杯，可现在是凌晨四点，她还没有睡觉，在忙着整理那些堆积如山的账单。她从什么时候变成这样了呢？她曾经安静美好的生活已经被酒精给完全破坏了。而这些谁又能想到呢？如果你有酗酒的倾向，或者有先天遗传的酗酒的基因，如果你的内心不够强大，你就应该时刻保持克制和警惕，否则，你就会被它打败。凌晨四点的时候，她为了一支纽波特香烟翻遍了整个手提包。这是怎么一回事呢？她不应该是那样的女人，可这的确是她。那些古老的故事也不过是些陈词滥调，除非那是你的生活。你的生活不是陈词滥调，它是你每天都要面对的真实人生，是每天都沉迷在酒精中的日子。它悄悄地渗入到你的体内，把你彻底摧垮。她从没想过会这样，但事情已经发生了，在她的身后悄悄地发生着。成为一个醉鬼是最容易的事情，就像你从汽车后视镜里看到的一场车祸，而那辆车正是你自己的。发生车祸的那个十字路口，正是你所前往的方向。当你把视线从后视镜转到前方的道路时，你再一次撞上了它。于是，你再一次去回顾那些事情。她本应该好好保护自己的人生不被酒精所破坏。谁知道呢？

但那并不是一次事故而已。她正在努力做出选择，虽然她自己并没有意识到。

当他在家里的时候，她给贝卡打电话："你必须马上回家来，轮到你照看你父亲了，时间到了。"她说这话的时候，就好像他只是一个需要照看的小孩，而不是他的丈夫，好像结婚的是贝卡而不是她。贝卡感到不能理解："为什么，你有什么事情吗？"她没有什么事情，她这几个月来都没什么事情安排。她没去看过电影，没和朋友见过面，没看过牙医，也没有出门去取过信。贝卡在回家的时候把信件取了回来。她现在不得不强制拖着她去看巴达塞里安医生。珍妮不停地嘀咕，她什么时候开始扮演父母的角色了？贝卡让她把酒放下，然后钻进车里去。她在学校的时候已经打电话预约了医生。医生看了珍妮一眼，说她有抑郁症的倾向，然后给她开了一个药方。可她需要的不是药方，而是自己的人生。她需要真正意义上的重新开始。但她还是接下了药方。如果医生说这个能纠正她的行为，那么对她来说应该会有些用吧。

但是一个月过去了，她还是会经常给贝卡打电话。"你得回家来了，我要开车出去。"贝卡说："开车。""是的，开车。""开车去哪儿？"开车去哪儿——这是怎么问的？当你开车的时候，就只管漫无目的地开好了。你只是在开车而已。她在电话里尖叫着。如果她尖叫，如果她在半夜里打电话，如果她不停地哭泣，如果她在一个小时之内频繁地打电话，贝卡就会回家，然后她就可以开车出去。报纸和杂志上都说，那些内心强大的人能够直面人生的困境，也不过是说说而已。

她第一次开车出去的时候，去了康涅狄格州的斯坦福，只有不到一个小时的车程。她原本打算先把车停在Bennigan[1]餐厅吃个午餐，然后再继续向北行使。当她在午餐时间走进这家餐厅的时候，却发现店里早已经客满，于是她在酒吧间里找了个位置坐下。她本打算在重新上路前，先去给汽车加油的，但是她却醉倒了。她在接下来的这一天时间都待在酒吧里。晚班服务生已经开始上班了，她却还在那里。最后，她让服务生替她叫了一辆出租车。她又醉又累，实在不想再自己走到停车场去。她想应该有办法说服别人扶她一把。但是，当出租车司机赶到的时候，酒吧服务生说："你的出租车叫来了。"她从高脚凳上站起来，拿起自己的提包，一个人就走了出去。她钻进出租车里，却不知道该说什么。"能带我去酒店吗？"她最后问道。出租车司机载她去了一家假日酒店，扶着她走了进去。他帮她办理了入住手续，并把她带到了房间里。她在第二天中午醒来的时候，甚至都不知道自己身在何处。她清醒之后，发现自己在一家酒店的房间里，却不知道是在哪座城市。她下楼去Denny's[2]喝了杯咖啡，当咖啡因开始发挥作用的时候，她记起了Bennigan餐馆。她回到假日酒店，然后叫了一辆出租车。还是前一晚上的那位出租车司机，但她并不记得这个人。他问她："是要回到Bennigan餐馆吗？"她问他在开车的时候有没有停下来休息过，他说他每天要工作二十个小时，这样他才能攒够钱去拔牙。

1 美国的一家酒馆式西餐厅，在全美及其他国家均有分店。

2 美国餐饮连锁企业，在全美及世界各地约有一千五百家分店，全天二十四小时营业，节假日不休。

他把她载回了Bennigan餐馆，他们开车路过停车场，但她却没找到她的车。出租车司机给他在市政局工作的朋友打了个电话，果然，她的车被拖走了。那个停车场是不允许把车停在那里过夜的。出租车司机主动提出了要帮她，但她只是对他表示了感谢，并付了车钱，然后就走进了餐厅去思考她的事情。现在是午饭时间，她要了一杯酒，接着又要了第二杯。白班的服务生下班时，她又一次醉倒在斯坦福的Bennigan餐馆。她在那里待了五六个小时后，托德帮她叫了一辆出租车。托德是负责晚班的酒吧服务生。赶来的还是同一个出租车司机。她觉得简直不可思议。她在他上夜班的时候醉倒。他每天最多只休息三个小时，只为了能攒下足够的钱去拔牙。但是，他会逃避自己的责任吗？他会在Bennigan餐馆附近酩酊大醉吗？人的内心总会受着某种力量的驱使。“回假日酒店吗？”他说。她又回到了假日酒店。同一个人，同一个房间。第二天早上，也是同一个出租车司机：“回到Bennigan餐馆吗？”

她让他帮忙把自己的车弄出来。然后，她开车回了家。那天是星期一，贝卡已经错过了本周的第一节课。那次是她第一次开车出去。

她需要一个像斯坦福这样的地方，让她可以暂时忘掉那所有的尊严。斯坦福是一个绝佳的地方，让你可以不用那么体面。她不需要过多的奢侈品来提醒自己，她有足够的钱让自己快乐。她喜欢坐在Bennigan餐馆里。她喜欢那里，因为那里只是一个餐饮连锁店。如果是在一个真正的酒吧里，那里的人就会显得更真实。每天都应该是同一个酒吧服务员、同样的顾客，是家庭之外的另一个聚集点。但是，在接下来的两三个月里，她再也没有见过托德。她每次去那儿的时候，那里是瑞纳尔、迪尔德利和伊瓦，是杰里和罗恩。他们见过她，但并不认识她。那里的人们来来去去，大家互不相识，是一醉方休的绝佳场所。同样，假日酒店也是一个完美的所在。她在那里登记入住，然后就可以把车停在那里。然后，她给艾米特打电话，就是那个出租车司机。他会到酒店接她，然后载她去Bennigan餐馆。她喝添加利金酒[1]和酸莓汁。然后，她给艾米特打电话，让他载她回酒店。他每天工作二十个小时，是因为情况已经变得很糟糕了。他牙齿不好，而且有溃疡，他还患有高血压。他有一些未来的事情需要安排，也有一些过去的债需要偿还。他买不起保险，更付不起没有保险的医疗费用。她留下了他的电话号码，在他没有为出租车公司开车的个别时间里，他用自己的雪佛兰小车去接她，当她没有能力自己照顾自己的时候，他会去照顾她。

“你为什么要这么伤害自己呢？”当他在一天晚上把她扶进假日酒店的房间里时，问道。

“我的丈夫。”

“你的丈夫？”

“我的丈夫在家里，他病了。”

“什么病？”

“什么病？”她说，“什么病？哈哈哈哈！”她大笑了起来，“哈

1 Tanqueray，一八三〇年由查尔斯·添加利创立于伦敦的Bloomsbury区。一八九八年，哥顿公司与查尔斯·添加利公司合并，成立添加利哥顿公司。添加利金酒是金酒中的极品名酿，浑厚干冽，具有独特的杜松子酒的香味及其他香草配料，现为美国最著名进口金酒之一，并广受世界各地人士赞誉。

哈哈哈！”

“那你觉得你这样做对他有帮助吗？”当她的笑声逐渐停歇的时候，他问她。

“这对我是有用的。”她回答道。

她辜负了他。她没有和任何其他人发生不正当关系，也没有因为另一个人离他而去，只是因为，喝醉酒是最容易的事。仅此而已。在大醉一场之后，她才能有足够的力量去在大部分时间里照顾他。但是，那有什么困难的呢？他被绑在床上。她只要想走，任何时候都可以走开——她也确实会经常离开。她已经习惯了他的尖叫。借助酒精的力量，她就可以完全忽视他。她并没有注意到他已经患了褥疮。她会在给他读报的时候睡着，当他想找人说话的时候，她不在他身边。她更多的时候都是在喝酒。虽然，她没有弃他而去，虽然她没有移情别恋，但那又如何呢？

当她没有去Bennigan餐馆的时候，她不停地换着房间睡觉。她走进一个又一个房间，感受着随之而来的巨大压力。她努力地在想，当初他们为什么要买这么大的房子。当然，是为了贝卡——但是，一个孩子又能占多大地方呢？难道他们没有意识到十八年的光阴是如何转瞬即逝的吗？难道他们没有预见到在这么大的房子里，他们会感到更加孤单吗？当他睡着的时候，或者当她忽略他的时候，她从一个房间走到另一个房间，在数他们的床。如果加上他的病号床、折叠沙发和地下室的双层床垫，他们一共有八张床。他们什么时候弄了这么多床在家里？这些床是为谁准备的呢？这其中的七张床应该是为她买的，除此之外，她没有别的答案。家里也再没有其他的人了。如果他或者她的父母还在世的话，如果他或她有兄弟姐妹的话，但是都没有，他们都已经去世了。她可以每天晚上都换一张床睡觉，而且在一整个星期里，都不会重复。他只能睡在特定的床上，一旦换了床，就会睡不着，她甚至有点嫉妒他这一点。她喜欢斯坦福假日酒店里的那个房间。房间很大，但是只有一张床。她可以把房间里所有的桌子、椅子、柜子都挪到床边来，这样，屋子就会显得小一些。她每次喝醉的时候，都会挪动屋里的家具，酒店会因此而罚款，但她依然觉得很值得。房间里只有一张床，在她重新布置好家具之后，房间的大小正是她喜欢的那种。

一天晚上，她在Bennigan餐馆数着吧台的人数。那里有三对情侣、她和酒吧服务生。刚好是八个人，一个想法一下子从她脑子里蹦了出来。她站在高脚凳上，手扶着吧台。一下子就吸引了所有人的注意。“我发现在这个酒吧里刚好有八个人。”她说的这些人完全不认识她。“刚好是八个人，”她继续说道，“在我家，有八张床。”酒吧服务生过来提醒她小点儿声说话。她想不起来这个人叫什么名字，可能是伊瓦。“现在，我想邀请你们到我家里去，”她说，“因为我可以给你们每人一张床。我希望你们都到我家里去过夜。大概有二十分钟，或者四十分钟，或者一小时……我不记得有多远了……”她不停地说着，直到酒吧经理走了过来。他试着让她坐下来，但她就是不坐。他试着让她安静一些，她却冲着他大喊大叫。“我不要安静！”经理无奈地和服务生交换了一下眼神。“实在抱歉，请各位见谅！”他对酒吧里其余的顾客说。“我不要安静，可恶！”她哭了起来，“我只是想邀请这些善良的人到我家里去过夜。”她最后记起来的事情就是，艾米特在洗手间里找到了她，那时她已经瘫在地上睡着了。她的脸颊贴在马桶座圈上面。那是她最后一次被允许进入Bennigan餐馆。从那以后，她又开始在星期五餐厅[1]酗酒了。

41

他在布莱恩特公园吃过午饭后并没有直接回去工作。太阳不是很好，他走进一家男装店，买了一件大衣和一副手套取暖。天气越来越冷了，售货员把大衣的商标取了下来，他就直接穿上大衣出门了。他走在路上感觉舒服多了。对他来说，可以停下来给自己买件大衣、买副手套，是一种奢侈的幸福，他也不再把这种幸福视做理所当然。

他走进了街角的一间酒吧。酒吧前面的橱窗上安装着修道院风格的细金属网格，有一种与世隔绝的气息。他舒适地坐在高脚凳上，好像在让自己疼痛的关节享受热水浴。除了想吃点羊肉串之外，对啤酒的强烈渴望对他来说是很难忍受的痛苦。当你特别想喝一杯而又喝不到的时候，这个城市在你眼里就变成了一大片的休息厅和酒吧，以及其他任何可以想象得到的卖酒的地方，包括用纸杯售卖外带啤酒的便利店。所有这些地方你都够不着。他曾经很鄙视那些没穿大衣，坐在窗前，手里端

1　著名的美式休闲餐厅。

着半杯啤酒的人们。

一个临时工在吧台里面边喝酒边抽烟，而这明显违反了城市法令，他在和紧贴着的一个女服务生聊天。最后，服务生谨慎地走过吧台，问蒂姆需要什么。当他看着啤酒桶的龙头时，她向前倾了一下身体。当他下定决心的时候，她把啤酒桶的盖子拿了下来，好像酒桶已经见底了一样，然后给他倒了一杯啤酒。酒杯里冒起了细小的泡沫。他拿起酒杯，一饮而尽。

这种感觉好极了。

当服务生过来问他要不要再来一杯的时候，他问她："你最近看到蜜蜂了吗？"

"蜜蜂？"

"是的，蜜蜂。"

"我没见到过蜜蜂。"

"我刚刚在布莱恩特公园看到了一堆蜜蜂的尸体。你说蜜蜂会在这么早的时候就出现吗？或者它们还在冬眠？"

"蜜蜂？"吧台另一头的一个服务生问道。

"产蜂蜜的蜜蜂。"

"我知道它们会产蜂蜜。"他冲着人群说道。

她转向蒂姆说："他很有魅力，不是吗？"

她又走回了吧台里面。

当他和珍妮谈论她酗酒的问题时，他们并没有争吵，以往他们因为一些鸡毛蒜皮的小事就会吵起来。可这种情况却让他们更难讨论这个问题。在他们家庭内部的亲密关系中笼罩着一股生疏的感觉。他们躺在床上，希望能谈论这个问题，但却沉默了好长时间。好像他们现在要谈论的话题不是他们能够采取明确措施的事情，不是她的故意酗酒行为，而是让他们手足无措的事情，是他的不由自主的出走行为。他们凝视着彼此身上必不可少的那种神秘感，却在沉默当中感受到了更不可思议的奥秘——他们是亲密无间的，他们曾约定哪怕他们不可避免地要分离，哪怕他们会犯下任性的错误，他们也要共同承担，如今，这约定依然有效。不论年龄和习惯如何缩小了他们的生活环境，也不管不期而至的疾病如何让他们措手不及，这些跟他们都没有任何关系。他们的关系不是在倒退，而是更加亲密了。

“我不想去戒瘾中心。”她说。

“很快就会好的。”

“那你准备怎么做呢？”

“我会等你，也会去看你。”

“我不知道那有什么意义。”

她恨自己曾经忽视过他，在他最需要帮助的时候。她说，贝卡比她做得好多了。如果换做是她，他会表现得更加好。他打断了她，如果她要进行自我谴责，那他也得承担应有的责任。他从没想过让他们的生活变成现在这个样子，但是，不管是否出于故意，这都是不可原谅的。他无法逃避自责，尽管人们无法责怪自己的出生、疾病，不论是珍妮，还是其他任何人——这是生而为人必须付出的代价。

“等你好了之后，我们去度假吧。”他说，“你想去哪里？”

“你会多久去看我一次？”

“只要他们允许，我会尽可能多地去看你。”

下午六点到九点是探访时间。他总是会早一点下班，然后在回家之前去陪她待上几个小时。

他的黑莓手机响了起来，把他又带回到他所在的酒吧里。

当梅瑟利开始讲话的时候，他那滑稽的腔调，好像是在暗示自己从现在开始已经进入了青春发育期，蒂姆忘记了他活在这世上的决心，他开始无比怀念他以前的工作。他甚至都没有注意到这种转变。有麻点的吧台摸起来很光滑，里面用的是红木，酒瓶排列在镜子的前面，看起来就像是国王的卫士——在电话铃响的时候，眼前的一切开始渐渐变得模糊。“蒂姆，我是凯尔·梅瑟利。”

“什么事？”

“关于那个姬伯乐案的结案陈词动议。”

“你是怎么知道的？”

“你没有接到克洛尼斯的电话吗？”

“梅瑟利，你是怎么知道我的提议的？”

“是他们给我的。”

“他们是谁？”

“他们希望我把这事儿处理掉。不是那样的，你知道……”

“把什么处理掉？”

蒂姆专心地听着电话。他用另一只手捂着耳朵以阻挡酒吧里的音乐声，有一瞬间，听起来好像梅瑟利按下了静音键。

“你刚刚是对我静音了吗？梅瑟利？”

办公室环境的声音又恢复了，里面有孩子的声音。“是的，要处理掉，他们准备明天就提交。”

“提交给法院吗？”

“不然在这件事上我又需要忙活什么呢。”

“他们准备把提议提交给法院？”

“明天。我刚刚通过电话，和……”

他从高脚凳上站了起来，就站在吧台旁边，好专心地听梅瑟利在说什么。

“和谁通电话，梅瑟利？”他说。

“——他们很欣赏这份提议。”

“那份提议是我写的。”他说。

“这就是我给你打电话的原因，你应该得到赞赏，而不是我。”

“克洛尼斯说那个提议毫无用处。”

“你从哪里找到的灵感……”

在梅瑟利停止说话的时候，蒂姆听到了一声狂笑。电话那端再次静音。至少听起来是这样。有时候律师在打电话的时候，会一直摁着静音键，那样他们就可以说对方的坏话。

“你又按下了静音吗？办公室里还有别人和你在一起吗？”

“静音？听着，我是在问你怎么会想到写姬伯乐案的结案陈词动议的，因为已经有了霍瓦特案的先例，你简直是天才。但是，你知道霍瓦特案，而且用很押韵的方法隐去了他们的区别……”

电话那头肯定又是一阵狂笑，不过，已经挂断了。

42

他的生活恢复正常后所要做的另一件事就是照看好他病痛的身体。他常去第十街的俄罗斯-土耳其浴室[1]，就在汤普金斯广场公园附近。他坐在蒸汽房里，让热气暖化着他的身体，冰冷的水从头上淋下来，唤醒了他麻木的神经。他很喜欢那个地方，虽然他瘦削的身躯会让这里的其他人觉得他患上了神经性厌食症。那些大腹便便、身材魁梧的男人裸身走在更衣室里，这些人显然是从外地来的，他们把前台桌上粗糙的手帕当成是浴巾，擦拭着他们结实的腹部。他并不在意这些，他也并不自负。自负和骄傲是那些从未受过长期病痛折磨的人才享有的特权。他只为他那些被切除的脚趾感到不自然和害羞。

浴室的入口处有着这个城市最常见的红色门阶，在双扇门的上面有一个半圆壁，上面写着“第十街浴室”。当他正要进门的时候，有一个人刚好从里面出来，并帮他开了最外面的那扇门。蒂姆向他道了谢，拾级而上，当他就要穿过黑色的小门走到前台的时候，他突然停了下来。

---

1 Russian & Turkish Baths：纽约市著名的SPA会所，位于东十街268号。自一八九二年起，这里就成为了洗蒸汽浴、在冰冷的瀑布水潭戏水、做桑拿浴和日光浴的好去处，作为公共浴室，至今长盛不衰。

他扔下了随身携带的运动包，迅速转身跑下了楼梯。

他隐约看见那个人正向东朝A大道走去，他正在打开一把半透明的雨伞，上面印着世界地图，撑开的雨伞遮住了他的脑袋和肩膀。

蒂姆需要再仔细看一下，他需要看得清清楚楚，以便确认那个人就是他在布鲁克林大桥上遇见的同一个人。他跑下门阶，走到马路对面。因为脚趾被切除的关系，他快跑的时候感到很不舒服。他强忍住了那种不自在的感觉，跑到了那个人前方的十字路口。他等在那里，想看那个人准备往哪个方向走。那个人在交通灯变绿的时候，穿过了A大道。蒂姆尾随他走进了汤普金斯广场公园。

他们经过公园长椅和被栅栏隔开的树木，走在蜿蜒的小路上，蒂姆刻意和他保持了一些距离。当他们快走到第七街的时候，蒂姆加快了步伐。他走到那个人前面十步远的地方，然后转身，朝他走了过去。那个人的头垂得很低，而且被雨伞挡着。蒂姆意识到，除非他主动和这个人打招呼，否则他不可能有机会看清他的脸。

“打扰了。”

那个人抬头看了他一眼。蒂姆看到了那张同样憔悴寂寞的脸，同样的微凹的下巴，同样的高鼻梁，中间有一块儿突起。那个人迅速地把头低了下去，然后继续走路。

他们走到了第七大街上，他们肩并肩朝前走着，就像当日在布鲁克林大桥上那样。“嘿。”蒂姆说。但那个人丝毫不理会他。蒂姆轻轻敲了一下他的伞，那个人依然毫无反应，于是他抢过他的伞，紧紧攥在手里。“嘿，我和你说话呢。”

那个人猛地把伞拽了过去："你究竟想干什么？"

"我知道你是谁。"

"你是想管我要钱吗？听着，我没有钱可给你。你应该自己找份工作。"

那个人把伞撑在头顶，又继续往前走。

"喂，不要就这么走掉。"

蒂姆不得不加快脚步又走到这个人旁边。他四下看了看这条街，大街上除了他们之外空无一人，好像这个城市突然被清空了一样。

"你去找其他人吧，"那个人说道，"我没有钱给你。"

"我知道你是谁。"蒂姆说。

"你这个人真是个疯子。"

蒂姆走上前去抓住那个人的胳膊。那个人很有风度地甩了一下胳膊，摆脱了他，并向后退了两步。同时，他扔掉了手中的雨伞，它就像一个快要停下的陀螺一样在人行道上旋转了两下。当蒂姆看向那个人的时候，他发现他双手握拳，站得笔直。

"你不要再骚扰我了。"他大声地吼叫着。

"你知道杀害伊芙琳.霍布斯的凶手的事情，"蒂姆说，"警方想和你谈谈。"

"好吧。"那个人大声说道，"你把雨伞拿去吧，不要再来骚扰我，你可以把那把伞拿走了。"

那个人走到第七街和A大道的交叉路口，伸手去拦出租车，但是，除了那些停在路边的车辆之外，大街上没有一辆汽车。

蒂姆小心地走到他的身边，“我会一直盯着你的。”

“你是个疯子。”那个人叫喊道。

“你得和我到警察局去。”

终于从远方开过来一辆出租车。那个人抬手拦车，“别再跟着我。”他对蒂姆说。

蒂姆又向前走了一步，“我不会让你上出租车的。”

那辆出租车朝他们的方向开了过来。当那个人正要打开车门的时候，蒂姆伸手抓住了他。他抓住那个人的上半身，并从后面紧紧地抱住了他。那个人使劲儿转过身把蒂姆撞在出租车的后门上，摆脱了他的纠缠。他有着和他虚弱的外表不相称的致命攻击力。他反抗和挣扎的动作都显得极为老练。被撞上出租车的蒂姆大口喘着粗气。司机走出出租车，被眼前的一幕惊呆了，一动不动地站在车门前。蒂姆觉得自己应该坚持住，直到别人打电话叫警察来。警察会把他们带到警局，然后他们就会认出这个人，并最终把他监禁起来。但是，这个人又接着揪起了他，把他狠狠地摔了出去。蒂姆震惊地倒在地上，躺在人行道和大街的交界线上。

那个人弯下腰俯在蒂姆面前，像个愤怒的母亲一般揪着他的下巴。他离得更近了一些，直视着蒂姆的眼睛。“忘掉这一切，不要再纠缠我。”他轻声说，“否则，我将会杀掉你的妻子和女儿，你明白吗？”

“明白。”

“不要再缠着我。”

“好。”

蒂姆直直地盯着乌云密布的天空，完全忘记了时间。当一滴雨滴落下来的时候，他不由自主地眨了眨眼睛。最后，有一个人走到他跟前。

“他去哪儿了？”蒂姆问道。

“你还好吧？”

“那个人去哪儿了？”

这个陌生人抬头看了一眼说：“哪个人？”

在接下来的几天里，蒂姆又去了一趟弗里茨·韦耶那里。弗里茨向所有去浴室的人展示那个人的画像，但没有一个人认识他。蒂姆让弗里茨继续搜寻，他很确定那个人就住在附近。他只字未提他和那人相遇的时候，周围空无一人这件事。

43

当他坐在酒吧的时候，不由地又想起了埃里森在法庭上作证的细节，而且他丝毫想不出为什么它会影响到姬伯乐案的结案陈词。这件事的公信力有很大的争议和分歧。而对于霍瓦特案来说，不管处于什么样的情况，他总能找出一个可遵循的判例。

但是，真的有人在梅瑟利的办公室对他狂笑吗？

他正坐在出租车上，打算返回公司弄清楚这一切，出租车在红灯前停了下来。他透过车窗看到了一辆垃圾车，一个戴着棕黄色手套的人正从车里走下来，那个人走到大街的转角处，举起一个绿色的垃圾桶，把它倒进垃圾车的车斗里，并机械地晃动了两下，然后继续坐进了垃圾车的驾驶室里。

当蒂姆看着他的时候，他想，尽管那个人每天都在看着这个城市，但可能他什么也没有真正看到。他每天工作八小时，处理垃圾，然后回家。他的记忆里只有臭气熏天而又脏兮兮的垃圾桶。那不是人生应有的方式和意义。如果你想把它做好，他想，你必须俯倒在地，用自己的身体去丈量每一寸土地，然后偶尔停下来，让自己的脸颊贴近大地。

那么他现在坐在车里又是在做什么呢?

“能让我在这里下车吗？”他向出租车司机问道。

他付了钱，然后走下车。那里离他的办公室还有很远。他穿着新买的大衣站在大街的拐角处，紧了紧自己的手套。他看着街对面过往的行人、呼啸而过的车辆、这个一如既往川流不息的城市。他呆呆地站在那里，新年后的第一场雪悄然洒落，堆在了他的肩膀上。从西边吹来的风肆虐地吹在他脸上，他忍不住满眼含泪。他眯起了眼睛，仔细地看着街对面的建筑，旋转门前绿色的立柱上有三面旗帜迎风飘扬。一群叼着烟卷的流浪汉在大门前晃悠。在离入口更近一些的地方，一群鸽子在原地咕咕叫着。一个肥壮的拉美裔女人身上挂着广告牌站在街角处，默默地向路人派发打折男装的广告页。路边卖椒盐卷饼的手推车上的金属锅在嗞嗞地烧着。

或许，他们允许他重回公司并不是因为他们有多慷慨仁慈，而恰恰是因为他们的残忍。他们知道惩罚他的最佳方式不是让他永久地离开，而是每天都让他接触到实质性的工作，然后一而再、再而三地否定他。

他朝南向West Villiage[1]走去。他在通过砖红色大楼的走廊里坐了一段时间。太阳已经落到了街区的另一边，并很快从这个城市的上空消失，还有零星的雪花在空中飞舞。裸露的砖块、水泥楼梯、小巧的铁质大门、锡制的垃圾筒、覆盖在花园别墅窗子上的防护网——所有这一切都在透射着夜幕降临时的阵阵寒意。路边停放着的车辆兀自裸露在寒风中。

一个女人从街对面的砖红色建筑中走了出来，她和一对夫妇走在一起。这三个人在楼梯处站了一会儿，然后互相握手告别。然后，那个女人仍然站在门廊里，四处张望，好像在等什么人。他注意到那个砖红色大楼上有一个待售的标志。

他走到街对面去，跟那个女人做了下自我介绍。他跟她说他是泰勒律师事务所的合伙人之一。一听到他报出的公司名称，她马上邀请他进门。眼前的这个女人身材匀称、衣着整洁，熟练地说着重复了无数遍的职业化语言。他们走进起居室，他走到一扇窗前，欣赏着眼前的风景。那个女人站在他的身后，壁炉的前边。她会偶尔在滔滔不绝的介绍中，夹杂着“我们来看一下……”或“其他的……”这样的口头语。他一直盯着逐渐变暗的玻璃窗，直到玻璃窗上逐渐映照出他温暖静止的轮廓，完全挡住了外面的世界。

“你介意把灯关掉吗？”他问。

那个女人走进厨房，她的鞋跟敲打着屋里的木质地板。整个房间陷

1 位于曼哈顿的波西米亚风格的住宅区。

入黑暗之中，窗子上他的身影也随之消失了。街对面的砖红色大楼上亮着灯的窗子组成了一幅闪烁的拼图。这栋建筑由白色、红色和黄色的砖块建成。居民们像飘落的雪花那样缓慢地沿着大街向家中走去。他决定给克洛尼斯打电话，他们不会同意再让他回公司了。不过那又怎样呢？

“这条街真漂亮。”他跟房屋经纪人说。

44

珍妮从屋里走了出来，站在门廊里的罗马柱旁边，他走下楼梯，把她的提包放进了衣箱里。不稳定的气温在一夜之间已经回升，白天的天气晴朗而温暖。他们离开了戒瘾中心，走在尘土飞扬的车道上，两旁的树木已经开始长出新叶。

“你想去兜兜风吗？”他问道。

“去哪儿？”

“我不知道。”他说，“我只是不确定你是不是愿意马上回家，或者你想待在外面。你从未真正在外面的世界待过。”

她不知道该怎样告诉他，其实她不想回家。她不确定自己是不是已经做好准备离开戒瘾中心了。她在那里的生活充满了鲜花和体面，有咨询顾问坚定的指引，四周有修剪整齐的草坪。她在那里戒除了酒精的诱惑，卸下了心头的负罪感，而且在那里，她只有一间屋子、一张床。她的生活回到了自我谋生的简单状态。

“去兜兜风是个不错的主意。”她说。

“是个兜风的好天气。”

“微风拂面的感觉真好，我已经好久没有坐过汽车了。”

“回家你感到高兴吗？”

她没有回答。

“你可以跟我说实话。”

“是的，”她说，“我很高兴。”

他们没有走高速公路。每当他们走进一个小镇的时候，他们会走那些有街道名称的常规路线。他们在一处公园前停了下来，然后沿着一条小道从停车场走到一个有花的湖边，他们站在湖边几步远的地方，盯着静止的湖面，感受着那种寂静。

“我们跳进去吧。”他说。

“我没带泳衣。”她说。

“我们不穿衣服跳进去。”

“在大白天里？”

“没人看到。”

她四下看了看，发现周围空无一人，不管是水里还是岸上。他们走到几步开外的树林里，脱去衣服，放在树下，然后默默地走入阳光照耀的湖水里。当他们用脚趾试探的时候，发现湖水比他们想象的更加冰冷。

“天啊！”他说。出于对寒冷的恐惧，他一下子抓住了她，她也同样渴望他的拥抱。他们彼此拥抱着走进水里，他们不停地转着圈，浑身打战，用手牢牢地抓着对方的身体，不知道自己能忍受多久。“这样有点自虐。”

“坚持住。”她说。

“真蠢！”

“这是你的主意。”她说。

“确实很蠢。你准备好了吗？”

“我们做到了。”

他们快步走回到树林里。

他用自己的内衣帮她擦干身体，停下来亲吻她的乳房。她粉红色的乳头因为寒冷变成了起皱的深色。她一把按住了他的后颈，加深了这个炙热的吻。她退到树旁，他半跪在地上，温柔地贴近她的身体。她伸展开双腿，后背贴着粗糙的树皮，在高潮来临的时候，她的手指插进他的发根处，使劲儿揪着他的头发。

又回到车里的时候，他们打开了暖气。“我很怀念那种感觉。”他说。

“你很怀念？”她说，双手捧着羞红的脸颊，不自觉笑了起来。

他们开车沿着湖水岸边前行，一路经过海港和一些旅游景点，这些地方在一周之前刚被本季节第一轮飓风摧残过，显得一片狼藉，这次风暴来得比往年更早、更猛烈，其破坏性远远超出了人们的想象。港口和海滩都已遭到严重破坏，随着汽车向前行驶，他们看到一排排豪华的海滨别墅，其中一幢楼房的一面墙壁被冲上岸的帆船撞出了一条裂缝。

他们开车行驶在回家的高速公路上，蒂姆经过出口的时候却一直向前行驶。“你错过出口了，蒂姆，我们应该从那儿下去的。”

“你准备重新开始你的工作吗？”蒂姆问道。

“我不知道，”她说，“为什么想起问这个呢？”

“只是很好奇。”

她不想重新回去工作。她曾经认为工作是她消磨时光的最好的方式，是她在白天最体面的消遣方式，让她的人生变得连贯且有意义。但事实是，她现在什么也不想干。她无法解释这是为什么，但是她几乎已经完全迷失了方向，她不知道自己究竟想做什么。她也不在乎他们走错了出口，他们可以一直这样开着车走下去。

“我很可能会回去工作。”她说。

“如果你确定要回去工作的话，”他说，“我有一个清单要给你看。”

“清单？”

“你能帮我一个忙吗？”

“我们是在往市区开吗？”

“你老实跟我说，你真的愿意回家吗？”

“那是我最不想回的地方。”她说。

“那你之前为什么不跟我说呢？”

“我应该是很高兴回家的，不是吗？”

“不是的，如果家里让你感到不开心的话。”

当他们到达市区的时候，他把车紧挨在消防栓前面停下，一个很危险的位置。他没有马上下车。她觉得蒂姆似乎有话要跟她说，于是她看着他，等他开口。他转过头，看着珍妮，告诉她说他已经从公司退出了。他已经在前天的时候向麦克·克洛尼斯递交了辞呈，那时他才得知聘用律师不需要正式的辞职手续。他们只需要提前两周告知人事部门即可。听到这个消息，珍妮首次觉得很感慨。

“他们永远都不会再让我回公司了。”他说。

“你曾经以为他们会让你回去？”

“你难道不知道那正是我所期望的吗？”

“我不明白，如果你不再是合伙人了，你还怎么在那个地方待下去。”她说。

“是的，我做不到。”他打开了车门，“跟我来。”

他们走下汽车。他手上有这个砖红色大楼的大门钥匙，这个地方她从来没来过，而且他还有房屋的钥匙，当他打开这间空荡荡的公寓的房门时，他说，“我们目前还不能拥有它。”

她在门口徘徊着。他走了进去，斜靠在墙壁上，看着她。

“这一切是怎么回事？”

他把她拉进屋里，他们打量着这间公寓。整个公寓只有他们在郊区的房子的十分之一大小。这间公寓很有魅力，而且与众不同，阳光透过窗子洒进整个房间。公寓里有木质地板、改造过的厨房和手感舒适的木质家具，有怀旧风格的枝形吊灯和爪印形状的浴盆。他带她走进了里面的房间。

“这是卧室，”他说，“仅此一间。”

她走在这个四壁空空的房间里：“我们的那些家具要放在哪儿呢？”

“我们要那些家具有什么用呢？”

“那贝卡回家的时候住在哪里呢？”

“她可以睡在沙发上。”

“如果她大学毕业后想搬回家里来住呢？”

他看着她说：“我们现在说起了贝卡，你见过她吗？”

“说的也是。”

“更重要的是……”

“什么？”

“这里只有一个卧室，也只有一张床。”他说。

第六章 改变所有的错

The Unnamed

珍妮：四年过去了，虽然我们没有说起过，但是，我知道有一天他会旧病复发。我曾对自己说，当他再次发病的时候，我会选择做正确的事情，我会时刻跟着他，决不会让他远离我的视线。然后，他打电话来，说他又发病了，可是我的第一个念头竟然是抛弃他。

45

他们早上从睡梦中醒来，躺在床上，又度过了一个美妙的夜晚。自从她回到家里，眨眼已经四年过去了。在过去这些日子里，任何一方在黎明前的轻微的动静，都会把对方吵醒，以为另一个人准备起床，开始新一天的生活了。但是，如果他们两个都没有睁开眼看对方，那就意味着在漫长的时间里，睡意仍未消，或许正是因为时间还长着呢，他们又继续睡觉。在大多数早晨里，他们都是在床上打着瞌睡，在半梦半醒中注意着钟表和身边的另一半。

她早上独自一人醒来，丝毫没有意识到他什么时候离开了房间，这让她吃了一惊。在半梦半醒之中的她格外的脆弱，那种深不可测的恐惧一下子朝她袭来。她迅速从床上爬起来，穿上睡衣和拖鞋，戴上眼镜走出了卧室。她走到客厅的时候，从厨房里飘来的咖啡的香气让她顿时安下心来，也清醒了不少。她没有说话，只是走到他身边，从后面环抱住他，他正在看报纸。

“我醒来的时候很害怕，”她说，“我没有听到你起床的声音。”

“你为什么会害怕呢？”

“我也不知道。”她说。

此刻的厨房是他们享受早餐的惬意之所。餐桌上放着牛奶、糖罐、果酱和黄油，他们把调料抹在刚烤好的面包上面，再给自己续上一杯咖啡。她喜欢在吃早餐的时候看刚送到的报纸，这样一来，她不但可以玩报纸上的填字游戏，还可以享受报纸的油墨清香。对她来说，报纸和咖啡一样，意味着新的一天的到来。她喜欢手中拿着报纸时的触感，眼前所拥有的这一切好像已经涵盖了世间的所有，让她有一种很充实的感觉。他正吃着手中的面包，她在剥着一个橘子，他们彼此讨论着自己正在看的内容，也分享着对方还没有看到的新闻。他们时不时地也会评论一下那些出人意料的消息，或者是普普通通，也或者是让人大跌眼镜，他们其中一个人也会偶尔越过餐桌轻触一下对方，就在这样美好的早晨，他们彼此微笑，然后又低下头继续看报纸。

吃完之后，其中一个人会站起来把果酱盒的盖子盖好，把用过的餐具放进水槽里，而另一个人会悠闲地继续读手头正在阅读的文章，然后起身把黄油收起来，把餐桌上的面包屑收集起来放到水槽下面的垃圾篓里面。

“你今天要带客户看房吗？”他问道。

“今天有好几个，”她说，“你看那儿。”

他抬头望向窗外。“又是一个好天气。”他说。

“如果这种天气持续的话——”

“希望这种好天气能持续。”

“那么我们周末就可以做些有趣的事情。”

几年前，他重新找了一份工作，在哥伦比亚大学担任兼职教授，讲授调解仲裁法。她说：“你今天有课吧？”

“三点的课。”他说。

他冲洗了一下餐盘，然后把它们放进了洗碗机里面，听着里面哗哗的水声。而她则打算去冲个澡。

当她换好衣服准备上班的时候，他又坐在了餐桌前开始上网。她告诉他水管还在漏水，好像已经开始往外流了，他说，“才刚修好的，又坏掉了。”

“我们给管道工打个电话吧。”她说。

“你中午打算在哪儿吃饭？”他问道。

在那天接下来的时候，他们早早地开始一起吃午饭。他们谈论着一上午所发生的事情，其实也没什么大事，但是，他们仍然热火朝天地聊着，好像已经很久没有见过面了一样。他们又一起度过了另一个半天，没有发生任何意外，时间已经悄然过去，但他们依然还在一起，仅凭这一点，就让他们觉得有很多话要和对方说。接下来，他们付了账单，然后走到餐馆后面的盥洗室，他们一周有一两次会这么做，有时候次数会更多些。她走在前面，他紧随其后，他们走进同一扇门内，然后把门反锁上。他们会在水池边上或者靠着墙壁做爱。这样做是有风险的，他们也会担心被怀疑或者被别人发现，但这种偷偷摸摸的快感会让他们变得更加兴奋，他们只需要变换一下节奏，让一切慢下来，就这样深切地彼此对视。他们会在那里待尽可能长的时间，然后又像刚进去的时候那样走出盥洗室，她走在前面，他在一分钟后随着走出去。当他们又走到外面的时候，两人的眼睛都盯着出口处。

“那样很有趣。”他说。

“讲课顺利。”她说，然后轻轻吻了一下他的脸颊。

“再见，亲爱的。”他说。

“再见，亲爱的。”

城里下起了倾盆大雨，她拐进了路边的一家星巴克，点了一杯拿铁，希望能在那儿避一下雨。眼前的咖啡厅里坐满了人，暴风雨让窗外的街道上已经无法立足，大家都在看着窗外的大雨，就好像在欣赏着扣人心弦的季节交响曲。除了哗哗的雨声之外，就是咖啡厅里点餐的电话铃声和咖啡机的响声。外面已是一片汪洋，天空乌云密布，风雨交加。她看着外面的混乱景象、被雨水抽打着的雨棚、人行道上的积水，忽然像个孩子一样对大自然感到了一丝敬畏。她等了半个小时，雨势已经有所减小，而她也没时间再等了。然后，她撑起雨伞又重新走到街上，然而那把小伞根本无法抵挡肆虐的雨水，它像牵在手中的风筝一样被风吹了起来。她趟着雨水艰难前行，当到达大厅的时候，她已经被淋成了落汤鸡，而且显然她比预定时间迟到了不少。

她要见的这个人是一个名叫大卫的画商。大卫拥有两家画廊，一家在第十街，另一家在伦敦。和别的客户一样，大卫也是经由别人推荐找到她的。她进门的时候，大卫正坐在一个皮沙发上，旁边点着柔和的烛光，他站起身和她打招呼。她浑身都湿透了，为自己的失仪之处向他道歉。他穿着一套精心剪裁的西装，亚麻的衬衣，开着领口，没有打领带，看起来一点都没有淋到雨。她本来想问问他是怎么到这里来的，竟然丝毫没有淋雨，不过他们只是寒暄了一下，就一起走进了电梯。

她领着他参观了公寓，一套有着七个房间的复式房，窗外是哈得逊河。公寓里有酒窖和开放式厨房。他们趁着黄昏的光线查看着一间间设计完好的房间，随意地聊着天，完全没有通常和客户聊天时的那种紧张状态，通常客户会在潜意识里认为你所宣称的那些优点只不过是在欺骗他而已。在整个聊天过程中，她逐渐意识到，眼前这个叫大卫的男人，有着宽厚的肩膀、乌黑的头发、明亮的蓝色眼睛，下巴上有一层灰色的胡楂，这样的一个男人正是她所喜欢的类型，她被这个男人吸引住了。对她来说，这是个很有魅力的男人。如果是五六年前对她来说，他会比酒精更有吸引力。如果在五六年前，有一个像大卫这样的男人把她征服，她也就不会嗜酒成瘾。

他们聊了一些这套公寓最近一次装修的细节，她向他说明了每个房间的独特之处。大部分时候都是她在侃侃而谈，但是当他们沉默下来的时候，他的注意力转到了别的地方，她热切地注视着他。他让她想起了她以前遇到的一些客户，那些人在她的脑海里一闪而过，他们总是很清醒，让她觉得很紧张，觉得滔滔不绝的自己很鲁莽，甚至让她对自己的能力产生怀疑。他们只是留给她一种希望，一般这种感觉会伴随她一两天，就像一个真实的梦，在她的记忆里慢慢消失，直到最终遗忘。随着他们继续在公寓里参观，她开始觉得有些晕眩和浪漫。她陷入了幻想之中，好像他们在一起参观这个地方，她了解所有关于当代艺术的知识，她也不是珍妮，她和画家、行为古怪的艺术家共同聚会，他们每参观一个房间，就会考虑什么样的艺术品适合挂在这个房间的墙上。然后，她从幻想中走出来，微笑着告诉大卫，她可以在厨房那儿等他一会儿，好让他有机会自己看看这个地方。

当他走下旋转楼梯的时候，她正透过窗子盯着外面灰蒙蒙的天空，俯瞰下面的河流。楼梯呈白色的弧形，这让她想起了天鹅的翅膀。她转过身，看着他走下最后几个台阶。他双手交叠，急切地搓着手。“我准备出价了。”他说。

“你只看了这一个房子就出价吗？”

“我喜欢这所房子。”他说，“而且我是一个很冲动的人。”

“哦，那太好了。”她说。

他们讨论了一下他首次报价应该报多少，以及她认为开发商可以降多少价给他们。他十分想买下这所房子，因此他建议以低于上市价格10%的价格进行报价，但是她知道开发商最近销售成绩不佳，迫切地想出售，因此建议他低于20%起价，然后在此基础上进行交易谈判。他很感谢她诚恳的建议，在办理了一些正式手续之后，他们离开了那里，她又重新把门锁上。

在电梯里的时候，他让她吃了一惊。“还记得我说过我是一个冲动的人吧？”他问道。

“是的。”

“那么，我提议我们去庆祝一下。”

“庆祝？”

“去喝一杯吧，我请客。像这样的交易不会每天都遇到，不是吗？”

“可是，你知道，一切都还没有最终定下来。”

她觉得自己刚说出的话非常地无趣和冷静。

“我可以向你保证，那套公寓我买定了。”他说，“而且，这个时候——”

他抬手看了一下藏在袖口里面的手表。她很喜欢他那块表，也很喜欢他抬手看表的那种优雅的姿态。

“——也刚好可以避免闹出交易丑闻。”

在那一瞬间，自从蒂姆把她从戒瘾中心接回家后，再也没有出现过的微醺状态好像又回到了她身上；在那一瞬间，她一贯保持的所谓健康生活方式，让她觉得毫无意义、死气沉沉、了无生趣。她有一种迫切的渴望，想和他共饮一杯。她希望自己可以迷失在昏暗的酒吧里，忘记自己的身份，只和这个人狂欢共饮，做以前未曾做过的事——慵懒的早晨、偷偷摸摸的午餐约会、夜晚的陪伴——只为了寻求刺激。然后，这种想法转瞬即逝。

“我不太喜欢喝酒。”她说。

“不要这么见外，”他说，“人人都喜欢享受一杯香槟带来的乐趣。”

“除了刚戒掉酒瘾的人。”她说。

他稍微往后退了退。“我太冒失了，”他说，“我不该这样提议的。”

“你之前也不知道。”她说，“所以，别放在心上。”

“那一起吃晚饭吧？”他说。

他的表情很坚定。他是如此的充满魅力以至于让人丝毫不会觉得无礼。他甚至毫不介意她是否已经结婚，而这好像也是他的魅力所在。她有点受宠若惊，她被诱惑了，她感到很兴奋。过了一会儿之后，她又变得坚定如往昔。

“我晚上要和我的丈夫共进晚餐。”在电梯门打开的那一瞬间，她说道。他微笑了一下，示意她先出电梯。

走在大厅里的时候，她变得有些无精打采。她已经表明了决心。他们一起走出大厅，踏上格林威治大街，外面已是暮色四合，空气中的凉意让她打了个冷战。“气温下降了。”她说，这时她的电话响了起来。

“还好雨已经停了。”他说。

“我得接个电话，”她说，“马上就好。”

当她后来重新回顾那个时刻的时候，她还是觉得整件事情很有讽刺的意味。当时，她正和大卫在一起，虽然只是萍水相逢，可那个男人却让她心潮起伏、想入非非。这样的一个男人能在气温骤降的大雨中保护她，为她提供遮风挡雨。而蒂姆在那时打进的电话，刚好把正在感情的天平上摇摆不定的她推向了诱惑的一边。

“蒂姆，你已经到了吗？”

她向大卫示意等她一小会儿。大卫把雨伞撑开，甩掉上面的水滴。手机的信号不好，而且电话那头的声音很嘈杂，所以她又问了一遍：“蒂姆？”

“旧病复发了。”

她扭过头看着大卫。在那一刻，她看到的不是一个充满魅力的男人，而是一个崭新的人生。

挂掉电话！

这样我就可以和心仪的人共进晚餐。

就说他打错了，就说……

我们先去酒吧，点上一杯香槟。

说你在听电话吗？我听不见你说话。蒂姆，你在听电话吗？

重新开始。教给我关于艺术的所有知识。

挂掉电话，然后把它扔到水沟里去。

你觉得这幅画应该挂在什么位置呢——是这面墙上好呢？还是挂在那边更合适？

珍妮？珍妮是谁？你肯定是打错电话了。

快来呀，大卫，到窗户这边来！你看，雨下这么大，河水已经开始上涨了。

这样的天气我可不想出门。

不过，你不觉得这样的风景很美吗？

“珍妮？”他说，“你在听电话吗？”

“回家吧。”她说。

46

忽然刮起的一阵风让飘落的雨水四下飞溅。疾步行走的女人们都裹紧了身上的大衣。糟糕的天气促使人们加快了脚步，有的人在赶着回家，有的人正急于寻找就近的避雨之所，步履匆匆的举动暴露了他们心中深入骨髓、根深蒂固的恐惧。有一两个小混混在雨中逍遥地晃悠着，毫不顾忌肆虐的暴雨和湿透的衣服，他们以一种张狂的姿态展示着对这个世界的不屑一顾。他机械地沿着人行道往前走，在暴风雨之中，在这个城市的最边缘，那些叮叮当当的安全绳索、呼啸的寒风、雨水降落到地上砸起的一个个水泡，雨水冲刷着已经变形的窗台上的玻璃——在这样的一个地方，他找不到任何一个可以避雨的地方，没有熟食店，没有长廊，没有办公场所，没有咖啡馆，也没有卧室。

蓝色的安全板被平放在大街上。他脱掉了呢子大衣，扔在地上。从一扇门里走出一个男人，他看起来病怏怏的，而且衣冠不整，他捡起了扔在地上的衣服，穿在自己身上，然后又重新回到他躲雨的门廊里。这个男人应该一直跟着他，因为他后来扔掉了他的领带，然后又解开了他那件昂贵的上衣的扣子，把它扔在离领带不远的地方；然后是他的手表，那是珍妮在最近的一次纪念日买给他的礼物，他把它扔在了水沟里。雨水汇集在污水沟里，激起了大片灰色的泡沫。

他的衬衣、裤子和网球鞋都已经湿透了。他的头发凌乱，眼睛通红，他努力睁大眼睛想分辨出前方是哪一站。可是他经过了一站又一站，始终停不下来。他走到一个十字路口，前方是红灯，当他很不礼貌地闯过去的时候，路边的小汽车不停地朝他鸣笛。但他毫不在意。他的整个世界都缩小了。他大哭起来，人行道上的人们都朝他看过来。

十字路口有两名工人正在抢修损坏的线路。

“你注意到那个人了吗？”

“他在说什么呢？”

“他只是自己在大喊大叫。”

“那他在喊什么呢？”

“好像跟一个人有关。”

他们就站在他的旁边，在暴风雨中看着他。他最终还是脱掉了T恤衫，把它扔在人行道上，忍受着雨水浇在身上所带来的彻骨的寒冷。谁会这样做呢？光着上身穿行在冰冷的雨水中？这人一定是疯了！总有人和自己过不去。你会时常看到这样的人，他们喝得酩酊大醉，精神失常，不按时吃药，那些可怜的人们最终要么成为罪犯，要么是死掉、被关起来或者被注射镇静剂。他们会搅得这个城市的整个街区都不安宁，直到他们再次消失在人群中。

那两个人又把注意力转到损坏的线路上，不停地摇着头。他并没有注意到他们。他的世界被缩小得只剩下了他自己，然后又被撕裂成两半。

“就我们两个，”他大喊着，“你这个狗娘养的。”

他醒来的时候发现自己正躺在加油站后面湿漉漉的人行道上瑟瑟发抖。雨已经停了，但是大风刮过树木时还是会有水滴落下来，天空中依然是乌云密布。加油站后面这些树木是一个分界点，树木两边的环境状况截然不同。在人行道的另一头堆积着废弃的啤酒罐和湿漉漉的报纸。垃圾箱里的垃圾已经溢了出来，轮子旁扔着一件旧衣服。他站起来，捡起了那件衣服。那是一件T恤衫，尽管已经被雨水浸过，但摸起来仍然很硬，他得使劲地甩那件衣服，才能把它套在身上，但仍然是皱巴巴的。那是一件信用卡的广告衫，已经发霉了，而且闻起来有腐烂的臭味。但是，他需要这样一件衣服，他还得继续往前走，穿过汽车零部件商店和快餐店，他至少得衣着整齐才能在汽车旅馆里租下一个房间。而且他做到了，他进入房间的第一件事就是脱下那件T恤衫，用肥皂一点一点地搓洗它。当他洗干净后，尽可能地把它拧干。然后，他脱下身上其余几件衣服，拧干上面的雨水，之后又重新把它们穿在身上。那些衣服粘在他身上，让他感觉更加的寒冷。他把自己裹在毯子里面，冻得发抖，他觉得自己迫切需要好好烤一下火。宾馆里没有火炉可以取暖，不过有免费的家庭影院。他仍然可以闻到T恤衫上的霉味。当夜幕降临的时候，他已经不再发抖了，他伸手够到了他的黑莓手机。

珍妮正和大卫站在第十街南边的格林威治大街上。她从手提包里拿出手机，看了一眼来电号码，这时大卫正在把雨伞收起来。他轻轻甩了一下手腕，雨水从伞上滴落下来。

“喂？”她说。

他没有说话。

“喂？蒂姆？”

他不想告诉她。

“蒂姆，你在听吗？”

珍妮举起手指，朝大卫笑了笑。她在电话里再次重复了蒂姆的名字。

最后，他把整个事情都告诉了她。她没有说话。

“珍妮？”他说，“你在听吗？”

“回家吧。”

当新一轮的出走发作的时候，他从汽车旅馆走到了家庭百货商店[1]、走到麦当劳，又走到折扣连锁店[2]。当他停下来的时候，正好走到一家购物中心的外面，在夜里的这个时候，通向购物中心内部的玻璃门已经锁上了。石头做成的烟灰缸和长凳与商场大门上的石质拱廊非常地相配，拱廊朝可停车的区域延伸出大概三码[3]的距离，好给抽烟的人们提供避雨的地方，同时也可以避免等车的人们发生意外。他再一次记起

1 Home Depot，美国家得宝公司，全球最大的家居建材零售商，美国第二大零售商，成立于一九七八年，销售各类建筑材料、家居用品以及草坪花园产品，并提供各类与之相关的服务。

2 Family Dollar store，成立于一九五九年，是美国发展最快的零售折扣连锁店。

3 一码等于三英尺或0.9144米。

来这种感觉有多么舒适，可以说是他一生中最令人愉悦的身体感受——终于可以在出走中停下来，不再发愁没有地方躺下，血管里的血液还在沸腾、在叫嚣，想要他继续往前走，可最终身体的疲劳战胜了出走的意志。他躺在一棵树旁的石头长凳上，周围都是嘈杂的吵闹声，但他很快进入了梦乡。当商场的保安走上来试图赶走他的时候，他已经带着前所未有的满足感，陷入沉睡之中。

他在岔路口左拐，继续向前走，前面的道路开始变得曲曲折折，他沿着一个私人乡村俱乐部的灰泥墙向前走，经过一个公共墓地，在沿着小山坡向下走了几英里之后，他走到了一个水库的入口处，外面是一大片的树林，穿过树林是一个高尔夫球场，然后他走到一个配电站，铁栅栏里面发出嗡嗡的声音。他一路向前，走到了一个小镇的广场上。他经过停车场，走过飘着彩旗的加油站边缘，出现在他面前的是一条看不到尽头的林荫道，直到走了五英里之后，他才看到一条公路，然后他的身体终于停了下来，他在远离车道几英尺的天桥下躺下来，迅速睡着了。

他醒来之后，蹲在混凝土斜坡的顶端。他可以沿斜坡下去，向左向右都可以，或者他也可以一直蹲在那里。他其实是有一些事情要做的，比如他可以在被迫再次出走前去吃一些东西。通常，他会给珍妮打电话，然后她会来接他。他要么等着珍妮来接她，要么就是给自己找点事做来打发手头上大把的时间。他是个不习惯闲着的人。他屏住呼吸，准备继续向前走。头顶的立交桥上车水马龙，一个想法从他的脑袋里蹦了出来，他想爬上立交桥，然后把自己扔在川流不息的车辆之中。但是，那样也太便宜那个浑蛋了。他决定给珍妮打电话。

他的黑莓手机没电了。他不得不沿着布满石子和碎玻璃的斜坡爬上立交桥的边缘，然后再回到他来的地方，在那儿他可以找到一个付费电话。

走了几英里之后，他看到一个便利商店。他走进店里，要了一份玉米饼。他站在外面的冰箱旁边吃完了玉米饼，然后朝付费电话走去，他拿出一些硬币投了进去。珍妮马上就接起了电话。

“我已经给那个浑蛋吃过东西了。”他说。

“蒂姆？”她说，“天啊！你在哪儿呢？已经过去二十四个小时了。”

那种长出一口气的放松感掩盖掉了她声音里的慌乱。他在电话里等她平静下来。“我已经给那个浑蛋吃过东西了，现在我们正站在一家便利店的门外，我刚刚在店里买了玉米饼。”

“什么便利店？”

他没有做声。

“蒂姆，回来吧，你得马上回家来。告诉我你在哪儿，我去接你。”

“现在我们已经感觉好多了。”他说，“现在还有一些时间，或许我们待会儿会去那家运动用品商店。”

“哪家运动用品商店？”

“珍妮？”

“我在听呢。”

“珍妮，你不必为我们担心。我们会很快好起来的。”

“你是和什么人待在一起吗？”

“我们会好起来的。”他说，“我们准备去旁边的运动用品商店，买一些必需品。”

“告诉我你在哪里，我去接你。”

“我要挂电话了，我没有多余的零钱了。”

“蒂姆！”

“别为我们担心。”他说。

他已经决定了：不再让珍妮接他了。他朝运动用品商店走去。店里正在展销冬季服装，款式很多，有羊毛的、合成纤维的、合成橡胶的、针织的、涤纶的和纯棉的。他需要买一件新的衬衫。那件捡来的信用卡广告衫已经干了，散发出腐臭的牛奶味儿。但是要选好合适的尺码和颜色，然后在试衣间里换衣服也是一件烦人的事情。他同样也需要一双靴子和一件大衣，这也同样令他头疼。你必须得找到一名售货员，告诉他你需要的尺码，然后等他从后面的储物间里取出来，然后你得试穿一下拿来的靴子——可能两只都要试穿，以确定是否合脚，然后，还要接着试其他的衣物。这着实是一件很烦人的事情。他不想这样做，他很排斥这样。他走到商店外面，在自动门前面站了很长时间。

47

她没有说什么，后来她把这件事告诉了贝卡。“告诉我你在哪儿，我去接你。”在贝卡的记忆所及的范围内，事情一直是这样解决的。他打来电话，告诉她自己所处的位置，哪个城镇，哪个加油站，哪个路口，然后她和贝卡就钻进车里，出发去接他。贝卡记得那些长途行驶。她记得自己的母亲从车里走下来，走向父亲，弯下腰，轻轻地摇晃着他。在他身边蹲下的时候，母亲会把头发塞到耳朵后面，等待他清醒过来。她记得他们开车回家的情景，气氛有些紧张和沉默，没有痛苦和争吵。当她渐渐大一些的时候，她不再经常跟着出去接父亲。父母亲只是会忽然一起回到家里，或者是电话忽然响起，把她吵醒，然后，母亲会在半夜的时候从家里出去。她对家庭的印象和那些长途行驶、母亲半夜离家，以及母亲为了使一家人在一起而做出的努力是紧密联系在一起的，每个人都是安全的，她想起了母亲耐心地蹲在父亲的旁边，等他慢慢醒来然后坐起来。

这次，她母亲没有力气了。她不想再次钻进车里，重复之前的煎熬。她告诉贝卡，当她接到电话的时候，正和那个叫大卫的男人在一起，她刚带他看过一处房子，并且她不想离开他。她想挂断电话，开始新的人生。于是，她没有像以前那样说，“告诉我你在哪儿，我去接你。”她把责任和挣扎抛给了他：回家吧。就好像当你步行的时候，当你在走了好几英里之后迷路、饥饿、困乏的时候那是一件很简单的事情一样。

“我们不敢面对现实。”她说，“我们从来没有说起过这些。但是，我知道有一天他会旧病复发。我曾经下决心对自己说，当他再次发病的时候，我会选择做正确的事情。不再酗酒，不再向现实妥协。我会时刻跟着他，我决不会让他远离我的视线。然后，他打电话来说他又发病了，可是我的第一个念头竟然是抛弃他。”

“可是你看看你现在的处境，”贝卡说，“看看你现在在做什么。”

她们俩坐在新泽西州西部的一个警察局的走廊里。她们背后的墙壁上贴满了官方的通缉令。即便是在像奥维柯这样安静的小镇里，警察局也是那些精神和行为失常的人的聚集处。

他给珍妮打过三次电话，一次是来自纽瓦克的汽车旅馆里，一次是来自查塔姆的一个付费电话，还有一次是从五十英里之外的波特斯镇。她们从来电显示的区号里查到了这些城镇的名字，然后在网上进行查找。距离他的最后一通电话已经过去八天了。

“他打电话的时候都说了些什么？”贝卡问道。

“他每次都没说清楚什么。”她母亲回答道。

朝新泽西行驶的路途使贝卡想起了她小时候的一次经历。不同的是，现在的车速有每小时九十英里，而她们也不知道目的地在哪儿。她们只是开着车在新泽西州漫无目的地寻找，她们的眼睛一直盯着周围的道路。通常，就像现在这样，她们会停在一所警察局里。

一名警官出来和她们谈话。他接过贴有蒂姆照片的活页，以及其他珍妮准备的信息资料，然后向她们保证说，只要在奥维柯警察局一有人遇到他，他们会马上和她们联系。珍妮和贝卡从警察局走出来，又开始在漫长冬夜里继续寻找。

在州际公路上，贝卡一直在向道路两旁张望，透过黄昏的光线寻找父亲的身影。她一直盯着隧道的斜坡处，还回头朝高架桥的入口处仔细张望。走到出口的时候，她什么都没有发现，没有任何人的身影，在灌木丛中也没有发现任何不同的颜色。不知道他在哪里。或者，他就站在她刚刚扭头的一刹那所在的地方。她有种强烈的无力感，觉得自己不能洞察一切，以及人类深受时间所限的不安全感。她们永远也无法找到他。她们已经错过他了。他就站在她们面前，但是她们太慌乱了反而没有发现他。

贝卡把视线从车窗外转移到母亲的身上，她看得出来，母亲在努力使自己保持镇定。她也一直环视着前面的路面，还不时看一下后视镜。贝卡把手放在她们中间的停车制动器上，在那一瞬间，她忽然有一种似曾相识的冲动，想用尽所有的力气拉下刹车。然后，她们将会安全地停下来，长出一口气，互相对望一眼，然后放声大笑。她们会在这个小村子找个地方一起用餐，贝卡会向她母亲坦承她自三年级以来喜欢过的所有男生，她会告诉母亲自己一度秘而不宣的所有秘密和弱点。基于一些莫名的理由，她母亲将会很爽快地陪她痛饮一杯。当贝卡回到她在布鲁克林的住处时，她们会在地铁站外面拥抱。她在布鲁克林的一家酒吧做服务生，同时也是乐队的成员。她们会每周碰一次面，她们的谈话从来不会涉及她的父亲，她只知道父亲要么是失踪了，要么是生病了。她们可能会在难过的时候想起他，或者在他生日的时候，为他祝福。她们从来不会向对方说起，当她们独自一人躺在床上的时候，会因为想念他而哭泣，或者只是在黑夜里茫然地睁着眼睛，想着为什么这么久都没有他的消息。

窗台上的电话响了起来，珍妮本来没打算把电话放在窗台上。她从沙发上跳了起来，研究着来电号码。当她看过去的一刹那，响声消失了。贝卡听着母亲让电话那头的人给邮局打电话，对方好像没有听懂。她不得不又重复了一遍。“我是说你给邮局打电话，”珍妮说，“邮局！”她停了下来。“那么你自己在那该死的电话本上查一下！”

她使劲地摔掉听筒，挂断了电话，电话机里传来嘈杂的噪音。她又走回到沙发上。

贝卡预感到他不会再回家了。她不知道自己怎么会有这样的想法。那只是记忆带来的直觉，她记得当他发病后被绑在床上时所遭受的痛苦，也记得他无论如何都不愿再承受那样的痛苦。

“你是否想过他再也不会回来了？”她问道。

“他必须回家，”珍妮说，“他没有别的选择。”

她告诉贝卡，上次在纽瓦克的时候，有个男人试图强暴他。“外面很不安全。他必须回到家里来。”

电话铃再一次响了起来。珍妮接起了电话，然后朝贝卡点了点头。是他。“他一直不停地在说话。”她说。她一直在听着。“我不明白你在说什么。”

“告诉他我在这儿。告诉他我想知道他在哪里。”

“蒂姆？蒂姆，贝卡在这里。她想知道你现在在什么地方。”

她能隔着电话听到父亲的声音，他在气喘吁吁地不停说着话，母亲的表情变得越来越茫然。她看了一眼贝卡，轻微地摇了摇头。“这就是我的意思。”她说，然后把电话给了贝卡。

“爸爸？”

“——冷酷而且愚蠢。就像那些高中里的笨蛋，你可以在电影院里见到他们，你听不懂他们到底在说些什么。你不知道他们可能是想跟踪你到停车场，然后跳上你的车，然后用棒球棍把你弄死。他不知道是什么原因——”

“爸爸——”

“那是一种什么样的生活？他在一家研究院供职，但是什么研究院会有那样的人？没有什么是刻意设计的，也没有什么专家。噢，我知道了，他们都是专家，我们所有人都是专家。但是，这个人？这个人是个笨蛋。所以，就像笨蛋那样对待他吧。我的意思不只是要阻止他，我的意思是要控制他，用电击他，用高压电击打他，他们应该用警棍击打他，不给他吃的，饿到他求饶为止，饿得他只剩最后一口气。他们确实应该放弃任何可以治愈他的希望，他们应该像对待那些极端分子的头目那样对待他，你知道的，就像是政治审问一般，不断地拷打他，那样他就再也不能出走了，也许他会露出一丝疯癫般的微笑，也许当他每次睁开眼睛的时候会想起一首歌谣……传信儿的人流下了眼泪……地球真的要死了……他哭得那么伤心，满脸都是泪水[1]——那样的话我会很高兴的。”他说，然后电话就被挂断了。

1 出自大卫·鲍伊1972年作品*Five Years*。

第七章——各自在人海流浪

The Unnamedt

蒂姆：“告诉我你在哪儿，我去接你。”事情一直是这么解决的，不管我走到哪儿，珍妮都能找到我，带我回去。这次，我知道，她肯定又在发了疯地找我。但我已经决定了，不再让她接我了。

48

你一直不停地往前走。每天重复着相同的事情，那样很费力。那些哭泣，那些低鸣，那个不断的我我我。你知道你错过了什么吗？小鸟的颜色，月亮那种鲜明的光谱……还有很多，你已经错过了很多。那些很有趣的人，睁大眼睛在欣赏这个世界的奇景，他们乘船出海，在大山深处写生。而你，却在痛苦地呻吟。你在哀叹自己的需求和抱怨。你持续的记录会使他们发疯。如果他们的灵魂要被迫忍受你这样的人，他们肯定会暴跳如雷的。

“你这个不正常的人。”蒂姆大声说。

食物!

远处传来阵阵雷声，乌云密布的天空划过一道银色的闪电。

“你已经倒退了三百万年。你是一个只有本能的动物。”

食物！这是一种无言的诉求。

“食物！”蒂姆伴随着雷声大声哭喊着。

那些正在收拾东西朝货车走去的人们停下来看着他。

食物食物食物，另一个声音又吼叫起来。

“食物食物食物！”蒂姆哭喊着。

很快，他们就穿过了超市的停车场。

他站在松树下等待着清晨的第一缕曙光。当唐恩都乐[1]开门的时候，他穿过街道去买了十几个面包圈回来，然后把它们放在地上，坐在松树下吃了起来。另一个声音不再喊着要食物，而是开始不停地喊着腿，腿——但是他自顾自地吃着面包圈，不理会他。银行的工作人员陆续开始上班。他缓慢地从松树下走了出来，走进了银行。当有位女士过来问他需要什么帮助的时候，他正在大厅里调整自己的皮带。他说他想调整一下自己的资金，或许办理一个信托基金。他真的不想再用那个皮带了。前面的一个扣太紧，而后面的扣又太松。当他不停地调整皮带的时候，那位女士就盯着他看。最后他把皮带扣在了前面的一个扣子上。

他看到附近的桌上有一壶咖啡，他走过去为自己倒了一杯咖啡，然后在旁边的沙发上坐了下来，伸展着自己的双腿。这种舒适的状态会让他放松下来，但是另一个声音不停地喊着腿，腿——最后，他拉起长裤的裤角，看着自己的双腿。有一些地方被割伤了，伤口很深而且很清晰，从胫骨直到小腿肚上。他不记得是什么时候弄伤的，上面的血迹也已经干了。银行的一位工作人员走了过来。那个人穿着丝质的衬衫，看着他腿上凝固着血迹的伤口。他抬起头发现那个人在看他，他

1 Dunkin' Donuts，美国十大快餐连锁品牌之一，出售以面包圈为主的烘烤甜点以及咖啡等食品。

拍着膝盖说："我需要调整一下自己的资金，而且想要建立一个信托基金。"

"看起来你需要先缝合一下伤口。"那个银行职员说。

"我待会儿会去药店买一些止痛药。"他说。

当那个银行职员通过蒂姆提供的各种网址和密码调出他的投资组合的时候，他看到一大批不同数额的资金通过一个投资软件在不停地变动，这使得他把目光从电脑屏幕上转移过来，看着对面的那个男人。蒂姆正把脚跷在桌子边上，在抠着腿上的血渍，然后把它们放在另一只手里。银行职员从桌子下面取出一个垃圾桶，"你需要这个吗？"他问。蒂姆把那些揭下来的血痂像硬币一样收集在垃圾袋里，然后又坐回到椅子上，看着对面的银行职员。那个人把垃圾桶又放回到桌子下面。

"墙上那些是你们的营业执照吗？"他问。

银行职员朝墙壁上望了一眼说："是的。"

"那些东西有天会掉下来的。"他跟银行职员说。

他办理完业务从银行走了出来，头顶上是灰蒙蒙的天空，他走在寒冷而又安静的午后街道上。寒冷的空气刺痛了他的呼吸系统。他经过一个停车场，跟着出口处的汽车走到大马路上，他沿着人行道走到三家药店[1]的交界处。他走进最近的一家店里。在商店的中间，他发现了一堆长袖运动衫。其中有一件橘黄色的衣服上面装饰着各种蔬菜图

1　此处指兼卖杂货的药房。

案，充满了秋天的气息，衣服上还写着“感恩节快乐”的字样，他买了那件运动衫，还买了一些绳子、一把小刀和一盒饼干。他把那条旧的皮带扔在了药房的后面，然后用新买来的绳子和小刀做了一个新的腰带。

他在市中心转了一圈，晚上就睡在市区广场上。早上醒来的时候，他发现一个年轻人就蹲在他旁边一步开外的地方。那个年轻人穿着一件蓝色衬衫，透过敞开的夹克衫下面可以看到他衬衫上别着徽章。他手里捧着一个硬纸盒，边上放着一些水果。他正试图叫醒他，而同时又不违反自己在接受培训时所学的第一条法则：永远不要触碰流浪汉。有时候，他们可能是因为酗酒而眼中布满血丝，而且也会需要一些时间才能清醒过来，在某些极端的情况下，也有可能成为车祸的受害者。

蒂姆从地上坐了起来，靠在旁边的灰色建筑上。

“早上好，”年轻人冲他打招呼，“你想要吃午饭吗？”

他递给他一个硬纸盒，但是他没有伸手去接。年轻人说：“我会把盒子放在这里。”说着，他把盒子放在地上，周围都是鸽子留下的粪便。“这些食物足够你吃一天一夜的。”他仍旧蹲在那里，“现在天气很冷了，而且，”他说，“你身上的这件毛衣显得太单薄了。”

“冻死他！”他回答道。

那个年轻人四下里看了看，周围并没有其他人。最终，他站起来，向远处走去。

“喂！”

那个年轻人回过头来。那个流浪汉正捧着他给的那个装食物的盒子，“你把我当成要饭的了，回来把你的盒子拿走吧。”

那个年轻人又走了过去。如果流浪汉拒绝接受你提供的食物，那么委婉地劝他认真考虑一下，同时要和他保持适当的距离。如果他仍然坚持拒绝，那么也要保持应有的礼貌。

“你确定你不需要这些食物吗？”

“我国宪法的制定者们不遗余力地保障人们追求幸福的权利，”他回答说，“同时，宪法也赋予了人们独处的权利，尽管这和政府的意愿相悖，但这是所有权利当中最为广泛的一条，也是每个公民最为珍视的一项权利。”

那个年轻人看着他说：“我不是政府机关的人，我是食品银行[1]的。”

那个盒子仍然被举在他们两个中间，那个年轻人接过盒子走开了。

那个年轻人随后发出了一声轻微的叹息。那个声音刺激了蒂姆的自尊，这迫使他再一次叫住了那个年轻人。他接过了那个装有午餐的盒子，然后，作为交换，从自己的钱包里递给他一张一百美元的支票。这些钱是他接受那些食物的报酬，那个年轻人深感困惑，这个流浪汉的阔绰程度也让他大吃一惊，在百般拒绝之下，他终于收下了那些钱，作为他对慈善事业的支持。

在这个国家的高速公路上，司机们在转弯时总是漫不经心，也没有

1 美国食品银行：America’s Food Bank，简称AFB，是美国的非营利性慈善组织，号召企业和个人捐赠食品和生活用品，用来帮助生活贫困的人们。

人料到会有人在高速公路上行走。路灯的杆子朝马路一侧倾斜。一群开车的年轻人在经过时一个劲儿地朝他摁喇叭，好像他是在夜晚的舞会上。

他顶着满天星辰，穿过了乡村别墅和度假农庄。他脚踩到浸满雨水的烟盒，或许那是海龟的硬壳。他没有料到他已经快走到了海边。

他站在巴诺连锁店[1]的收银台前，等待电脑旁的那位女士抽出空来。在这个时候，他弯下腰来解开鞋带，因为沾了水的缘故，带子显得更紧了。他的手指上生了冻疮，双手已经冻得失去了知觉，这让他的动作显得更加笨拙。他脱掉湿漉漉的袜子，发现他剩余的脚趾上也生了冻疮，双脚就和双手一样的苍白、没有血色。脱掉鞋之后，他因为行走而肿胀的双脚终于得到了缓解。他的双脚看起来就像两颗充血且湿黏的心脏，惨不忍睹。

他卷起裤腿检查腿上的伤口，伤口已经化脓，有脓水流出来，表皮已经结了一层粉红色的痂。他的小腿肚已经肿了，他一度把这种脓肿的气味误认为是信用卡广告衫的味道。他用指甲抠出里面的脏东西，之后才发现，那不是脏东西，而是小虫子。

“请问您需要什么吗？”那个女士问道。

他直起身子：“我想买一本关于鸟类的书。”

“您知道书名吗？”

1 巴诺书店，美国最大的连锁书店。

“关于能在野外分辨鸟类的书就好。”

分辨出不同的鸟类，就能更加熟悉这个世界。揭开大自然的奥秘，然后就可以战胜它。那些在空中飞逝而过的物体，对于你来说，不会有任何意义，除非你认识它。有些事情是他[1]永远都做不到的。他应该再买一本关于蝴蝶和树木的书，包括花和灌木丛。

那位女士离开问讯台，向自然类的书架走去。他跟在她的后面，裤腿依旧卷着，露出袜子和鞋子。那位女士走到书架旁转回身的时候，看到了他裸露的小腿和红肿的腿肚。

“天啊！”她发出了一声惊呼。

他坐在咖啡店里读那本关于鸟类的书。他不停地喝着咖啡取暖，然后又不得不跑去洗手间，他在洗手间里待的时间有点长。经理走了进来，试探着问道：“请问你还好吗？”

最后他终于从里面走了出来。他们问他需不需要帮忙叫救护车，他却问道叫救护车做什么。他买了其中一本关于鸟类的书，然后离开了那家书店。当他那天晚上又开始出走的时候，他首先就把书扔掉了。

他手脚冰凉，腿还在隐隐作痛。他饥肠辘辘，很想吃些东西。

他每天都承受着这样的痛苦，那种痛苦的感觉很强烈也很清晰。他

1 这里的“他”对蒂姆而言，是驱使他不停行走的另一个自己。从上下文可以看出，蒂姆把自己分裂成了两半，能够自我控制的那个“我”，以及驱使他不停行走的那个“他”。望读者知晓。

已经学会了该怎样调节自己的身体，他要尽可能地舒缓心中的那种感觉，就像是在坐禅一样。

他的身体机能在衰退。他的颈椎病也一直没好。黑暗的道路让他感觉到有点恐怖。

他曾经试图去学习观察鸟类，因为虽然他可以分辨出光线、颜色和运动，但那些行为都太粗俗，不足以欣赏和说出大自然的美妙之处。分辨出不同的鸟类，以此来理解这个世界。这会让他成功地压制出那些原始的渴望和想法。

但那些原始的渴望比他想象得要强烈。比起观察鸟类，他更清楚案例法。因此，他在扔掉那本关于鸟类的书之后，开始背诵那些著名案例中的判决条款。背诵案例法让他的精神平静了下来，也唤醒了他大脑皮层的兴奋性。

水分平衡对于维持身体器官的正常功能非常重要。发烧就意味着需要看医生了。可此处是停下来休息的好地方吗？

“从最广泛的意义上来说，法律意味着对行为的约束。”他说，“而被权力机关制定出来的法律必须得到遵守。”

麦当劳快捷、美味，而且便于寻找。每个人都爱看电视。射精有着无与伦比的美妙感觉。

“自由存在于每个人的心中，一旦这种信念消失，那么就没有任何宪法、法律和法庭可以拯救它。”

他的身体不由自主地难受起来。他尽量不去想自己的这种感觉，他压抑着体内能量缺乏和神经受损带来的痛苦。他会说这是“无意识的神经活动”，既然是无意识的神经活动，他就可以用自己的意识控制它。他一路经过Printing Plus[1]、Pik-Kwik[2]和一家比萨店。机动车道的路边站满了搭便车的人，有一个人上了一辆克尔维特跑车[3]。“克尔维特。”他自己嘀咕着。

他爬到半山腰的捷飞络[4]后面，店面已经关门打烊了，他就在那里睡着了。他醒来的时候，就躺在冰冷的地面上，他在那里待了一两个小时，听着工作间里传来的机械装置的嗡嗡声和工作人员嬉笑的声音。

好鞋并不只是一种奢侈。陌生男人戏谑的表情会让人感到不安。那些根深蒂固的习惯的突然改变足以让人警觉。

后来，当新一轮的出走再度发作时，就轮到他开始抱怨了。他一路走过广告牌、红绿灯和百货大楼，经过停车牌、录音棚和居民区，经过火车道、入口坡道和电视塔。

“你不停地走，不管自己有多冷多饿。”他说，“人们都说，黑夜漫长，一双好鞋不只是一种奢侈。但是，当你不发作的时候，它就没什么用处。没有什么可以解释你的行为，人们也不会记得你的抱怨。你不会觉得冷吗？你感觉不到饿吗？你把我们推进了痛苦和黑暗的深渊。

1　著名连锁印刷企业，成立于一九四九年。

2　美国著名的食品连锁店。

3　雪佛兰Corvette是美国国宝级的跑车，也是通用旗下最高端的超级跑车品牌，代表着美国的历史、文化、精神，还有最高端的汽车技术。

4　捷飞络（Jiffy Lube），北美汽车快保业领导品牌之一，创立于一九七九年，由世界五百强企业之一的荷兰皇家壳牌集团全资控股，提供专业、优质和便捷的汽车快速保养连锁服务。

你的目的到底是什么？告诉我吧！你毁了我的生活，摧毁了我的意志。你让我行尸走肉般地在大街上游荡。你彻底地限制了我的行动，自由对于我成了一种幻想。你要折磨我到什么时候？你又能从中得到什么呢？”

对方只是一瘸一拐地和他一同行走，一言不发。

他们在一件事情上是一致的。如果他不让对方进食，不给他供给营养，如果他唯一的乐趣就在于某种自杀式的折磨，那么这方面他做得很好，他可以在收容所里随便吃点儿一般的食物，但他总是无法抵制对方想要睡觉的呼唤。当身体里的另一个我停下的时候，他本可以继续往前走，直到把他累趴下为止。或者他跳到水里或者撞到汽车上。但是他太累了，他的身体松开了他，然后他会不由自主地走到废弃的小屋，去某个不甚安全的避难所，在那里他和他基于共同的目的而达成一致，他们需要休息。在那一刻，他知道什么是福气，那就是失去感觉。在那种无知觉的状态下，他们是最和谐的。

他走出卫生间，那个一直在外面敲门的人使劲儿侧过身子让他过去。他从侧门离开的时候，那里的汽车餐厅已经排起了长队，他在旁边的垃圾箱里把中午吃的食物都吐了出来。他漫步走到附近的麦当劳和Conoco[1]中间已经被霜冻的草地上，在那里坐了下来。路上的车辆行

1　Conoco：大陆石油公司（Continental Oil Company）是一家综合性跨国石油公司，成立于一八七五年。

驶缓慢。

他停在前不久刚整修过的一个商业区的橱窗前，这种整修只是让它显得更加破败。他透过一家户外用品商店看着一个用丛林绿的毡布做成的帐篷。这个宿营帐篷的周边放着各种户外辅助用具——一个灯笼、一个运动水壶和一个硬纸板做成的生火用具。

他在一把长椅上躺了下来，小睡了一会儿。城市巡警拿警棍敲打着长椅叫醒了他。

"你有身份证明吗？"那个警察问道。

他慢慢坐了起来，从长裤的口袋里掏出钱包。他的手指已经失去了知觉，很难把证件从钱包里取出来。那位警察先生看了他的证件，然后把它还给了他。

"别在这里睡觉。"

"你知道公民权利法案吗？"

那个警察看着他："你没地方去吗？聪明的家伙？"

在经过粗略的考虑之后，他把钱包打开放在大腿上，从中取出一沓崭新的美元钞票，他用手指把钞票拨拉得哗哗响。"只要我想，任何地方都可以去。"

"那就去吧。"那个警察说。

"你这么关心我，真是令人感动。"

那个警察朝别处走去了。

"人们最好询问一下，为了避免公众的恐慌，国家是否可以限制那些衣冠不整和行为古怪的人的自由，"他大声说，"仅仅出于公众的偏狭和恶意不能成为剥夺他人行动自由的合法理由。”

他又接着开始睡觉。当他睡醒的时候，他说不，他不要起来，不管出现什么样的情况，现在都不要起来，你是个任人欺凌的懦弱的人。他说你是个可怜虫。你是个发着高烧、行为蹒跚、吹毛求疵、思想褊狭的浑蛋。

正如你所知道的那样，警察能力的不足导致社会缺乏活力。这一点才是人们应该关心的问题。

“一个臭家伙，一瓶冒牌酒，一个疖子。”他大声地反驳着，从长椅上站了起来。一位正在遛狗的女士正站在他附近。当他大声说话的时候，那位女士拽了下手中的绳子，把正在嗅来嗅去的狗拉走了。“一个只会出气的家伙。你是一个行为盲目的肢体动物。滚开，离我远点。”

不可能的。

“你踩在幸运的车轮之上。我带着天使的翅膀飞翔。你在我面前旋转。我梦想遇到带着青春笑颜的老情人。”

对不起，老兄，在这一点上我们是一致的。

“那就证明给我看！”他哭喊着。

翅膀是什么？笑容是什么？

“你没有那么聪明，”他说，“只有我才能做到那么聪明。”

我在进步，另一个回答道。

便利商店后面人为挖出来的坑里，放着一辆吊车、一辆拖拉机和一些小型的挖掘机。他从中间的过道走到下面，坐在拖拉机的车斗里，开始吃他的热狗面包。他可以限制他们，他把这归功于对方的懦弱和对行走需要的食物的保守计算。“你是个狡诈的浑蛋！”他说。

在出城的道路上，一只黑色的小鸟从空中落下来，另一只鸟擦着他的肩膀，还有一只停在远处的车道上，然后就有大群的鸟飞过来。它们一个个地落下来，声音巨大，就好像道路上在上演抓子游戏。夜幕降临的时候，他又开始行走了。

他绕开用橙色塑料做栅栏围起来的小树林边缘，爬上公路上方的峭壁，穿过一片杂草丛生的区域，那个地方没有任何做商业区的迹象，也没有人居住，就是一大片清晰的界线。当他下来的时候，他绕到高速公路对面进入一个有着都铎王朝风格的在建小区，道路上、垃圾筒里面堆满了破碎的石棉瓦和成堆的玫瑰色沙砾，这种景象显示了这个中途夭折的项目已经被抛弃。冰冷的雨水已经淋湿了他的羊毛衫，贴在了身上。他就像这猛烈的暴风雨一样抱怨和恼怒，为他不得不承受的所有这些痛苦。他的抱怨和控诉在这个城市的废墟上空回响，此刻，冰雹像圆形的盐粒一样落下，很快，他就离开那里了，屋顶和窗子上好像罩上了一层玻璃的外衣，小树和灌木就像是这个水晶城市的一部分。

他正站在高架桥的下面，一个拿着垃圾袋的男人朝他走了过来。那是一个黑色的超大垃圾袋，袋子已经很久了，上面的标记上有很多洞，尤其是他手握的袋口的地方，他握着袋子的开口处，把它背在肩上。他把袋子拿下来放到地上，然后在蒂姆旁边的石凳上坐了下来。

“你的手指怎么会是那个样子呢？”

蒂姆的手就放在大腿上。他僵硬弯曲的手指向前伸着。水泡已经消了，大部分的表皮变成了紫红色，到指头肚的地方呈现出墨黑色。他低头看着自己的手指。它们看起来就好像是布满尸斑的鸟爪。

“他是个狡诈的浑蛋。”

“谁呀？你朋友？”

“我没有这样的朋友。”

“你不会一个朋友也没有吧？”

他摇了摇头。他们就静静地坐着。“你是中毒了吗？”那个人问道。

这个问题在他们中间回荡。

“中毒？”

那个人瞪着他。最后他点了点头。

“你会好起来的。”那个人看着远处模糊的地方说道。人们站在汽车的发动机旁，在加油站给他们的车加油。

当他再次站起来的时候，那个人说道：“你应该考虑去麦克亚当斯的临时诊所，让那里的志愿者帮你检查一下。”

有一个男人驾驶着他的破旧小卡车沿着公路边开了过来。他在蒂姆前方二十码的地方停了下来，把头伸出副驾驶旁的窗外和他说话，这时蒂姆才看到他的小卡车。灰白色的云预示着暴风雪的到来。

“你看起来好像受伤了。”那个男人说道，“你需要帮忙吗？”

他走到车窗旁站住了。他感受到排气孔喷出的热气，它们刺激着他麻木的皮肤，他又往后退了一步。

“你走路有点跛，”那个男人继续说道，“你是退伍军人吗？”

他没有回答。

“第一次海湾战争的时候，我在海军陆战队第九支队第三营，”那个人说，“现在，我在帮忙管理一个地方，对我们来说一个像天堂一样的地方。我们需要每一个人，每一个人都会有睡觉的地方。”

“你有毒药吗？”

“毒药？”那个人说道。

他透过车窗看着他。

“我从没听人这样说过。”那个男人说，“我想我应该有，尽管他们都说我没有。”

他打开车门，坐到了小卡车里面。

“你能帮我一个忙吗？”那个男人在发动卡车之前问道，“你可以把你那边的窗玻璃摇上去吗？”他照做了。那个男人看着他用僵硬弯曲的手指握着把手，同时他身上的臭味也布满了车内。“上帝呀！”那个男人打开了驾驶员一侧的车门，下了车。“对不起，”他把车门打开说道，“我无意冒犯你，但是味道太难闻了。”

那是我腿上的气味。他回答道。他慢慢地卷起裤腿给那个人看。

“嘿，”他说，“你应该去医院。”

那人在坐进车里发动汽车之前迅速地摇下车窗，好让外面的空气飘进去，这时他钻出了卡车。

“不可能。”他说着，再一次站在了马路边上，“决不去医院。”

“嘿，我能理解。”他说，“我也不喜欢医院那种地方，但是你腿上的感染，会让你死掉的。”

他关上了车门。“不去医院。”他隔着车窗说。

“但是你这样很危险。”

“没人要你停下来管我。”他说。

最后他强忍着走到当地高中的操场上，然后昏倒在本垒板后面的棒球场上。他一直昏昏沉沉，直到下雪的时候才醒过来。他用尽力气挣扎着脱掉了身上的衣服，让自己只穿一条短裤坐在寒冷的冬日里，感受着自己高烧的身体里蒸腾出来的丝丝热气。他很欣慰地觉得自己的身体就要死去了。那么身体里的另一个我也就会安静下来了。不会再抱怨饥饿和寒冷。他不记得他最后一次可以控制自己的身体是在什么时候。他胜利了。他以前从未想过天堂会是什么样子，但是现在他很确信一定有天堂。在没有上帝的指引下，躯体战胜灵魂，那是不可能的。他的情况很特殊，他的身体完全不受自己控制，他希望能把身体和灵魂分开，在身体遭受折磨和腐烂的时候，他还可以改善它。

然后，他又挣扎着站起来，朝远处走去。

在风雪交加的时候，他走进了一个小镇。他光着双脚，近乎赤裸地走在路边，他的腹部肿胀，一瘸一拐地蹒跚前行。没有人能看到，没有人能让我停下来，没有人能帮我。他们很可能会打电话叫……但是那已经晚了。我唯一的遗憾是……她会为我煮上咖啡。曾经有一段时间，我试图治愈自己的疾病，我尝试了一切可以阻止自己出走的方法，包括放弃……那种味道闻起来……我很喜欢在……喝……现在我会告诉她，除了毒药，任何东西都可以。

我从来不是一个好……

他最后来到马路边的一个斜坡上，对面是一个多功能停车场，一个有喷泉的院子和几栋别致的小楼。他在想他会在什么地方停下来，是在荒凉的树林边，还是在什么建筑物的后面，抑或废弃的长廊里，如果他足够幸运的话，在哪个没有上锁的浴室里，他最终休息的地方。但是身体的另一个我突然放开了控制，他看到前方半开着的门。

他跌坐到橡胶的坐垫上。“你这个浑蛋！你不能改变规则。”

一个护士看到了他，在问询台后面惊叫起来。

“他改变了规则！”当一群急救人员朝他走过来的时候，他哭喊着。

你没有真的以为我会让你把我们两个毁掉，是吗?

他身上没有身份证明，然后就以理查德·多的身份被送进了重症监护病房。他有肾脏衰竭、脾脏肿胀、败血症导致的低血压和心脏损伤。他还患有战壕足病[1]和痢疾。他需要借助呼吸机和注射抗生素。他整整昏迷了一天一夜。

---

1 战壕足病，是由于在冰点气温下，长时间——数小时，甚至数天——暴露于潮湿的环境中引起的。这种病发生之后，脚部会变得冰冷、肿胀，并且外表呈现蜡状。行走困难，双脚感觉沉重、麻木。神经和肌肉是主要受损的地方，不过也可能会生坏疽，严重时，肌肉会坏死，最后可能不得不将整个脚或腿切除。

他不由自主地开始胡言乱语。他在高烧的时候，就会和身体里的另一个我开始进行喋喋不休的对话。

问：你是靠什么谋生的呢？

答：我是一个……

问：律师？

答：是的，你说对了。现在是在进行审问吗？

问：律师，这是个很简单的词语，你怎么会想不起来呢？

答：智力有它的局限性。知识并不能完全决定一个人……的深度。

问：一个人的什么？

答：你知道的，一个人的……

问：灵魂？

答：是的，灵魂。

问：你现在相信所谓的灵魂的说法了吗？

答：我相信。

问：我从没注意到你还在思考这些东西。

答：严格说来我没有。

问：那么又怎么解释你的这种突然的神秘冲动呢？

答：如果没有上帝，你就赢了。

他认为这种嘲弄是不公平的，可是，接着身体里的另一个我就证明了他本来就没打算对他公平。但这是怎么做到的呢？对方已经收回了他记忆和演说的能力。在他之前做律师的日子里，即将到来的审判带来的压力，会让他梦到自己在盘问专家证人那些他自己一无所知的技术问题——笔迹分析、深奥的推算方法。在这些梦里，他会扮演所有的角色，审问者和专家，但是他只知道审问者的问题。每当遇到开始回答的时候，他就只会听到含糊不清的语句，或者说话声音太轻，或者省略掉所有的词。

就像现在这样，对方成了审问者，而他自己成了那个在梦里说话含糊不清的回答者。

他被各种器械和监视器所包围。他听到它们的波动和嗡嗡声，还有他自己的心脏持续的心跳声。他明白对方很满足于现在这样单纯地躺着，让那些注射液和抗生素发挥神奇的作用。那个浑蛋，现在不想出走。那个狡诈的浑蛋现在不想出走。那个浑蛋曾经被折磨得差点死掉，然后他改变了规则。这不公平。蒂姆试图把自己身上的各种东西扯掉。这时，他才意识到自己有多少手指和脚趾被切掉了。他身体太虚弱了，连输液的针都拽不下来，然后就又昏迷了过去。

问：当某些神经细胞被压制的时候，你能意识到自己忘掉了一些单词吗？

答：某些什么？

问：而且，当抑制其他一些细胞的时候，你甚至会想不起来某些单词的含义？比如“珍妮”。

答：什么？

问：你知不知道如果我这么做——

（他没有听见）

答：呼！

问：——你还会那样躺着？如果我做——

（他没有听见）

答：啊啊啊……

问：——你还会那么躺着？你还会把这当成上帝的指引吗？

他再一次醒来，一动也不能动。他看到一个人在从门缝里往里看。那个人是在笑吗？在失去意识之前，他惊恐地发现那个朝他走过来的人——很确定，就是那个他曾经在桥上遇到的人。那个人一步一步朝他走近，但他什么也做不了，也没有任何能力自保。他内心崩溃了，瘫痪比暴走更让人痛苦。他想大声呼喊，但是喉咙却发不出声音。那个人已经走到了床边。快醒过来！他自己哭了起来，泪水从他紧闭的双眼中流了出来。

当他再一次醒来的时候，他已经有力气可以把输液的针管拔掉，把罩住他喉咙的管子拿掉。报警器响了起来。他慢慢地爬下床，却一次次地倒下，就好像他处于一个充满沙石的深井之中，竭力想抓住重叠的岩石。当他离开病房的时候，一个护士在走廊里发现了他。他想尖叫出来，但是他的声带失去了作用，他只能发出一声嘶哑的哭喊：“他在折磨我！他在折磨——”

他昏倒在了走廊里，疾病又开始发作。他躺在地板上不停地抖动，目光呆滞，口吐白沫。护士迅速地朝他走过去，抬起了他的后脑勺。

当医护人员把他重新放回到病床上的时候，他变得很顺从。

问：如果我能够让你忘记单词，让你看清一切，抓住——

答：呼!

问：——那是不是足以证明我在掌握着你的命运，而我的命运就是你的未来？为什么又往那些堕落的人可笑的自大中寻找安慰呢？为什么要去惊吓那些年老的女人？

答：啊啊啊！

问：老伙计，只有我们两个人。忘掉上帝吧，要像个男子汉一样，这才是真正的我们。

他每次醒来的时候都试图要逃走，最后他们不得不把他绑在床上，他在无声地挣扎、哭泣和喊叫，因为对他来说地狱就像这张床一样，而外面才有真实的生活，穿过这扇门和走廊——生与死都已经无所谓。

当那些针管被拔下的时候，他勃然大怒，他的声音已经恢复了。他拒绝告诉他们他的名字和有关他家人的信息。他就像产生了幻觉一般，他说在他的大脑里回荡着魔鬼的声音。他大声咒骂着医院里的工作人员，打扰了整个病房的安静。他们把他转到精神科病房，医生诊断说他患有妄想症和精神分裂症，然后开始使用安定类的药物对他进行治疗。

他们继续追问他的名字。

“你是谁？”

“这要取决于你们说的‘你’是什么意思。”他说。

“你有家人吗？难道他们都不想知道你在什么地方吗？”

“我从来没有告诉过她，把她的生活变成现在这个样子，我有多么的抱歉。我曾经想过我们会在新的公寓里开始新的生活。现在我试着做一些不同的事情。”

“那是什么事情呢？”

“我再也没有给家里打过电话。”

“你家在什么地方呢？”

“家是心所在的地方，就在这里。”他指着自己的胸口，“他让我去哪儿，我就去哪儿，但是在这件事情上，他对我没有太大的影响。”

药物开始产生作用，医生不需要再把他绑起来。但他还是从床上溜了下来，在医院的走廊里四处晃悠，问那些病人有没有毒药。一些人会和他聊上两句，有些人则会把他当成疯子，也有些人好像很清楚他在说什么。

“我曾经尝试过十二种治疗方法，你尝试过吗？”

“他们只会说那是异想天开。”

“他们一直威胁说要给我中断治疗。”

“整个家庭都有这种奇怪的精神问题。”

让我给你看看我的化验单。

“我们需要讨论一下你经常听到的那些声音。”

“声音，”他说，“不是那些声音，是那个声音。”

“对不起，那个声音。”

“而且那不是一个声音，那是一个观点。”

“一个观点？”

“一个索然无味的、枯燥的声音，但是却很有说服力，非常地多变。他掌控了我所有的力量——我的口头表达和辩论的能力。现在不要问我。我们的对话应该有个摘要记录。”

“那个声音现在还在吗？声音很大还是很微弱？”

“现在很微弱。当他发怒或者想要什么东西的时候，那声音就会变得很强烈。自从你开始给我治疗，那个声音就已经平静下来了。”

“那很好。”

“别傻了，他只是在等待而已。”

“但是如果你一直坚持治疗的话，就不会再有什么问题了。”

“药物只是延长战争的一种技巧。”

“什么战争？”

“我们数个世纪以来一直在进行的斗争，对大多数人来说，我们已经丢失很久的那种战争。”

“对不起，我没太听明白你的话。”

"死亡。那种想要摆脱不可避免的死亡而努力生存下去的意愿。这有什么不能理解的？"

"你打算要自杀吗？"

"这要看你说的'你'指谁。"他说。

他会照例吃饭。他不按自己的意愿起床。他在晚上的时候很安静。他们给了他捐赠的棉衣然后让他出了院。

他穿着棉衣，戴着一顶灰色的镶有毛边的大头帽走出了医院。他此刻就站在自动门的外面，两个月前，他就是在这个地方昏倒的。他在犹豫着应该往哪个方向走，天气很冷，他看着自己的呼吸在空气中化成白色的气体。他并不想在这样寒冷的冬季里四处游荡。他也不想自己折磨自己。对方很高兴，他喜欢这样温暖的感觉，他感到有些饥饿。他明白他目前的第一要务是整理一下自己的个人资料——他需要给他认识的一个银行理财专员打电话，那个人会帮助恢复他的信用卡。他很迫切地想要办好这件事。医院的工作人员又恢复了他注重实效的作风。在他的口袋里装了几张药方，他甚至觉得有必要按这些药方抓些药。药物是一种很有效的手段。最后，他决定朝右边走。

她刚听到他的声音的时候，心跳都漏了一拍，在他们通话的头一分钟里，她一直在放声大哭，而他，在电话的另一端，对此有些不解。"天啊。"她说。他听着她在断断续续的哭泣中长出了一口气："天啊，蒂姆。"

"我并没有死，"他说，"不过我确实需要服药。"

“天啊，”她接着说。“我是多么……”她一直在试着整理自己的情绪，“告诉我你在哪儿，我去接你回来。”

“但是还有一种情况，我只是不愿意去想，或许像个僵尸一样毫无目的地四处游荡，把自己搞得疲惫不堪，而且完全不知道自己身处何方，这样的情况还不如死了的好——事实上，这两种情况都会发生——”

“蒂姆，你现在在什么地方？求求你，告诉我。”

“——但是第二次是给那个控制者的，我可能没办法，我也不知道——”

“控制者？”

“我想，或许我不应该放弃他，尽管自从我住院以来，他都没有再发作过，也或许那都已经过去了。我不会把已经消失的东西强加到他身上。他有他自己的规则，如果他自己不停地交替发作，我又有什么办法呢？就像我跟医生说的那样。药物可以治愈这样或那样的疾病，但是人们仍不可避免地在与死亡作斗争。”

“蒂姆，求你告诉我，告诉我你在哪里。”她说。

“我试图分散自己的注意力，而且我做得还不错，考虑到他有多么的难以满足，就像我在折磨他一样，你知道的，就像我曾经控制他那样。有时候，我们在零和博弈中互相报复。规则和要求不断改变。我本以为我已经获胜了，但是他又改变了规则，然后占了上风，我又败下阵来，然后就这样一直持续着，我也不知道。可能我已经败了三周了吧？”

“败了？”

“三个星期的折磨。我没有能力反抗。他只是让我一直不停地奔走。他的心里丝毫没有上帝的影子。我已经思考了很久那个问题。现在我相信上帝。那应该有什么意义吧？”

“蒂姆，请听我说。我有话想对你说。”

“你还记不记得那次的那个医生，他跟我们说过的脑血栓？现在情况不同了。一方面，你体内有这样的血液，就像堆满了岩石的火车一样笨拙，而另一方面，我们的头脑可以加以阻止，你可以把那个浑蛋赶出去，保持自身的完整性。当你想起这些的时候，会感到一种神圣的美好，一种真正意义上的神圣力量让你更接近于上帝的最纯洁的那部分，避免和那些低级的、腐坏的血液混在一起。那是上帝的真正敌人，就在血栓那个位置，做最接近于上帝的工作。我的意思是说，那是两种状态之间真正的战场。”

“两个什么？”

“身体和灵魂。血液和头脑中的栓塞之处和神经元是最主要的两个战线。你身体的这两个方面一直都在争斗想要控制另一方或者其他的什么我并不知道的东西。”

“我听不明白，蒂姆，我不明白。”

“但他一直在寻找突破口，即便是在我进行治疗的时候。他强占了我的头脑。不管怎样，那是我的理论。你又开始酗酒了吗？”

她没有说话。“如果我说是，”她说，“你会回来吗？”

他没有回答。

“蒂姆，听我说，你在听我说话吗？”

他仍然一言不发。

“斯科拉布岛。”她说。

他还是很安静。

“你知道我指的是什么。”她说，“斯科拉布岛。你还记得那里吗？”

“别再喝酒了，好吗？”他说。

“那个穿着婚纱的小女孩，”她说，“那些鸵鸟，还有那个拿着鞭子驱赶它们的人。我知道你还记得斯科拉布岛。”

他仍然没有说话，一手拿着听筒，一手拿着电话线，低头看着自己靴子上被污垢盖住的商标。

“告诉我你在哪儿，”她说，“我去接你回来。”

“我得走了。”他说，“别再喝酒了。”

他挂掉了电话，从付费电话亭走到了教堂地下室的餐厅。餐桌上铺着黄色的塑料桌布，空气里弥漫着食物的香气。吃饭的人们穿着厚厚的棉大衣，而在餐桌后面配餐的志愿者们统一佩戴着白色的围裙。他给自己取了一套裹在纸巾里的餐具，一盘子食物，然后在餐桌前坐下，尽快吃了起来。

49

当你冷淡地对待上帝的时候，我会更加尊重你。你的生活中总会出现各种紧急的事情，这些事情占据了你的头脑，让你没时间像那些在星期日的教堂里做礼拜的人那样思考那些神圣的事情，而这些都会让你感觉困扰。你没有那样的时间，你也没把它当成首要解决的事情。你在灵光乍现之时仓促地做决定，而那种确定的感觉足以毁灭你，然后你就会渐渐地消失。当你死去的时候，你会想，你死了。为什么还要纠结于那些令人不快的真相？而可供选择的另一面则是充满了虚伪。你厌恶所有的习俗、堕落、虚伪和罪恶。你认为那都不过是被强权者设计出来剥削和控制弱者的骗人勾当。谁又知道神圣的上帝是否真的存在呢？或许存在，但是又有什么证据呢？你的观念已经根深蒂固，你一向崇尚逻辑和证据，你对所有似是而非的诡辩保持一贯的怀疑态度，并且坚定地反对道听途说。最多，你会暂时搁置所有的可能性，你很清楚，即便是在你代理的案件开始审判，每个细节都被罗列分类，每个可能性都被反驳和申辩，即便如此，仍然可能会有遗漏，会有疏忽，有些事情人们永远无法彻底搞清楚。就像上帝一样，上帝就是一个审判者。但是，在被逼迫的情况下，你会站在怀疑者的一边，有时候你甚至会对那些坚定不移地为弱者和受害者代言的人表现出轻蔑的态度。你有那样的优势，你以旁观者的姿态远离争论的中心，轻而易举地阐述你的见解和申辩。死亡对你敬而远之，你悠闲地过着自己的日子，享受着美酒和大餐，不必思考，也不需要什么信仰。相对于上帝来说，你的家庭和你的工作对你来说有着更重要的意义。直到你自己也屈服了，事情就变得完全不一样了。

他来到配药的窗口，递给药剂师一大堆的药方。她仔细地看着那些药方。

“这些都是外地的医生开的药方。”说着，她就把那些药方又还给了他。

“你这是什么意思？”

“你得用本地医生开的方子，我们才能配药。”

他看着药方上的字体。很明显，他不会再去密苏里州了。

“我确实很需要这些药。”他说，“病情已经恶化了。”

“对不起。”她说，“这是州法令规定的，只有本地医生开的方子才有效。”

他拿着那些药方，往回走，又重新进入外面寒冷的空气之中。

屋顶和房子都不见了，你屈服了。弱者呼唤精神的力量，那些经不起考验的人。大自然在温暖的日子里显得漫不经心，可在其他的时候，却又那么邪恶和充满敌意。这种情况让你吃了一惊，你才意识到自己的想象力是多么的狭隘，而世间万物是多么的单纯无知——

“你闭嘴。”

——那些所谓事关生死的大事。你坚定的信仰变得摇摇欲坠。现在，你已向世人证明你是多么的多愁善感。你不再相信所谓的道德戒律或者严密的思考甚至是美丽的臆测。这是绝望的寻求援助之旅，和一切的真善美都无关。你很轻易地就向那些原始的恐惧示弱了，它们彻底动摇了你内心深处的信仰，摧毁了你的意志。相对于更高层次的需求而言，你现在在信仰和现实之间动摇，你的呼吁声同样尖锐刺耳。你渴望过去的那些平缓舒适的生活——

“闭嘴！”

——弥撒和祷告时的浅吟低唱——

“闭嘴！闭嘴！”

——那些豪言壮语在黑暗之中、在新生婴儿的头顶、在死者的尸体之上盘旋回响。你放纵自己，欣喜地和解妥协，渴望从不同的角度，从一个更加舒适、尊贵和愉悦的角度来重新看待这一切。看到人们光明的一面，看到希望的灯塔。但那只是食物——

“食物！”他大声喊着。

——只是食物。千百年来，各种意见纷至沓来，而且愈发严酷无情。这个世界太冷漠了。灵魂、意志、头脑、身体。我依附于你，你依附于它，而它总是胜出的一方。

第八章 — 终是放不开

The Unnamed

蒂姆：我以为我可以放得下，让她和别人结婚，让她重新去过自己的人生。可是现在，我只全神贯注地想着一件事：如果我不能回到她身边，那种痛苦比千百次的死亡都更加难受。

50

他为早上要做的工作制定了计划。他拧开钢笔帽，把笔记本翻到干净的一页上，开始写东西。房间外面，阳光炙烤着大地。他并不喜欢他的新办公室，也不喜欢办公室窗外的风景。他认为他们之所以让他坐在这间办公室里，是为了不让客户看到他办公桌上瓶瓶罐罐的处方药，以及他被切掉的手指头。他的其中一只手上只有大拇指和小拇指还完好无损，整个手掌看起来就像是在做着一成不变的手势说：“哥们儿，放松点！”而他的另一只手上只剩下了中指和无名指，看起来就像是路边种的仙人掌。而桌子上的处方药，他也没有办法：他们没办法提供一个带抽屉的办公桌给他。他每次发病之后再回来，都要经历一次降职，这让他感觉很羞辱。他每次沉浸在写作之中的时候就会忘掉这些。沉浸在写作之中让他全神贯注，而全神贯注就意味着对周围的一切都失去知觉——包括那些难看的景色、三流的办公家具，甚至是他的满足感。而这看起来有些自相矛盾。沉浸在写作之中让他感觉很快乐，但过于专注的时候，他甚至意识不到自己的快乐，无论是什么感觉，他都极快乐地忽略掉了——直到秘书走进来，重新唤醒了他对周围事物的意识，也让他重新陷入烦恼之中。

“我现在什么都不需要，谢谢。”他说。他做出了一种类似于空手道切击的姿势，他很心烦，甚至都没有看着她的眼睛说话，“如果有什么需要我会随时叫你的，谢谢。”

她离开了。他只享受了短短十分钟宁静的时光，毫无疑问，她又出现了。他曾经在股东决策会议上与人争辩说，秘书这个职位就是过去的遗俗，完全没有必要。如果你想好好办成一件事，最好让你的律师助理去帮你做。秘书这个职位完全可以撤掉。但是，大部分的股东都很宠溺他们的秘书，所以，她们还是无休止地来烦他，她们总是试图证明自己的工作很有必要，而他，也不得不继续忍受。他意识到，他也不得不真的找些事情给她做，好让她别再接着来烦他。

“能给我倒杯咖啡吗？”他说，“给我倒杯咖啡就行了。”

她一直期待着能做些什么。她叫艾拉，看起来年龄也不大，可能还不太成熟。他觉得她不应该在办公室穿这么短的裙子。她开始往他桌上的杯子里倒咖啡。咖啡的热气蒸腾起来，顷刻间，他心中充满了感恩。能喝上一杯热腾腾的咖啡，这也是一件很美好的事情，即使是在夏天。这些东西并不是随手可得的。在她倒咖啡的时候，他拿出钱包，用他类似仙人掌般的中指和无名指夹出了一张一百美元的钞票，然后放进了她另一只手上。她看着那张皱巴巴的钞票。

“这是做什么用呢？”

“一个小时。”他说，“让我安安静静地待上一个小时，不要来打扰我，也不要来问我有什么需要。你去上上网，好好吃顿午饭，给家里的孩子打个电话。不管怎样——给我一个小时安静的时间。”

她把那一百美元装进了口袋里。“当然可以。”她说，“我这就去上网。”她慢腾腾地出了房间。

当汽车经过的时候，光线从窗户里射进来，满负荷行驶的汽车轰鸣声震得玻璃吱吱作响。他一直在埋头工作，逐字逐句地写作，重新回顾过去，和曾经的那些时光进行交流——事实上，他没办法给那段特殊的时光来命名——那些日子构成了一种连续的无意识状态，那是一种近乎至高无上的状态。他正在专心致志地写作，就好像拿着铁锹站在地道里，终于见到了光线，脱离了外面那个物质的世界。他现在很舒适，享受着美味的咖啡，另一个人也没什么抱怨。他很快就会感到饥饿，但是他现在精力非常地集中，所以，蒂姆可能会再待上一个小时。

但是，在那一个小时还没结束的时候，有人轻轻敲了敲他的桌角。有人来拜访他，事实上，已经很久都没有人来拜访过他了。

“你好，蒂姆。”

弗里茨的领带松松歪歪地绑在领口，卷着袖子。他为办公室带来了一股热气。“我可以坐在这里吗？”他问道。

“弗里茨？”他开始整理面前的各种文件，“我们约过吗？我们什么时候约的时间？”

弗里茨站起身来，越过办公桌看着他：“我们之前没有约过。”他说。

“哦，那就好。我刚刚正在写东西，不想被别人打扰。”

“那我打扰你了吗？”

“不不，不是说你。”

“你现在需要什么吗？”

“现在不需要。”他跟秘书说。

“给我来杯咖啡吧。”弗里茨说道。

蒂姆又重新开始整理他手头上的零散文件。他避免和弗里茨进行眼神接触。弗里茨注意到了他被切掉的手指。

“现在是最好的时候，”他说，“那么我们现在进行到什么地步了？”

弗里茨把视线从他朋友的手指上转移过来。他从来没想过自己在期待什么，但绝不是现在这样的结果。“现在进行到什么地步了？”他问道。

“那个人的案子，进行到什么地步了？”

弗里茨看着他。“我们大家好几个月都没见过你了，蒂姆。”他说，“我们一直都很担心你。”

“我很忙，你知道的。”

“我花了很长时间去找你。”

他停下整理手上的文件，直挺挺地坐了下来。“现在，你看。我们一直在找这个人，虽然我们认为你是最能干的，你仍然没有找到他。只要我们还没有找到他，那么那个无辜的人就得待在监狱里为他背黑锅。”

“霍布斯死了，蒂姆。”

那个女秘书又出现了。弗里茨把他的咖啡杯颠倒过来，放在有花边的桌布上。“谢谢。”他说，那个女秘书又离开了。

“你知道我提了多少次，要把公司里的秘书职位裁撤掉吗？”他对弗里茨说，“她们都干了些什么呀？只是帮你倒咖啡而已。就这样而已。如果你想好好干成一件事，你得找律师助理才行。秘书唯一能做的事情就是倒咖啡，因为倒咖啡是低于律师助理的工作要求的。”

“蒂姆，”弗里茨说，“你听到我说什么了吗？霍布斯死了。”

“没有，他没死。”

他在十二月份的时候上吊自杀了。

“他什么时候出来的？”

“出来？”

“出狱。他什么时候出狱的？”

“他被判了无期徒刑……”

“我他妈的知道他的审判结果。”他说，“我知道他遭受了什么。”

他提高了嗓门，吸引了前台后面那两个人的注意。艾拉抽着烟从他们前面站起来，朝这边看。其中一个人扭头说着什么。

“我只是在问一个很简单的问题。”他说，“他什么时候出狱的？”

“恐怕他并没有出狱。”弗里茨说。

蒂姆记得，当霍布斯的审判开始的时候，他正和贝卡坐在沙发上看电视。由于某种原因，他无法离开房间。那是为什么呢？他回想不起来。不间断地打点滴，让他变得麻木，感觉不到内疚。他稍微恢复了一些之后，就去监狱里看望了霍布斯。他坐在他对面，注意到了他胳膊上灰白色的汗毛。他以前从没有真正看过他，现在他看着就是一个穿着囚衣的上了年纪的老人。

“那个人怎么样了？”

“哪个人？”

“就是那个人，弗里茨，我在桥上遇到的那个人。还有在澡堂里，在澡堂里也遇见过。那时候，他还袭击了我。关于他，你查得怎么样了？”

“我们没有任何进展。”

“没有一点进展？”

“这个案子已经被封存了很长时间了。”

“那我为什么要相信你？”他大声喊着，“我罗列了各种详细的资料，我相信你们能继续跟踪那个案子，我也会付钱给你们的。”

“不是钱的问题，蒂姆。我们拿到钱了。”

“那问题出在哪儿了？”

“我已经把那些钱还回去了。”

蒂姆靠在办公室的墙上，第一次这么确定地盯着弗里茨：“到底是因为什么？”

“我们找不到他。”弗里茨身体前倾说，“我们已经找了，蒂姆，能找的地方我们都找了，但是我们找不到他。”

“所以你就放弃了？”

“这是一个已经封存的定案，兄弟，对不起，这个案子已经封存了很长时间了。”

“像你们这么大的公司，居然连一个人都找不到，那个人一直躲着不出来，而霍布斯却在牢房里消磨时光。”

“霍布斯已经死了，蒂姆，他已经自杀了。”

“要找到一个人就这么难吗？”他问，“可你却找到我了，不是吗？”

蒂姆顺着墙壁滑了下去。从这个角度看过去，他看到了没有打扫干净的瓷砖地板和堆满了死苍蝇的窗台。弗里茨小心翼翼地看着他，他的手肘放在桌子上，一言不发。

“既然没有什么新消息要带给我，”蒂姆说，“你来找我做什么呢？”

弗里茨扭头看着窗外停车场上坑坑洼洼的斜坡和柏油路面。他扭过头来的时候，蒂姆执拗的眼神仍然在盯着桌子下面的地方。

“她很担心你。”他说，“她让我一定要找到你。她想确认一下你没事。”

“她？哪个她？”

弗里茨指着窗外。

“什么？”蒂姆说，“你想让我看什么？”他扭过头愤怒地看着弗里茨。“哦，不，那是不能接受的，”他说，“那是完全不能接受的。”

“她是你的妻子。”弗里茨说。

“我还在工作呢，该死的，我还有工作要做。”

“她只是想确认你没事。”他说。

51

她在进门之前和弗里茨简单聊了两句。蒂姆的眼睛一直盯着窗外，直到她走进餐厅，站在他面前。

她走到他面前，伸出手抚摸着他的脸颊。他不想让她这么做，但是他并没有动。他尽力不让自己去想，他是不是应该看着她。他迅速地看了一下她的眼睛，然后就别开了眼神。他不想看到她脸上的表情。他不想看到她的独特之处，也不想回想他们曾在一起的时光，那些日子里她一直很美丽。他不想知道她有没有变老，也不想知道她穿了什么样的衣服，不想知道她是穿着以前买的衣服，还是他从来没有见过的新衣服。他不想离她这么近，他都能闻到她身上的香水味，就是那种微弱但熟悉的香气和她单纯的眼神，以及脸上的雀斑，让她显得如此独一无二，这些都唤回了他对这个世界的所有美好记忆。

“你都没有好好照顾自己。”她说。她扫了一眼餐桌，想找个盘子，但是没找到。“你上一顿饭是什么时候吃的？”她问，“你现在太瘦了。”她抬手顺着他后脑的头发。“和我说说话吧。”她说。她一直站在他的身边，就好像他们只是刚刚吃完饭，他在等着找零钱，而她只是在他起身的时候爱抚地抚摸着他，接着，他们会一起回到车上，然后回家。“你该洗澡了。”她说。她细心地从他油腻的头发里挑出一片细树叶，可能是他在经过一棵树的时候落在上面的。“你看你都成什么样了。”她摇着头说。她的眼中溢满了泪水。最终她把手放了下来。“我得坐下来。”她说。她转身坐到了他的对面。她穿着一件绉纱布面料的浅粉色中长袖外套。衣服的颜色把她的肤色衬托得很好，脸上白里透红的皮肤更显示出了她年轻的气色。笑纹和眼角的鱼尾纹与她少女般的面孔显得很不协调，就好像是不公正的计算误差。她出现在那个地方，和周围的环境本来就是不协调的。她照亮了与这些主要区域形影相伴的阴暗和残酷——就像高速公路上显而易见的灯光，是永恒的国旗般温暖的颜色。餐馆里硬邦邦的长椅是那种很难看的黄色。

“你不打算和我说点什么吗？”她问道。

她伸出双手，握住他的手。他不想让她碰到他现在残缺不全的手，也不想感受她的抚摸，但是他还是没有动。他只是尽量转移自己的视线。他明显的冷漠表情看起来好像是来自某一个冷酷无情、从不会被打动的人。她伸着双臂，她的双手覆盖在他的其中一只手上，她的沉默成了一种短暂的停顿，就好像在给一个正处于极度悲伤中的人的一种无言的安慰。

她看着手中握着的他的手。“可怜的手指。”她说。

他听到她的声音在颤抖。他抽出了自己的手。他交叉握着自己的双手，把它们放在了桌子下面。很快，他就感受到了被她握着的那种感觉。别人凌驾于他之上的那种优势，那种让他忍受痛苦和饥饿折磨的优势，一个女人充满爱意的抚摸对他来说比所有的疾病加起来都更无法忍受，这种优势是他无法跨越的。这种感觉是不能克服的。她的抚摸提醒了他的这种感觉，他为此很生气。没有比这更有力的提醒了。饥饿？狗日的，已经两天没有吃饭了。受伤了？太糟糕了，这就是你的葬礼。但是珍妮，珍妮是不同的。他曾经住在全副武装的检查点、在铁丝网缠成的线圈中，在防爆的混凝土建筑中，但是她的抚摸对他而言是一种保护。

“贝卡很想你。”

“请不要和我说她。”他说。

她又沉默了一会儿。“我很想念你。”她说，“你的家也很想念你。告诉我，你难道不怀念那些吗？难道你不怀念我给你做的松饼吗？你想在这里找到跟我做的一样的松饼，你可以为此走上五十英里。我不知道我们以后会怎么做，蒂姆，但是我们会做到。当我们的家里溢满松饼的香气的时候，你会在家里。我们以前不也是这么做的吗？这次我们会做得更好。我们已经得到了教训。你也很怀念这些，对吧？

记忆里她烘烤食物的香甜味道，让他忍不住开始流口水，这种味道让他的身体有一种强烈的渴望，让他完全不受自己意志的控制，他最终不得不承认他现在不是在城里，也不是在办公室。他现在正在两个不知名的小镇交界处的一家Waffle House[1]的一个小隔间里。

“难道你不怀念在浴室里坐在我面前让我给你洗头的感觉吗？”她说，“难道你不觉得那是抚慰你的疾病的最好方式吗？”

“我还有工作要做。”他说。

“你敢说那不是最好的抚慰方式？”她说，“你敢说你并不怀念我的手指插进你头发里的感觉？让我证明给你看。”

1　美国著名餐饮连锁企业。

“不要。”

“让我带你重新找回那种感觉。”

“不。”

“告诉我，”她说着，站起身来优雅地坐到他的边上，她压低了声音在他耳边，以免被人听到，“告诉我，你不怀念你的舌头亲吻我身体时的那种感觉。告诉我，你一点也不留恋这种感觉，你的舌头亲吻着我的身体，给我带来高潮般的快感。”

她的话震惊了他，他很不情愿地感觉到她已经勾起了他的欲望。他朝窗户边上挪了挪，好和她保持一定的距离。

“告诉我，我们中的一个人可以在没有对方的扶持下忍受痛苦。告诉我，你忍心看着我四处游荡，忘记吃饭，也不知道洗澡，忘掉我们之间的所有承诺。我知道你会想你所做的这一切都是为了我。我知道你会认为你给我自由、让我重新过回自己的生活是在拯救我。但那不是生活，我的生活里只有你。”

他现在几乎不能控制自己。他心中的渴望、不可抑制的欲望和炽热的眼神。他对这个世界的微弱的控制就在于他拒绝回头的无私精神。

“告诉我，你并不想我。”她说，“诚实地跟我说，这些对你来说都没有作用，你已经找到了自己最佳的生活方式，在所有的解决方案中，这是唯一的一个，而且你的生活中不包括我在内——蒂姆，如果你能这么说，我马上就走。”

他一动不动地坐在那里，就好像一个还处在发育期的闷闷不乐的少年，还缺乏承认错误的能力，还不知道如何更妥善地抛弃过去的时光。

她用双臂抱着他，她向他倾着身体，稍稍坐直了一点儿，好让自己的下巴放在他的肩膀上，她强忍着泪水，用她走进这间屋子以来最坚定的语气和他说话，虽然他连一寸都不肯靠近她。

“我走了好远的路才找到你，”她说，“为了找到你，我花费了好长的时间，比我预想的时间要长很多，时间太长了，等待的煎熬一直折磨着我，但我一直很耐心，因为我向你的女儿承诺过，我会找到你，然后把你带回家，我也向自己承诺过，不管你如何拒绝我，不论你说什么。如果我独自一人离开这儿，我的心会碎掉的。但是，如果你说你不需要我，如果你说你仍然想要一个人走，那么我不会再打扰你。”

他沉默地坐着，一动不动。她的下巴放在他的肩膀上，他感觉到了她奔腾的热泪。

她能感觉到他说话时身体在发抖。

“我不需要你。”他说。

她在他身边又坐了一会儿，因为她实在没办法马上就抽身离去。最终她放开了他的手，但是仍然坐在他的旁边。前台的工作人员会时不时地朝他们瞟上两眼。从他们的角度看过去，他和珍妮就像是在因为家庭琐事而争吵怄气。珍妮抽出一张纸巾，擦了擦脸。然后她又斜倚在蒂姆身上，双臂紧紧地环抱着他，亲吻他的脸颊和鬓角，之后她站起身，离开了餐厅。

被她拥抱的感觉依然那么清晰。他仍然保持着原有的姿势坐在原处，无法动弹。他现在没办法让自己忽视这种感觉。他已经迷失在这种感觉里了，他感到不知所措，他现在犹豫不决，他在等着身体里的那个声音唤醒他，让他继续出走，等走完之后，他再努力地为自己找一个栖身之所。当有人敲他旁边的玻璃窗的时候，他正陷入痛苦的想象之中。起初，他并没有认出来是她。她穿了一件款式简单的红色长裙和一双皮质的平底鞋。没有什么图案的裙子包裹着她完美的身材。她还是留着一头长发，还是那种栗棕色，当她还是小女孩的时候，她的头发就一直是这种颜色。她看起来简直判若两人，但是他太熟悉她了。他看着她，看着自己的女儿隔着玻璃窗在向他招手，完全不介意自己看起来会不会好看，他也抬起手来向她挥手。

52

他的情况从来没有好转过，出走也从没有停止过。他不停地走，这种行为绑架了他的身体，把他扔进了荒野之中（每一个新的地方对他来说都像是荒野，对他来说，只有他的家庭、办公室、学校周边的建筑、餐馆、法院大楼和宾馆，只有这些地方才是他熟悉的），他随着时间奔走，遭遇了种种痛苦和折磨，然后不断地让自己调整适应。不管道路崎岖还是平坦，天气炎热还是寒冷，他穿过岩石堆、灌木丛，翻过带刺的铁丝网栅栏，听着身边越过的汽车轰鸣声，他停不下来，他只能四处流浪。

他从贴有标签的塑料袋里拿出他要吃的药，事实证明，这样的袋子很适合他用来携带和存放药品。他把药丸取出来放在帐篷的衬布上，他把热水瓶里的水倒在罐头盒里，把药吃了下去。然后，他站起身来，把装药品的小袋子又重新卷了起来。他把睡垫里的空气放出来，然后把它卷起来打包，接着他就收起了帐篷。最后，这些东西都鼓鼓囊囊地塞进了他的背包里。他把背包上面的带子绑好，这样他走起来的时候，背包里的东西不至于晃出来。他从篝火堆里取出还能用的那些东西，然后泼了点水把火浇灭。在霜冻刚刚开始的时候，他顶着月色出发了。他要在疾病再次发作之前把身体内多余的能量消耗掉。

他越过干旱的河谷，又走了一英里来到一个自动取款机旁边。他取了一部分现金，足够他用上一阵子。然后，他穿过街道，给自己点了鸡蛋和咖啡。他站起来，从旁边的桌子上拿起一份报纸，但是没有看到什么有价值的新闻。一阵强风吹来，打在平板玻璃上。屋子外面，一个女人几乎被风吹得无法行走。当他想伸出手来拉她一把的时候，他听到了一个男人的笑声。他的早餐好了。当倾盆大雨瓢泼而下的时候，他吃完了一顿迟到的早餐。然后，他走到玻璃门的另外一边，披着一个透明的雨衣走入了暴雨之中。

以前，他可以在任何一个地方睡着；他可以忍受冻伤的折磨、炽热的蒸烤；他可以随便睡在野外，任由蜘蛛和蛇在他周围爬行；他可以忍受小鸟的捉弄、官方的威胁和人们的恶意。

有一天夜晚，他在路边睡觉，却被警察巡逻车给带走了。他自言自语，一天到晚不停地大声嚷嚷，最后他们把他关在了精神病房，不再让他出门。他们强迫他每天服用更为有效的精神抑制药物，直到他被放出来。也就是在那个时候，他才意识到给自己找一个可以隐居的地方，好好保护自己是多么必要。于是，他给自己买了帐篷、睡垫和一个新的旅行背包。

他给自己定下了一个规矩，决不在同一个露营地待太长时间。他没有自由去享受悠闲的时光，感受风吹树叶的沙沙声，或是望着远方流动的云朵发呆。沉思和走神都有可能给他带来灾难。

曾经有一次，他从露营的地方走出山谷，穿过长满松树的山脊，沿着路堤向山麓小丘走去，然后当一阵气流袭来的时候，他意识到自己走进了一个指定的机动车区域。他仰起头来，夜里的雨浇醒了他。他又返身回到山谷中去，但是帐篷却找不到了。他曾经在还没有来得及收拾东西的时候开始出走，和他现有的为数不多的那些所有物分开，而这些东西对他来说有着别人无法赋予的重要意义。每次分离都会让他有心碎的感觉。他的第一反应就是他不知道怎么走回去。

他找了两天，到第三天的时候，他就停止服药了，因为他剩下的药都跟其他的东西一起放在了他露营的地方。他开始感到头晕眼花、胸闷气短。他沿着主干道走进市中心，他走进一家男士服装店，在领带的展架上闷闷不乐地挑选。他买了一套可以在正式场合穿着的双排扣套装。返回公园之后，他感觉精神更加的混乱，他又开始自言自语起来。他大声斥责别人，他向上帝祈祷，希望他万能的禁卫军能够在战场上消灭入侵者和他们的战车，消灭那些给他带来暴乱和死亡威胁的战争。因为下雨的缘故，本就不平坦的道路变得更加湿滑，他已经无法保持身体的平衡，他躺在路边用来歇息的长椅上，当护林员发现他的时候，他已经浑身湿透，而且还在流着血。

“我们一直在找你。”那个护林员说道。

“你们在找我？”

“我是上帝派来的使者，是他的号角召唤了我。”他说，“现在，让我来帮助你吧。”

那个护林员弯腰扶住了他，把他带到了工作站，然后向他展示他每一个非法露营的地点，他的帐篷、睡垫和背包。他吃了药，然后就在工作站后面的一张帆布床上睡着了。当他醒来的时候，护林员用更加严厉的态度跟他说话，并因为他没有相关野外露营的许可证以及在管制区域露营对他实施了罚款，然后就没再和他说过一句关于上帝的军队的话。

在那以后，每当他结束行走的时候，就会马上支起帐篷睡觉，开始行走的时候，也会马上把他的帐篷和睡垫都打包好带走。对他来说，要拥有某样东西，就得把它牢牢背在自己身上，否则就会有永远失去它的危险。

一群正在执行秘密行动的斗士在他的头顶快速移动，那是最高级的黑色幽灵。他穿过种着大豆的田野和大片的居民区，来到一个通讯器材商店，在那里买了一个最便宜的手机和一包预付费的电话卡。

他会至少一个月给她打一次电话，有时候打两次，好让她知道他在什么地方，告诉她自己一切都好，很安全。她也会给他打电话，但他的手机会经常没电，因为他不是总能找到给手机充电的地方。

“在我们已经开车离开Waffle House 二十英里的时候，我才意识到我们犯了一个很严重的错误。”她对他说，“我让弗里茨掉头又开车返回那里，可是你已经离开了。难道我们真的相信你自己比我们更清楚什么才是对自己最好的吗？难道你真的清楚要怎样照顾好自己吗？我们当时就应该强行带你离开。所有人都看得出来你需要帮助。我不知道我们当时是怎么想的，居然让你一个人留在了那里。我想我们当时可能以为在我们面前的还是以前的那个蒂姆。所以，直到车开出去二十英里的时候，我才真正意识到，以前的那个蒂姆已经消失了，而我们刚刚抛弃了一个孩子。在弗里茨回家之后，我一直待在那附近，我开着租来的车到处找你。”

他什么也没说。

“我已经开着车找了你好久了，甚至我现在已经养成了习惯，我依然在这么做。即便是现在，即便我已经知道你的日子也过得去，知道你每天都按时服药，当我一坐进车里，我就依然会找你。我想我会一直这么做下去。我这么做，希望终有一天我能够找到你，并说服你跟我回家。我现在已经习惯了没有你在我身边的生活，可是我开着车的时候，仍然会透过车窗寻找你，我希望能找到你，然后我会一直跟着你，直到我们能够重新开始。你觉得我们还有办法重新开始吗？还有我们之前没有想到的办法？”

他没有回答。

"我很高兴你打电话给我，"她说，"我也很高兴看到你一切都好。你应该会喜欢我们现在的家。它比我们之前住的地方要小，但我觉得很适合我们，很完美。我可能还会换更小的房子。也可能六十平米左右就够了。我可能是这个城市里唯一希望住小房子的人。尽管贝卡已经长大了。人们问我住在什么地方，我觉得我有必要撒个谎。如果他们知道真相的话，我想他们可能不会相信我作为房产经纪人的眼光和判断力。有时候，我发现我会把它说成我们以前的家。我告诉他们说我和我的丈夫住在郊外的一个别墅里，他们会点点头，丝毫不会怀疑什么。他们看着我的表情就像在说，你当然是住在那儿了，不然你还能住在什么地方呢？"

大学城的免费保健诊所坐落在一个肮脏的角落里。他是去那里做一个简单的康复治疗。地下候诊室里，灯光很昏暗，周围的人看起来面色苍白、疲惫不堪。轮到他的时候，他走进了诊疗室里面等着行政官进来。那个行政官有资格证书，这也使他成为这座大楼里最接近医生职业的人。他把自己的病历资料递给了行政官。行政官问他是否依然相信上帝在他的头脑中发动了一场暴乱，试图控制他的灵魂。他在研究他的病历。

"我不再相信上帝了。"他回答道。

"这是个很有意思的理论。"

"它并不是一个理论。"

他坚定的目光令人望而生畏。这个拥挤不堪的简陋小屋里溢满了尴尬的气氛。

“上帝需要他的每一个追随者。”行政官说。

这种陈述听起来更像是一种质疑，好像正误两种答案都有。那位行政官一眼不眨地盯着他。他不知道他是会继续被认为是一个疯子还是会到此结束。

“他当然需要。”他最后说道。

“你这一生都不可能通过药物摆脱上帝的呼唤。”

“我也不会摆脱。”他说。

他接过自己的处方单子，把它拿到了药剂师那里。

他没有进饭店，也没有住旅馆，更没有在酒吧和保龄球馆里消磨时光，因为在他不发病的时候，他会纵容自己变得懒散，而到旧病复发的时候，他就会觉得异常疲惫和抵触。他不停地在想“我赢了”，或是“今天，他赢了”。这取决于他的精神、意愿、灵魂（他不知道该怎样定义它）在和身体本能作斗争时的情况。“他”或者“它”，或者随便你怎么称呼——但肯定不是“我”，他想——仍然在叫嚣着需要食物和水，在抱怨着骨骼和肌肉的酸痛。他会关注到它的需求但决不会纵容它。他尽力去记着那些时候，他不会成为欲望驱使的产物。

“我想我并不理解它为什么没有得到缓解。这个病以前曾经缓解过。你曾经期待着它会再次缓解。那样你就会回家，然后我们就会重新开始新生活。”

“那会杀了我的。”

“为什么？”

“因为如果病情得到缓和的话，那也就意味着下次还会再发病，而我再也不想经历这样的折磨了。”

“什么折磨？”

“调整我自己适应它。”

“你不用非得调整自己。我们会一起来面对。”

“好好过你自己的生活吧。”他说。

“那你想让我做什么呢？”

“把房子卖了吧，”他说，“你要快乐一些。你结婚吧。”

电话那头的她沉默不语。“我无法相信这些话是从你嘴里说出来的。”

“我已经走到这一步了，”他说，“我在做我必须要做的事情，你也一样。”

他站在一个大剧场的外面看着电影节目单和上演时间。他不太了解这些最新的流行资讯，但是他可以通过名字判断那是政治悬疑剧、浪漫喜剧还是动画片。他非常渴望走到里面去，里面有舒适的坐椅和温暖的空气，完全放松的娱乐消遣总好过枯燥地待在露天长椅上。

他在初步考虑之后买了一张票进去。不到十五分钟他就完全失去了兴趣，开始打瞌睡。片子结束开始放字幕的时候，他醒了过来，然后穿过大厅走到另一个屏幕跟前坐了下来，对于像他这样已经错过了前半场的人来说，故事情节更加的巧妙，并且激起了他的兴趣。当电影结束的时候，他走出了剧场外面，又重新买了一张票。他看了另外一场电影和第四场的前半场，直到他不得不像之前一样从温暖舒适的剧场里走出来。

他决定不再纵容自己。然后他醒了过来，把帐篷收拾好，他再次感受到了那种无边的空虚和无聊，不发病的时候，那种冷酷的眼神，在有一段时间里，他把自己灌得酩酊大醉，在酒吧里看球赛。

在被已经耗光电量的电池折腾了一段时间之后，他从当地一家手机配件零售店里买到了更多的备用电池。他打她的手机无法联系到她，于是他打电话到她的办公室，他们告诉他说，她早几个月前就跳槽去另一家公司了。

他拨通了她之前的这家公司给他的电话号码，听到一个很冷淡的声音回复了电话。他们告诉他说，珍妮现在在休假，一周之后才会回来上班。他们问他是否愿意同另一个房产经纪人交流？

“嗯，不错啊！”他说，“她去哪里度假了？”

“我想说可能是巴黎，不过也不一定，”那个人接着说，“也有可能是法国南部。”

他站在冰雪覆盖的大草原上，看着流向漂流中心的冰封的小溪和那些活动房屋，这里远离法国南部，远离巴黎，他感到自己被一种死亡的气息包围。不是能给他带来解脱的身体上的死亡，而是那种比死亡更可怕的折磨，它让你在无意之中就看到你曾经向往却拒绝掉的那种生活。那种痛苦比千百次的死亡都更加难受。

他把手机装进口袋里，慢慢地朝远处的高地走去。朝北的花岗岩的斜坡上已经露出了绒毛般的嫩绿。他斜靠在岩石上，有一种想哭的冲动。她不过是在继续自己的生活。在他们通电话的几个月里，她已经按照他说的那样开始了自己的生活。他不能责怪任何人，要怪也只能怪自己。

他在大草原上走着，直到手机上出现了信号。当他打进电话的时候，贝卡正在巡演的车上。“喂？”她说道。

“你妈妈是去度假了吗？”

“爸爸？”

“你妈妈现在在什么地方？”

“你现在在什么地方？”

“谁会在乎我在什么地方？”

“我在乎。你难道不会想到我有可能会好奇吗？”

“我在一片田野上。”他说，“这有什么可说的？”

她沉默了一阵说：“妈妈现在在法国。”

“度假吗？”

“是的。”

“她都在那儿干什么？”

“她在那里度假。”她说。

“她住在哪家旅馆里？”

她再次顿住了。“你为什么想知道这个呢？”

“我想给她打电话。”

“打电话做什么？”

“她是一个人去度假的吗？”他问道，“还是和什么人一起？”

她再次顿住。

“贝卡？”

“和别人一起。”她说道。

他从当地的一家代理商那里买来了一辆二手车。他在一次发病出走之后，就再也找不到他之前买的那些东西了，在那之后他一直都没有地方睡觉。他的身体极度疲乏，但是他下定决心要克服这种单纯的休息欲望，他现在全神贯注只想着一件事，如果他不能回到她身边，那么他还将忍受那种生不如死的痛苦。

但是他太累了，根本无法直接开车回纽约，他只开出去一百多英里就睡着了。在公路的拐弯处，他的车一直往前，冲破铁丝网，进入田地里面，撞到了一头牛。车辆撞断了牛的后腿，直接把它抛向了空中。汽车发动机被撞坏，挡风玻璃碎了一地。他紧急踩了刹车，车子反弹回来熄了火。他从车里钻出来，流着血，意识也有点模糊，他走到那头牛旁边，那头受伤的动物平躺在地上，腿已经断了，它一眼不眨地盯着蒂姆，眼底开始有血流出来。他弯下腰，用双手抚摸着它，但是它已经停止了呼吸，同时消失的还有他不计一切代价想要回家的最后一丝希望。

他拿出自己的背包，把汽车扔在了那里，车门打开着，周围还围着其他已经受惊吓的牛群。他越走越远，身影消失在了远方。

她不停地给他打电话。他把所有的电话都转到了语音信箱。他的电池已经没电了。他的右眼患上了结膜炎，药剂师建议他去看看眼科医生，但是他只是买了一些见效很慢的非处方滴眼液。他在经过商业区的一家带有电子时钟的银行的时候，注意到了上面的日期。他往回数日子。十六天前，那天是他的生日。

他在游客中心的男厕所里的插座上给自己的手机充了电。他的手机里有十四条短信息。其中一条是贝卡发来的祝他生日快乐的短信。其他的都是珍妮发来的。他本打算照顾好自己，再也不给珍妮打电话，他还打算不再对她那么残酷，可是现在他知道这两样他都没有做到。

可是，他还是选择了等待。阳光穿过绿色的帐篷照射进来。他一直盯着帐篷的顶部，准备起床开始收拾行李，这时，他的电话响了起来。他用一种他好多天甚至好几周以来都没有听到过的那种声音接通了电话。她说话的声音很快，他甚至都有些不适应。

“你以为我想让这一切发生吗？我只想要你。我从法国回来之后打了多少通电话给你？二十次？我不想让自己那么无情。我和迈克尔之间的事情就这么发生了。事情都已经成这样了。你知道你已经从我的身边消失了多长时间了吗？你知道我有多么的孤单吗？那是一种透彻心肺的孤独，我不想要这样。我不停地想要说服你，让你回来。可是，你告诉我让我再找一个人结婚。好好过你自己的日子吧，你是这么跟我说的。

可是，我照你说的做了，我继续开始过我自己的人生。我和一个我喜欢的人去了法国。你能因此而责备我吗？你不能，因为，是你要我这么做的。我没有犯什么错误。你所要做的就是回到家来，蒂姆。我一直这么跟你说，现在我还是要这么说，回家来吧。所有的一切都不重要。法国，也没什么大不了的。偶尔被人照顾一下，这感觉确实不错，不过也就是这样而已。如果，我说那种感觉并不好，那是我在对你撒谎。但那不是我想要的，我只想要你。告诉我，你会回来，你还有我。我会去接你。我一直都想去接你回来。你还在听吗？"

他没有回答。

"跟我说些什么吧。你一直都不给我回电话，现在我给你打电话了，你却一句话都不说。说点什么吧，蒂姆，告诉我你此刻最真实的想法。"

"亲爱的，我为你感到高兴。"

她忍不住在电话里哭了起来。"对不起，"她说，"非常对不起。"

"我从来没有想过，我们中的任何一个人在没有对方陪伴的情况下去度假。"

她在电话那头伤心地哭泣。他对她说："你不需要感到抱歉。你做得很对，是我让你这么做的。"

"你就不能回家来吗？"

"我不能。"

"你是不能，还是不愿意？"

"我的确不能回去。"他说。

电话挂断了。他告诉她让她好好过自己的日子，只是因为她的爱和坚持一直以来都是如此的强烈，但他从来没有想过他们两个会真的分开。

她在几个月后打来电话问他是否愿意和她履行正式的离婚手续。迈克尔已经向她求婚了。

他一时不知道该说什么。最后，他说他在几天前曾经路过一个邮局，或许他可以在那里开一个邮箱。她到时可以把文件寄到那里。

“你确定你不介意这些吗？”

“我不介意。”他说。

“或许，律师可以直接把文件传真过去。”

“都行。”他说。

他在身体没有发病的时候，花了好几天时间又走回那个邮局，然后打电话给她，告诉了她传真号码。

“我什么东西都不要。”她说。

他不明白她是什么意思。之后他才意识到她指的是钱。

“你需要什么都可以拿走。”他说，“你发过来的任何文件我都会签字的。”

“我什么东西都不需要。”她说。

他又一次开始出走，醒来之后，他又走回到那个邮局，发现他的传真已经到了。柜台里面的那位女士刚好也是一名公证员，他们共同签署了那些文件。然后，他又把文件重新传真给了律师。

他在巷子里停了下来，从口袋里掏出手机。电池早已经没电了，他也没有专门去充电，或许有两个月了吧。他站在那里想了一会儿，然后把它扔进了旁边的空垃圾筒里面，传出了一声回响。他离开那里，经过了那些在路边嬉闹的小朋友。他在小巷的出口处向右拐，那条不足一个窗户宽的小巷，阳光没有办法照射进去，每天依旧是车来车往。

53

他在人群的后面看着她。他留着胡子，戴着防雪帽，背着背包，看上去就像一个上了年纪的老人。他感到非常的困乏。

他已经在这种零度左右的天气里连续走了十天了。当他发现他走过了十二到十五英里的时候，他克制着自己将要崩溃的冲动，又重新走了回来。他的身体极度缺乏睡眠，但是他强迫自己折回去走了十二英里。在往回走的路上，他不但缺乏睡眠，身体也因为饥饿而极度虚弱。

她穿着休闲长裤、牛仔布夹克外套和一件上面印着“美丽的太浩湖”[1]的怀旧T恤。她情绪激动而且注意力很集中，她挥动着话筒的支架。她随着不断变化的图像移动，就好像她生活的世界就是那个小小的淡蓝色舞台，而她在上面呐喊尖叫用来宣泄心中的情感。她脱掉了外

1　原文为Heavenly Lake Tahoe，Lake Tahoe，太浩湖，位于美国加利福尼亚州和内华达州之间的高山湖泊。

套，T恤衫已经汗湿了。她的体重又反弹了，甚至比以前还要胖一点。

他慢慢走到人群不太拥挤的地方，把头靠在墙上休息，尽管周围很喧闹，他还是打起了瞌睡。

令他吃惊的是，她穿过会场外面拼命地抓住了他的胳膊。她扑进了他的怀抱之中，有那么一瞬间他还担心自己的衣服会不会太难闻。

“很抱歉让你等了这么久。”

“你瘦了这么多。”她从他的怀抱中钻出来，但依然紧紧地抓着他的胳膊，好像担心他随时会走掉。

他们坐在一家希腊餐馆靠里的一间包厢里。房间的电压不太稳定，灯光一闪一闪的，让屋内的金色装饰物和放蛋糕的餐盘都显得很灰暗。他们都时不时地抬头看向天花板。

她问他的病有没有好，他说没有。

“那么，你是怎么赶到我的演唱地点的呢？”

“自从你告诉我你的演出日期之后，我就一直在这个城市转悠。每次走远，我都会再回来。”

“都没有睡过觉吗？”

“没有睡过觉，这对我来说的确有些困难。”

“那你什么时候睡觉？”

“当我离得足够近的时候。”

“那你在没有发病的时候做什么呢？”

“我会试着离你更近些。”

“你发病的时候会再次走远是吗？”

他点了点头。

“你一定很累吧？”

他耸了耸肩。“每一天都为自己定个目标。”他说。

那是一种故意的挑衅行为，在固定的活动范围内循环往复。它强迫自己避免随时会发生的突然到达和离开，尽管这样只是为了能够看一场演出，或是在邮局取几封信件。他告诉她说，他在全国范围内收邮件。

“说到这儿。”他说着，打开了背包，取出一个保鲜袋。他从中取出两张他从网上订购的CD给她看，还告诉她说他已经把这些CD的内容传到了他的iPod里面。“我还收集有你在旧金山演出时的节目单和海报。”

她很吃惊，也很感动。“你是个好父亲。”她说。

他摇了摇头说，“这只是个爱好。”

“我以为你只喜欢大卫·鲍伊[1]。”

“那是在房间里的时候。”他说，他想起了他被绑在病床上的那几个月里，她向他推荐过的音乐。“现在在外面我什么音乐都听。”

他把CD重新放回保鲜袋里面，然后放进了背包里。包厢里再次断电，而且这次没有恢复。餐厅里有一阵骚动，然后又慢慢安静下来，人们在黑暗之中进退不得，好像需要一个安全的向导为他们指引前进

1　David Bowie，二十世纪的摇滚传奇之一，二十世纪六十年代末期出道，被称为“摇滚音乐变色龙”。

的方向。

服务员小姐走了进来说："你们点的菜没办法上了。"

"没关系。"贝卡说，"你不吃饭能行吗？"她问他。

"我没问题的。"他说。

"不然，我们再去喝杯咖啡吧？"

他在昏暗的灯光中思考着，他的眼睛是否曾经欺骗了自己。她现在没有穿长裙。她看起来一点都不瘦。

"我们上次见面是什么时候？"他问道。

"我不记得了。"她说。

"你和你妈妈还有弗里茨一起。"

她在黑暗中缓慢地摇了摇头："我没有和他们一起过。"

"你看起来很漂亮。"他说。

"不过，我还需要减肥。"

他没有马上答话。然后他说："你还为此苦恼吗？"

她鼓着腮帮，就好像马上就会爆发一样，眼睛瞪得很大。然后她长出了一口气，咧嘴笑了一下。"那是我永远的苦恼，"她说，"不然还能怎么办——在这种苦恼消失之前都一直憎恨自己吗？"

"我一直都觉得你是这个世界上最漂亮的女孩儿。"

"那是因为你爱我，你一直都这么说。"

"我很高兴你不会因此而自卑。"

"我得学会接受。"她说道，然后耸了耸肩，"没什么大不了的。"

在外面的停车场里，她主动提出来要送他一程，但他不知道要去哪儿。有时候，他会在汽车旅馆或是基督教青年会里面过夜，那天晚上她劝他还照这么做，但是他说那样会让他对电视和宾馆里舒适的床产生依赖，从而也会让他在帐篷里过夜的日子变得更加难熬。他很乐意避开这些地方。而且他也不再坐车了。

“你的意思是你从来都不坐车吗？”

“我不需要那样，”他说，“如果我想去什么地方，我可以走过去。”

“你不需要？”她拨弄着她的钥匙扣，用一种不可思议的语气问道。他现在说的这些话对她来说太陌生了。“那么，你能不能坐在副驾驶上陪我一会儿呢？”她问道，“我有些话想对你说。”

她母亲生病了。她自己在内心挣扎了很久，不知道该不该告诉他。她知道他无法控制自己的行动，她也不想让他因为自己无法控制的事情而内疚。

“严重吗？”

“是癌症。”

“我不知道你说的是什么意思。”他说。

“你不知道癌症意味着什么吗？”

“不，我当然知道，我只是没有明白你说的话。”

“没明白什么？”

他顿住了。“那个男人是怎么说的？”

“哪个男人？”

“和她结婚的那个男人啊。”

“迈克尔？”她说，“她根本就没有和迈克尔结婚。”

“她没有结婚？”他彻底震惊了，“为什么？”

“爸爸，我也不知道详细的情况，不过她取消了婚礼。”

这件事情已经过去多久了？他现在有点摸不着头绪。

他透过玻璃看向车窗外的停车场，他们可以走向外面的柏油马路朝新的方向走去，也可以从这里离开。但是他什么都做不了。他可以马上下车停在原地。贝卡会开车离开，空旷无边的黑夜会朝他压下来，而他什么都做不了，什么都帮不了她们。

他扭头看着自己的女儿说：“我什么都做不了。”

“我并不是想要你做什么，我只是觉得你应该知道这件事。”

他摇了摇头说：“我不想知道。”

他走进了一个有着很多壁画艺术品和储蓄银行的闹市区，在那里给自己买了一杯摩卡星冰乐。他喝着咖啡走在两边都是平房的双行线上，路两边大部分的房子都是待售的。其中一座房子的门是开着的。房产的标记被门前的灌木枝挡住了，门廊的前厅里放着一个退色的垫子。

他坐在垫子上舒展身体，喝完了手中的咖啡，这时他看到一条翘着尾巴的灰色松鼠大摇大摆地在树枝上跳来跳去。对面房子里走出一个拿着手杖的男人。他坐在门廊前，左看看，右看看，然后又把头转向了左边，他把手杖放在两腿中间，握着手柄。然后他站了起来，就像一个人生中只有一件事情要做的从容的老人，他用水池里的水打扫了门廊。他又坐下来看了看周围。最后，他又走进了屋子里面。

蒂姆从垫子上站起来离开了院子。他又走到商业中心，看着两旁建筑物上面的壁画，大多数都是关于牛马之类的动物的，但是其中有一幅是关于美国原住民的。他在一家户外用品商店那儿停了下来，在里面买了一双靴子、胶带、一个新的帐篷、雨衣、巧克力棒，另外还买了一套保暖内衣、套头毛衣和一个指南针。他把旧的东西从背包清理出来，把新买的东西装了进去。

他还是克制着身体的冲动，同时也是对自己的挑战，他没有睡觉。他有足够多的事情要消耗他的精力。他爱她。他一直都爱着她。在她死去之前赶到她的身边——这应该是她对他唯一的要求。

第九章 —— 漫长归乡路

The Unnamed

蒂姆：我曾经迷过路，也不记得自己为什么要不停地往前赶。可当我看到她时，我在一瞬间就明白了，自己一直这么做的目的。不是为了赢过谁，不是为了上帝，甚至无关信念、尊严和骄傲。我只是为了她。

54

他在结束了又一轮的出走之后，开始了回家的旅程。他缓慢地转着弯直到指南针指向了东方。他顺着指南针的方向穿过马路，斜穿过一片畜牧的草场，来到一条小溪旁，他沿着溪岸逆流而上。溪水泛着白色的浪花。他很想睡一觉。他极度困乏，就好像一个野战的士兵在挣扎，犹豫着生活在这样的环境下是不是值得。但这只是第一天而已，他不能在第一天的时候就停下。他沿着一个水库的边缘缓慢地走着。远处的黑色山脉在天空的映照下就像一条褐色的巨龙。

他终于走到了旅游车的站点。他在路边的岩石上坐了下来。他告诉自己要起来，千万不能睡着，他对自己说。观光的游客正聚集在围栏前面欣赏眼前的景色。绿色的溪谷在岩石中间蜿蜒前行。他可以蜷缩在他们的车后座上，或者是停车场外的杨树林里，或者是在这条路前方的拉奎塔酒店。但是他站了起来，继续沿着公路前行。

能靠着树木休息对他来说已经是极大的奢侈，他靠着树干，很快就睡着了。他本来是打算稍微休息一下的，但是困意一阵阵袭来，他刚醒来就又睡了过去。这是一棵单独长在田野边上的柳树。他睡了又醒，醒了又睡，每次他醒来的时候，他都想躺在柳树的树根中间。但是他一直是靠着树干在睡觉，因为他一旦躺下，可能就没法继续自己的行程了。

他在野外走了很远，一口水都没喝。在他的头顶，飘着雪白的云朵，天气看起来并没有丝毫下雨的迹象。他来到一所农场小屋的门前，小屋坐落在一个长满灌木丛的斜坡之上，他敲了敲门。他已经口干舌燥，极艰难地对那个开门的女人说了一个字："水。"那个女人围着他看了一圈，因为她开门的时候，这个陌生人正坐在她家的门廊里，背对着她。女人回去取了水给他。她看着他用残缺不全的手指抓着玻璃杯，把水往嘴里灌。"你慢点喝。"她说。

这是一条双行车道的公路，转弯和护栏都设置得不很明显。四下一片漆黑，路灯散发出来的微光对于一个夜行的男人来说就像晨曦一样充满希望。他晕晕乎乎地从路边走到了马路中间。他身后的汽车司机发现他的时候，急忙打车灯转向，躲到了相反的车道上，却发现对面一辆卡车正迎面开过来，只差二十码的距离就会迎头撞上，卡车司机拐到护栏上紧急刹车，再往前一英尺就有可能掉下去。小汽车的喇叭声唤醒了他，他赶紧又走回到路边去。车子缓缓地开过来，司机把头从窗户里探出来，对他破口大骂，然后扬长而去，公路上又剩下了他孤单单的一个人。

一个自行车队在瓢泼大雨中从他身边疾驰而过，他意识到他们是多么亲密友好的团体，他们经过时的欢声笑语让他心生渴望。头顶上有飞鸟被惊起时发出的惊叫声。

他坐在酒吧后面的休息椅上，面前放了半杯的啤酒，他模模糊糊地意识到在几英尺之外正在进行桌上足球比赛，然后他就在椅子上睡着了。酒吧服务员在打烊的时候叫醒了他。他走出酒吧，开始继续前行。

“请别告诉她我会回去。”第二天的时候，他在公共图书馆的电脑上给贝卡发邮件写道，“我觉得我有可能做不到。”

他打破了之前为自己定下的规矩，在一个出租屋里睡了一夜。他又重新走入外面白雪茫茫的世界，道路已经结冰，为数不多的车辆正在小心翼翼地缓缓前行。这是一场不期而至的大雪，让他的视线变得模糊，他的行动也变得迟缓。他连向东两英里都没有走完，就被身体里出走的欲望所征服，转向了另一个方向。之后他在帐篷里醒来，迫切地想要弥补曾经失去的时间。当他收起帐篷的时候，太阳已经出来了，冰雪开始融化，汇聚成一条清澈的溪流，滋润着大地。他走了整整半天的时间才走回到他在二十四小时之前入住的同一家旅馆。他的心往下一沉，感到些许的绝望。

远处的金色光圈看起来颜色越来越重，太阳正向相反的方向落去，从另一个较低的位置来看，它也有可能是同样落在了东方。他不知道那是什么。夜幕已经降临，在经过几个小时的飘飘洒洒之后，雪已经堆得很厚了。那个金色的光圈就在他道路的正前方。两个骑马的男人正急匆匆地朝他走过来，他们身后还牵着另外一匹马。

“你在这里干什么？”其中一个人问道。

“你又是干什么的？”

“我们要把这几匹马带到安全的地方去。”

蒂姆在他站的地方踉跄了一下，他已经快要睡着了。

“你喝醉了？”

他屈膝坐在了地上。“只是太困了。”他说。

“如果你撑不住的话，”那个人说道，“你最好快点离开这里。高速公路就要关闭了。”

“还有其他的路能往东边走吗？”

那个男人朝他身后看了看那个金色光圈的方向。“看到前面那个岔路口了吗？哦，天太暗了，你可能看不到。”他说，“你往前走会碰到一个岔路口，如果你向左拐就会顺着你的方向走。你最好右拐。前方会有一个沃尔玛商场。

“那是东边吗？”

“不是，那是南方。”

他站了起来。身上背包的重量让他有些站立不稳。其中一匹马被惊了一下。他冲他们微笑了一下就继续前行了。

他试图穿过一个正在着火的林子。空气里充满了灰尘和烟雾。他又往后退了出来。两天后，他还是走在同一条路上，前方只有插在苍白山坡上的黑色树干。

55

“好的。”贝卡写道，“不论怎样，你没办法坐飞机，你也不能坐飞机。可是，无论如何，至少告诉我你在哪里，让我去接你回来。我开车去你所在的地方，我把你绑在车后座上或者用其他的方法，总之我会把你带回来。为什么你不同意我那么做呢？”

他重读了一遍邮件。那是一个非常完美的提议。他努力地想，要怎么跟贝卡解释她所说的方法对他行不通。

真相会让他变成一个恶魔。他会把他所有的挣扎，他同自身虚弱却又坚定的躯体进行的斗争都摆在贝卡、珍妮和所有人的面前。

他决定不告诉贝卡真正的原因。他给她写着回信，在每个小时里，他都有一个绝望的时刻，而在每一天里，也会有这么绝望的一个小时。在他绝望的时候，他会想到放弃，从此不再见她们。但是，自他发出上一封邮件之后，他又前进了不少，尽管他每天都会想到放弃，但他从未真正放弃过。他还是在回家的路上，他写到，他依然在回家的路上，他向她承诺。然后他在她提出的那条堪称完美的建议上画了一条横线，或许她会不理解，会觉得他的想法很奇怪，但是这样做至少维护了他继续生存下去的尊严。

“我不能让你来接我回去，因为我还在和自己作斗争。”他写道，“而且我一定要赢。”

起初他的身体只会有一点点的衰弱，会感染和肿胀，会疼痛、痉挛、扭伤、撞伤，会发烧、昏迷、麻木，他因为低血糖而昏迷，他承受着各种各样的折磨和痛苦，看起来显得很苍老。尽管如此，他一直在坚持，没有让自己就此倒下。他确信，只要自己坚守心中的信念，他就能战胜自己。如果不是需要睡觉和吃东西，他的身体完全可以一直坚持下去，他可以摆脱他的意志一直走下去，哪怕是他的精神和意志已经死亡。它会一直走，一直走，直到有一天变成一堆惨白的骨头。

他从一个较浅的地方蹚过了小溪，继续朝东边走去。他选择了走镇上的主干道，两旁有一些游客集散中心。十天之后，他离开了落基山脉的少雨之地，走出了科罗拉多州。

他不分昼夜地前行。他走过一个很低的广告牌，上面铺着一张帆布抽象画，画着一匹在前行中的小马。那匹小马装饰得非常华丽，它有着棕色的前额，长着漆黑油亮的鬃毛，跟它鼓起的腹部和俊俏的前腿非常相配。这匹马是北美大草原的象征，它被放在这里是在提醒过往车辆注意安全。他觉得他隐约看到了广告牌的角落里，有一个包着修女头巾的虔诚的人影，也会有一些细心的傻瓜把它说成是圣母玛利亚的化身。在这匹马的脚边停留着一只小鸟。

他穿过相隔十英里的两个小镇，经过水塔和谷仓，这样奔波了几天之后，他来到了阴冷的格兰德艾兰[1]。夜晚的时候，他在一个工地里的只有房梁和地基的一个框架房屋里睡了一觉，他盖着工地上扔下的工作服，把塑料布铺在地上，塑料布很破旧，看起来就像苍白的裹尸布。在他头顶上，是冬夜里稀落的星光。早上起来之后，他又走进了格兰德艾兰的雨幕之中。

在他的周围弥漫着牧场上传来的硫磺的臭味。牧场上有一大群安格斯牛。他沿着牧场走到栅栏边，穿过铁丝网做成的围栏，在牛群中弯腰缓慢前行。牛群在寒冷的空气里呼出热气，他越是往里走，温度就越高，直到拥挤的牛群挡住了他的去路，那些牛群彼此碰撞着表达它们的不满。但是过度的拥挤已经让它们感到很疲乏。他在拥挤的牛群中找到热乎的地方坐了下来，靠着它们的身体取暖，然后他开始打瞌睡，东倒西歪地做着噩梦，他梦到了臭烘烘的海滩和黑色的怒吼着的暴风雨。

浑浊的雨水拍打着街道两旁房屋的门廊。他艰难地在水中前行，车辆也都被淹在了水中，只露出了车顶，有些车已经淹到了挡风玻璃的位置，这取决于车辆底盘的高低和车型的不同。所有的东西看起来都是灰蒙蒙的，电路已经被切断，树木在雨水中东倒西歪。他随着水流深一脚

1 Grand Island，美国地名，位于内布拉斯加州。

浅一脚地前行。他伸手抓出了一辆卡车的车顶，考虑着自己下一步该怎么办。可见度很低，但是看起来这个街道前方有一个隆起的坡度。如果他继续朝前走，就会走到前面的空地上。

他从卡车上跳下来，继续朝前走。前面的水流突然转了方向。他被水流卷了起来，往下游漂去。他没有想到十字路口会有这么大的水流旋涡。他所在那条街道的雨水汇入了另一个巷子里面，就像冲入峡谷之中的河水。他在水中疯狂挣扎，但是他的背包里浸满了水，拖着他往下沉。他被水呛着开始咳嗽。他什么都抓不住，四周除了空气就是雨水。他漂到了一所房子边上，他看到了一个模模糊糊的红色的影子，那是一个红色的指示牌。他伸手够过去，希望能借助它浮上来。他抓住了一个八角形状的物体的一角，然后试图抓牢它。那个东西摸起来很薄，而且滑溜溜很不好握。他用手臂抱住这个指示牌顶部的尖角，而他的身体还在往下沉去。他努力让自己的身体抵挡住水流朝这个东西靠近。他被水流冲得东倒西歪，但依然牢牢地抓着这个指示牌，避免自己被波浪卷下去。他背上的行李包像锚一样把他往下坠。他看着自己漂过树木、商场和一段栅栏。

"你想念我吗？"她说。

他没有回答。他依然在吃药，但是暴走已经给他的身体带来了经久不愈的伤痛。

"你会想我吗？"她再次问道。

他站在那里，一手捂着耳朵，试图阻止外面传过来的电子游戏的吵闹声。那些东西摆放的位置十分的不合理，就放在付费电话的旁边。这个地方被称之为全世界最大的交易基地，听起来就是一个招揽游客的噱头。他花钱去洗了个澡，然后买了一身新衣服。

“蒂姆，”她说道，“如果你不准备说话，那你为什么要给我打电话呢？”

“我听说你生病了。”

“谁告诉你的？”

“你问我什么？”

“谁告诉的你我生病了？是贝卡吗？”

“不是，之前的那句。”

“我跟她说过不要告诉你这些的。”

“之前的那句，珍妮，之前的那句。”

“我问你是不是想我。”她说。

“哈哈哈哈！”他笑了起来。

“什么事这么可笑吗？”

在他的周围，充斥着各种各样的灯箱广告和包装粗糙的杂志。他的眼泪不自觉地流了出来，取代了他的笑声，他把头转到里面，以免被别人看到。

现在是夏天，郊区的空气里弥漫着刚修剪过的草坪上青草的气息。草坪上的喷水器在兢兢业业地工作着，所有的社区上空都飘扬着美国国旗。

他悠闲地在小路上晃悠，心里有着前所未有的满足感。他支起帐篷睡在商业区和居民区中间的公园里。他被地下的一阵吵闹声惊醒，一个很庞大的东西正在他的帐篷底下挖洞。它古怪的身影映在帐篷上。他钻出帐篷，沐浴在朝阳和清新的空气之中，然后迎面碰上了一个长着獠牙、四肢瘦长的尖头动物。它背上长着短硬的灰色毛发。他吓得一动不敢动，那个动物抬头看着他。他装做若无其事地后退了一步，然后是两步，然后他就慢慢地退到了帐篷的另一侧。当沙沙的挖掘声又响起的时候，他终于松了一口气。

他看到远处有一群那样的动物。它们正沿着斜坡往上面的丛林里走去。一些离群的动物正在翻越围栏，而他身边这个离群者正在他附近嗅来嗅去，晃动着帐篷，看起来想要把它撕开的样子。

他听到关门的声音，然后扭头看到两个男人从卡车上走了出来。其中一个人伸着懒腰，打着哈欠。他们穿着一模一样的深蓝色休闲裤和短袖工作衫，车门上贴着印花纸，但是距离太远了，他看不太清楚。他们每人从车底下取出一支装有瞄准镜的步枪，走到斜坡的中间，开始朝那些像野猪一样的动物射击。他高举着双手逃开了。他站在喷泉的后面看着那些动物被一只只击毙。他又走回到帐篷那里。那只吵醒他的野猪侧躺在地上，脖子上被打穿了一个洞。其中一个叼着香烟的射击者朝他走了过来。他的T恤衫上印着“多纳斯格罗夫公园管理处”。

“它死了吗？”

那个男人摇了摇头。“我们不会在这里杀死它的。”他说。

“这是什么动物？”

“野猪。”

他使劲抽了一口手上的烟，然后把烟头扔到了远处。他的同事正用吊机把其中一头野猪往卡车的车斗里扔。那个抽烟的男人又折回来，默默地盯着他的帐篷。他说话的时候还在吞吐着烟雾：“你应该知道你不能在这里露营的。”

他梦到了一个被印第安人征服的原始部落。他们从中央平原血红色的地平线上物化了所有的躯体和灵魂，他们行走在大西洋的海岸线上。他们悲伤的精神气质在原始时期的怀俄明州就已经形成了。他们在帐篷之外的交易看起来血腥而又严肃。吟颂班在战斗的前夕大声歌唱。在他们占领的土地上，他是不受欢迎的。他很清楚这些，但他因为发烧昏迷在地。他看到一些美丽的小虫子，也或许他是中暑了。当部落首领走进帐篷的时候，吟颂的声音大了起来，他想知道这个部落的名字，这个名字已经被现在居住在这片土地上的敌人和他们的后代们忘掉了。他在睡梦中努力地想记起这个名字，他的回忆将会决定他的生死，但是他就是想不起来。那个首领身上有很流行的须后水的味道。他用中指弹着蒂姆的靴子，然后他就睁开了眼。一个中年男人拿着皮鞭，脖子上挂着拉笛绳正蹲在门口。他穿着白色的衬衫，戴着一顶棒球帽。“你在这里做什么呢？”

“我这是在什么地方？”

“老天，你没这么傻吧，”那个男人说道，“你现在是在我的地盘上。”

他发着烧，身体冷得发抖，他在蓝色高中的训练场上把帐篷收起来，此时，太阳直射着大地，校队的队员们唱着歌曲，裙角飞扬。

他在卫理公会教堂的长凳上醒来，前方有一个白色的圣洁的耶稣像。他抬头吟诵着赞美诗，然后坐了下来。他感觉有些体力不支。

在讲台上，传道者正对着空空的长条凳布道。蒂姆本打算要离开的，但是他实在没有精力，思维也有些迟钝。太阳光照在窗玻璃上。他听着最后十分钟的布道："聪明的人会用心去看，但是愚蠢的人却会在黑暗之中行走：我自己也感觉到有一件事情在他们身上发生。"他以为他是再次产生幻觉了，但是那个传道者走下了讲台安慰他说："腿部的缺陷曾把他推入黑暗之中，这对那些极端的运动员来说是非常普遍的现象，也是肌肉过度用力的结果，它会导致局部肿胀，也会分解出一种酶让身体不至于垮掉。"

"当这种情况发生时，"传道者接着说道，"你会产生幻觉或者类似的东西。"

那个传道者就坐在他对面的长凳上，他扭着头好让他们能面对面地对话。他这些话是专门用来安慰他的，还是一概而论的泛指呢?

"你怎么会知道这些呢？"蒂姆问道。

"我参加过马拉松。"

他是一个身材瘦小、留着胡子的男人，他的表情很认真，也没有虚伪的假笑。他说他觉得蒂姆并不是这个教区的常住居民，蒂姆向他解释说他的妻子生病了，他现在正努力地赶往纽约去和妻子团聚。蒂姆开始很坦诚地和他聊天。在以往的时候，他曾经试图向别人倾诉他所处的境况给他带来的痛苦和折磨，但他总是会担心对方会表现出不理解或者冷漠的态度，那样会让他觉得自己在别人面前抬不起头来。

“我很高兴看到你回家。”那个牧师坦率地说，“没有人应该孤单。”

“是的。”他说。

“但是我很好奇。你为什么要走这么远的路呢？”

“不是我自己要走的，”他说道，“我已经跟你说过了，我是被迫不停地走路。”

“但是，蒂姆，这种事情是不可能发生的。”

他从来没告诉牧师他的名字。

“我应该是产生幻觉了，你怎么会知道我的名字？”

“我向你保证，这不是幻觉，”他说，“那么，你觉得自己为什么会被迫地行走呢？”

“我不知道。他们反复地翻阅医学书籍。他们也找了那些和我有着相同症状的人，不管是活着的还是死去的。我现在已经把自己的人生看成了相似病例的一种。”

“但是，之前有过类似的病例吗？还是这是新出现的疾病？”那个牧师摇着他又小又圆的脑袋。“不，”他说，“在这个世界上根本就不存在全新的东西。”

“好吧，但是我想说的是：我不是自己要这么做的。”

“所以，你努力想为你的人生找寻一个合理的解释，”他答道，

“因为你觉得会有这样一个解释，但是，如果没有呢？”

“一定会有的。”

“蒂姆，蜜蜂存在的合理解释是什么？还有乌鸦、大火、洪水？这些东西是偶然出现的吗？”

蒂姆茫然地看着他。牧师最后终于笑了，他笑得很和蔼。他的手越过教堂的长条凳子的靠背和善地拍了拍蒂姆的膝盖。然后他走了过来，把蒂姆扶了起来。

他踩着被雨水浸透的渐渐发黄的树叶继续前行。树枝在风中摇摆，发出沙沙的声音，树叶随风飘落而下。在皮德蒙特高原北部的大峡谷地区，他发现了一个被暴风雨摧毁的农屋。房顶已经被掀翻了，四面的墙壁也损毁严重。旁边还停着一辆轻型货车，屋子里的家具被扔了一地，看着就好像是被野兽袭击过的垃圾场。在门口的地方，站着一个没穿衣服的小男孩。一个女人正穿过田地朝这个小孩儿走过来。那会儿，云已经散去。白色的航迹线在湛蓝的天空中渐渐淡去。

56

他在波卡特洛城外的时候感染了结膜炎，一直到他走到普特拉河北岸的奥加拉拉时，他的结膜炎才痊愈。然后，他经过八十三号公路的一个荒凉地带继续往回赶。腿上的疼痛一直折磨着他，并且疼痛愈演愈烈，他刚一走到勒拉米平原的时候就感觉支持不住了。走到内布拉斯加州中部的时候，他的肌肉开始肿胀，他患上了肌炎。他昏迷在路边，有成群的乌鸦在他的头顶盘旋，后来他被送到了十英里之外的新泽西州伊丽莎白医院，在那里，医生诊断说他的疾病很容易导致肾衰竭。

他不经常洗澡，他皮肤上擦伤和起水泡的地方已经开始腐烂，并导致了皮肤的并发症。他在艾奥瓦州西部伊卡利亚湖区醒来，在长久的折磨中，他依然背着他的背包，这让他能够在野外得到休息。当他走到阿巴拉契亚山脉脚下的时候，他的背部疼痛已经到了无法忍受的地步，不能再承受任何摩擦，他最终只能抛弃了他的背包。

他不得不忍受着细菌感染和跳蚤的叮咬，炎热消除了他头脑中关于在艾奥瓦州小镇上的洪水中挣扎的所有记忆，他从走到芒特普莱森特开始就让自己一直晒太阳，直到走到密西西比西部的时候，他的身上起了水泡，他才意识到已经太迟了。在穿越伊利诺伊州和印第安纳州的时候，他不太懂得怎么应付中暑和脱水的情况，因此患上了严重的横肌纹溶解症[1]。这种疾病使他的身体处于极度虚弱和危险的状态，他经常会出现心跳过速的状况，每走一步，都好像有人在拿锤子敲打他的双腿。

他在连锁加油站买了一张地图，靠在油罐车旁边研究了起来。他每次停下来的时候都会喝一杯冰水给在酷暑中煎熬的自己降降温。他的后脚跟肿得非常厉害，没办法穿上鞋子，因此他只好光着脚走路，而这也

1 横纹肌溶解症（Rhabdomyolysis）是因肌细胞产生毒性物质而导致肾损害的一种疾病，俗称肌肉溶解，较常发生于肌肉受到大力撞击、长时压迫或是过度使用之后。

让他本就虚弱不堪的身体更加备受折磨。他所到之处，景色都异常美丽，有成片的野花飘香，有一望无际的麦田，甚至远处铁路上经过的火车、教堂的钟声、静静的池塘，还有初升的朝阳，这一切都是那么的美好，可是，尽管是在这美丽的景色之中，他感受到的依然是无尽的疲倦和折磨。

他有一次途经一大片田野，人们把热气球一个接一个地升到空中，朝霞染红了天空。也是在那一次，他患上了重伤风，最后恶化成了肺炎。当他被送进伊丽莎白医院的时候，专家在第一时间给他上了呼吸机，以对抗他严重的呼吸窘迫综合征，同时用仪器去除了他腹膜腔内的积液，另外又给他做了心脏和腹腔检查。他的身体极度虚弱，命悬一线，一群一线医生围在他周围小心地给他做着各种检查和治疗，甚至他们自己都不是很确定他究竟是能够度过危险期，还是会就此昏迷不醒。

有一个男人偶尔会来医院看他。他走进医院的病房，拿着一个便携式氧气瓶。如果他发现蒂姆在睡觉，他就会离开；当蒂姆醒着但是意识并不太清醒的时候，他也不会怎么和他说话。有时候，他会低声地和他耳语，声音小得更像是在自言自语，蒂姆的全身都插满了各种各样的管子，他在他身边俯下身来。

“你还记得我吗？”他问道。

他感觉周围的世界一片模糊，他甚至无法集中注意力到眼前的这个人身上，最后，他慢慢地摇了摇头。

“那是很久以前的事了。”那个男人说道。他仔细地打量着蒂姆：“你最近的经历一定很糟糕。”那个人拉了一把椅子，在他的床边坐了下来。

“他呢？你认识吗？”他问道，把一张照片放到他的面前，好让他能够看清楚。

他盯着那张照片，试图回忆起什么。房间里的光线和物体在他眼里变得越来越模糊，他越来越没办法集中注意力，最后，他在试图回答之前，再次睡了过去。

那个男人靠在椅子上，长叹了一声。他把照片重新放回西装的口袋里，然后从里面拿出了一张名片。他把卡片翻转过来，草草地在上面记下了他的手机号码。之后，他才发现这个房间里根本没有放卡片的地方。整个房间四壁空空，只有一张床和一把椅子。他决定把卡片放在椅子上，同时又放了一张在蒂姆的手里。然后，他走出了病房，带着他的便携式氧气瓶。

他不慌不忙地坐着，一点都没有着急的样子，就好像他没有任何计划和安排，而生命对他而言只不过是在消磨时光。正午刚过，汤普金斯广场公园的长椅上三三两两地坐着一些像他一样悠闲的男人，他们丝毫不在意就这样消耗掉一天中最美好的一段时光。

贝卡曾经带着她的宝宝来看望过蒂姆，那是祖孙俩第一次见面。怀孕对贝卡来说完全没有意料到，但这却给她的母亲带来了一段短暂但快乐的时光，这也让贝卡感到非常的欣慰。她很好奇父亲会对此作何反应。她已经接受了他的父亲再也不会回家，也不会见到她的儿子这个想法，因为他已经好几个月都没有给她发过邮件了。他已经放弃了，她想着，或者也有可能他已经不在人世了，他试图在她母亲还活着的时候赶到她的面前，但还没来得及实现，他就先死了。当她这样想的时候，她没有任何可以跟他联络的办法，她不知道怎么才能找到他，不知道该向谁发火，她甚至不知道该怎样去表达自己的哀伤。时间在一天天地过去，她甚至都没有再想起他，其实，她一直在想着他，那是一种无法言说的悲伤，一种综合了失望、关切和爱等所有情绪在内的一种最无力的感受，就父亲这个角色而言，这个沉默的、捉摸不定的父亲，也是她生命的一部分。

当她看到他的时候，她停了下来。她站在一棵挂满粉红色水果的树下，果香四溢。杰克就躺在她的怀抱中，面朝前方，他的手脚开始晃动起来，并发出了轻轻的喃喃声。她抚摸着他浅浅的头发，安抚他，她的目光却一直盯着不远处。

看到此刻在他面前的父亲，如此的瘦弱和沧桑，她的心中痛苦不已。他比上次在波特兰见到的时候更加瘦了。她曾经很意外地收到了父亲的一封信，在信里，蒂姆向她解释说他因为生病住了很久的医院，不过现在已经出院了，但是他没有说关于自己的详细的事情，也没有多问什么。所以，她不得不安排了这次见面，尽管他坚持把地点选在汤普金斯广场公园。此刻，他就坐在一棵菩提树下，微风吹着树叶发出沙沙的响声，他看起来就像公园的长椅一样安静，一样低调。她发现自己有点犹豫不前。她需要一些时间来接受他现在的形象，好让自己能够像以往那样和他打招呼，不让他发觉自己初见到他的时候的那些遗憾和心痛。

杰克仍然在她的怀中闹腾，她的父亲并没有顺着她的脚步声转过头来，甚至在他们停下的时候也仍然毫无反应。“爸爸？”她喊道。他终于转过头看向了她，时间就像静止了一般，在他开口之前的停顿中，她甚至觉得父亲已经忘记她的名字了。

他之前曾经迷过路。他也不记得自己为什么要不停地往前赶。对他来说，这就像是另一场战争。

贝卡的怀中抱着一个婴儿，那是他的孙子。但他对此几乎毫无反应。她在他旁边坐下来，向他们介绍彼此。他不停地重复着孩子的名字，然后伸出手去，用手指轻轻地挑起了他柔嫩的小脚丫。他那饱经沧桑的脸上现出了一抹淡淡的微笑，仅此而已。贝卡一路上的忧虑和担心并没有打动他。对他来说，站起来朝预先设定的目标前行更加的重要。身体上的苦痛还在可忍受的范围，如果需要的话他会停下来补充食物和水，保证自己能够在这样的天气条件维持身体的能量平衡。他不希望自己被突如其来的暴走打败，否则，他一切的努力都失去了意义。如果他被打败了，还有另一种方式让他回去，一个等了很久的方式。

贝卡带着他走过记忆中的街道。当他们到达的时候，即便是在已经进门的时候，他还是刻意和她保持着距离。

但他并非一直都很疏远，当他看到躺在病床上的她时，她穿着蓝色的病号服，他在一瞬间就明白了，自己一直这么做的目的——他努力挣扎着想要回来，不是为了赢过身体里的那个他，不是为了上帝，甚至无关信念、尊严和骄傲。他只是为了她。他走到她的身边，她看着他。在那一瞬间，他们之间所有的时间和空间阻隔都已经完全消失不见了，他不需要在头脑中搜寻任何甜言蜜语，他走到她的身边说："你好，亲爱的。"然后，他握住了她的手。

第十章 没有人应该孤单

The Unnamed

珍妮：我已经准备好了，我整理好了一切，准备离开了。可是，他回来了。他的身体在岁月的折磨中变得更加瘦弱。我知道他幸福时的表情，也理解他所遭受的痛苦和折磨。在他踏进房间的一刹那，我知道，我再也没有办法平静地离去。

57

她已经准备好了，她整理好了一切，准备离开了。她已经以自己的方式进行了忏悔，她为自己举行了告别仪式，在她自己所设置的教堂中，没有上帝，也没有其他的神灵，那只是一个陷于绝望的癌症病人为自己设计的简单仪式。她确实也听过病友们说，是上帝创造了癌症，那只是在确诊和死亡之间拖延时间，是为了让那些不能接受事实的人有一些时间来缓冲情绪。化疗并不是治疗的手段，如果那些无神论者还是坚持不信仰上帝的话，那就是地狱之门在向他们委婉招手。

说到上帝，她想，普通人是最接近上帝的人。

如果真有上帝的话，那么他就是你生病的原因吧。她知道伊甸园的故事，但也许那是更深层次的原因。她想要从生理上了解人生病的原因。如果上帝真的可以掌控一切的话，那么他应该可以解释这其中的原因。你会一步步地迈向死亡——从发现第一个癌细胞开始，然后形成肿瘤——然后，你会停止阅读，地狱之门缓缓打开，你会从此安息。那是她最大程度上对上帝的信仰。

在他突然走进房间之前，她没有再听到任何关于蒂姆的消息。如果他已经死了，她宁愿相信，当他结束所有痛苦的时候，他有机会做祷告和忏悔，希望他的死亡证明上会写上所有一切的原因，让他的离去更加合法化。那些事情是上帝没有办法帮助他完成的。

人们都宁可相信，死亡是上帝在指引人们通向永恒。

她的体重在不断下降，身体也愈加瘦弱。当她努力地想坐起来的时候，脖子上就会布满青筋。她的后背上已经没有什么肉了，摸上去就像摸到了一副骨架。她用发夹把头发绑了起来。很少有人来看她，也很少有人送花。贝格德赛尔医生曾经给她送过一束郁金香，贝卡的男朋友也给她送来一束花，还有，迈克尔，那个男人至今还爱着她。她从未向迈克尔抱怨过什么，她也不希望在她下葬的时候，让迈克尔站在她的墓碑旁看着她入土为安。她不希望这样，但她确实希望能多收到一些花。

他们在依赖着一些新的东西，一项诊断证明。她目前所有的状况都有诊断证明。

她希望他去世的时候是在室内。她并不认为那样的可能性大，但她也不敢想象另外一种可能。他在冰天雪地之中，抛尸荒野，就那么孤零零地躺着，直到被某一个好心人发现，然后报警。可是警察不会找到任何线索，没有钱包，没有电话，什么线索都没有，因此他们也没有可能通知家属。那是她们悼念他的方式，她和贝卡就用这样的方式来悼念他，一种她们最无法接受的方式。可是，他走进了病房，他的身体在岁月的折磨中变得更加的瘦弱，她从来没见过他这么瘦过，她是那么了解他，熟悉他身上的每一寸肌肤，知道他幸福时候的表情，也理解他被疾病折磨所承受的痛苦，当他凭借自己坚定的意志重新回到她身边的时候，她的心中充满了无限的感恩，对这个深爱着她的男人，而不是因为上帝的怜悯。

当贝卡和杰克离开的时候，他拉过一张椅子坐到她的床边，向她讲述他都去了哪些地方，又是怎样回到她身边的。

“我曾经想象过最坏的情况。”她说。

“是想到我会活着，而且变成现在这样吗？”

她微笑着，可是眼泪从她深陷的眼窝里不停流出来。她紧握着他仅存的几根手指，和她自己的手一样的瘦骨嶙峋。“我觉得你还是一样的引人注目。”她说。

“引人注目？”

“你还是和以前一样的帅。”

“这是一个善意的谎言。”他说。

58

他们在分开了那么长时间以后重新开始熟识起来。他一开始很少说话，因为他自己觉得并没有什么可说的，他这一路来的经历也只是平淡乏味的忍耐而已。那些来病房的人都认识了他，她向别人介绍说这是她的丈夫，然后他们又重新调整了对他的看法：一个他们曾经设想过经常进出她病房的人。他没有朝那些人微笑，包括在岗的护士。他甚至连看都没有看过他们一眼，他只有在替她问一些事情的时候才张口说话，他就像一个笨手笨脚的乞丐那样进出她的病房，带着同样的行头，虽然不是每天都穿同样的衣服，但是他仍然背着那个沉重的行李包。

虽然他已经回到了她的身边，但是他的身体依然不听他的使唤，他还是会时不时地离开一下。这种经历对他来说，比以往更加痛苦，因为相对于以前的发病期和他在外独自流浪的日子而言，现在的每一分每一秒对他来说，都无比宝贵。医生无法确定她还有多少日子可活，而在这样的情况下离开，对他来说更加的牵肠挂肚。

他会在每次发病往外走的时候，小心地做上标记，记录路线，好让自己能够按原路返回。

“当你离开的时候，都去了哪些地方？”

“我去过很多地方。”

“那你昨天离开的时候，去了哪里呢？”

“昨天，我去了海边。”他说。

他从口袋里掏出一个光滑的贝壳，上面有棕色螺旋条纹，在贝壳的上方形成一个尖尖的圆点。他把贝壳放到她的手中，然后坐在了角落里的椅子上。

这个贝壳看上去非常完美，它的形状非常的完整而且引人注目。这样的贝壳在附近的海滩是找不到的，只有走到加勒比海岸，才会有这样的贝壳。

“你从哪里捡到这枚贝壳的？在附近的海滩是不可能找到的。”

“我跟你说过了，我去了海滩。”

“那个海滩是什么样子的？”

“海滩吗？那里很冷。”

“你在那里都看到了什么？”

“其实，没看到什么东西。”他说。

“你一直不停地走，应该会看到什么的吧？”

“我记得在路上遇到了一位老人。她只穿着睡衣，但是套着一件很厚的大衣。她穿着一双粉红色的靴子，她在一幢灰色建筑的前面清扫落叶。”

“还有呢？”

“人们从大厦里出来，下班回家。”

“然后呢？”

“我还途经了一个围着篱笆的院子。”

“其他的呢？”

“我能想到的就这些了。”

“在你行走的整个过程里？”

“是的，就这些。”他说。

他第一次开始认真注意在行走中遇到的事物，这样在他回去的时候，就可以把他在外面观察到的事情和她一起分享。那些事物都只是一闪而过，无始无终，但那是变化本身——可以让他来发现，也可以让她聆听。她很喜欢听他讲那些事情。对她来说，那比医生给她开的药物还要有效。

他意识到这么多年来可能是自己错了。如果他不是一味地沉浸在沮丧和绝望之中，那么他应该能发现更多有趣的事情。他在想如果他从一开始就用心欣赏沿途的风景的话，现在又会过着怎样的生活。但是，那同样也会很辛苦，那些只是为了他自己。现在，他发现这样做比较容易，那是因为她。

“我在一个沙龙外面看到一个穿着皮草围裙的女人在抽烟。我看到两名警察站在事故现场，地上是车灯的碎片。我听到在我身后有一群小孩子在奔跑，然后他们跑到了我的前面，他们都穿着同样的校服，但每个人看起来又各不相同。我在几乎一英里的距离上都闻到了巧克力的香味。我看到一群人在踢足球，我甚至能看到他们身上蒸发出的热气。外面的天气已经越来越冷了。”

“当我身体好些的时候，我们一起去度假好吗？”她打断了他。

“可以，当然可以。”他说。

他们讨论着不同的地点。她提议去一个新的国家，然后他又提出另一个想法，然后他们越聊越开心。不管去什么地方，他们都会玩儿得很愉快。最后，他们商定去非洲狩猎旅行，那是他们计划已久但还没有去过的地方。

他怀抱着婴儿站在窗前，轻轻地晃动好让杰克在他的怀里开心地打盹。小家伙又变重了，他们互相依靠着对方的身体取暖。珍妮还在医院里休息。贝卡坐在屋子的另外一角看杂志。他们已经制定好了计划，如果他忽然发病往外走的时候应该怎么办，但是，此时此刻，对他们来说是很难得的安静时光。他甚至脱掉了靴子。冬日的阳光透过玻璃窗照进室内，可以看到有细微的颗粒在光线中起舞。

他走进房间内，拉了一把椅子在床边靠近她坐了下来。

“我看到了被装进手提包里的小狗。我看到有人在送面包，面包片被装进纸袋里送进了意大利餐厅。上午的时候，我看到一个只穿着T恤衫和短裤的健美运动员从健身俱乐部里走出来，然后慢悠悠地往前走，有一个抱着孩子的女人走上前，问他是不是一切还好。我看到一条很安静的大街，如果我们住在那里，一定会非常开心，街上是棕色的建筑，有着很适宜的小院子。我看到一个男人在用切面包的小刀去除挡风玻璃上的冰块，而且居然真的去掉了。我看到了大都会美术馆。即便是在天气这么冷的时候，人们还是坐在美术馆前面的石阶上，就像是在七月下旬那样。我看到了光线在前面无限延伸。要我继续说下去吗？”

她闭上了眼睛。“把门关上吧。”她说。

他站起来，把门关了起来。她脱掉了身上的衣服。他知道她想要做什么，然后随手拉过一把椅子，挡在了门口。他关了灯，又走回到她身边，房间里暗了下来。他爬上床去，把她拉到自己身边。她开始帮他褪去身上的衣服。他不确定自己在期待什么。他不能排除身体机能退化的可能性，如果他连这个也被剥夺了呢。但是他太高估了疾病的力量，或者说低估了自己的能力。那么，他们都想要这么做吗？现在并不是好奇的时候。现在他应该忘记自己身体上的疾病，专注地看着她。他什么都不需要，只需要看着她的脸。然后，他们都闭上了眼睛，专注于彼此的感觉。他发现她比想象中更加有精力。然后，他们紧紧地拥抱着彼此。此时此刻，他们都战胜了自己身体上的病痛。

59

此刻他正坐在加油站附近的便利店的一个角落里，在他对面坐着一个人在喝咖啡，看报纸。

他手里拿着一张名片轻轻地敲打着桌面，他只是一遍遍地重复着这个小动作。

他站了起来朝外面走去。他走到付费电话前面，然后拨打了名片背面的电话。

“哪位？”

“你好，”他说，“我想你曾经到医院看过我。”

他们在晚餐时间在一家餐厅里碰了面。他坐在能够看到外面情况的卡座里，他在等待的时候看到了角落里站着的一个男人。那个人使劲抽了一口烟，然后用脚踩灭了烟头。如果不是看到了那个人鼻子下面细长的管子延伸到一个便携式氧气瓶里，他可能没那么容易认出他来。他又凑近看了看，等那个人走进来的时候，他可以确定那就是他在等的人。他并不觉得吃惊，因为有人告诉过他要特别注意那个氧气瓶。

他站起来，挥了挥手。不然的话，他担心那个人认不出他来。

“你好。”

“你好。”蒂姆说。他们握了握手，然后那个男人在他对面坐了下来。

“你已经康复了。”

“差不多吧。”

“那一阵儿你的情形非常不好。好好照顾过自己吗？”

“我在努力，每一天我都觉得自己像老了一年一样。”

“哦，我明白你的意思。就像每天和肺气肿作斗争一样。”他说，抓着插在鼻子下面的管子，“那很有趣，让我来告诉你，是额外的乐趣。”

“我不太明白。”

“可恶的烟卷。”他说着，拍了拍衣服前面的口袋，“让它们统统见鬼去吧。”

他们又交谈了一会儿，然后蒂姆说道：“你说你有东西要给我看。”

罗伊警官从西装里面的口袋里掏出一张素描图，是很久以前曾经在桥上蒂姆遇到的那个人。那张图被对折了好几下，他小心翼翼地把它打开。然后，他拿出了他在医院里试图让蒂姆看的那张照片。蒂姆拍了拍口袋，寻找他的眼镜，他到现在都不习惯随时戴着眼镜。他从手提袋里掏出眼镜，把那张图和照片并排放在桌面上，仔细地观察着。“你想让我看什么？”

“这是你提供的素描图。就是那个你认为和——”他停顿了一下，然后眯着眼睛看着蒂姆，“抱歉，你还记得……记得那个叫霍布斯的人吗？”

蒂姆抬起头看着他，然后点了点头。

“抱歉。”罗伊说，“我真蠢……”

“你为什么要给我看这个呢？”

罗伊敲了敲那张照片。“素描中的这个是同一个人吗？”

蒂姆拿起那张照片，仔细研究了起来。“这个人看起来比较老。”他说。

“除了这些，你觉得他们看起来相像吗？”

他仔细地盯着那张照片，照片看起来是在工作聚会上拍摄的。照片中的人离镜头有些远，他拿着一个红色的塑料杯，站在一群人中间，那些人大概有六七个左右，照片上的空间看起来很狭小，有荧光灯的光打在上面。蒂姆越是盯着照片上的人看，就越是想不起来他遇到的那个人究竟长什么样。他会时不时地看一眼那张素描图，试图唤回自己的记忆。“可能是同一个人，”他说，“他们的鼻子是一样的，鼻梁中间鼓了起来，看起来并不十分好看。”

罗伊剧烈地咳嗽起来。“你仔细看，”他平静了一下自己说，“集中你的注意力。”

“你还有其他的照片吗？”

“只有这一张。”

他又重新低下头去看那张照片。“我也不确定，”他说，“已经过去那么久了。”

罗伊再度咳嗽起来，他因剧烈的咳嗽眼睛变得通红，而且蓄满了泪水。他断断续续地说，“我们曾因为另一桩谋杀案追捕过他……去年的时候……犯罪手段跟伊芙琳·霍布斯那个案子差不多。”

“怎样的？”

“同样的手段，同样的凶器……还有其他的受害者。”

“还有几个受害者？”

他们座位后面的一位女士走上来问候罗伊需不需要帮助。

“要我给你倒杯水吗？”蒂姆问道。

他摇了摇头拒绝了他的提议。“而且他也骚扰过律师。”

“骚扰？”

“警告……就像对你那样……”

“具体是怎么样的？”

“在大街上……知道具体情况。我们也正是因此才追踪到线索的。”罗伊的呼吸越来越困难。当他终于停止咳嗽的时候，他喘息着吸取氧气。

“你们已经抓到他了吗？我可以跟他见一下，或许那样——”

“我们找不到他……他可能已经逃跑了……”罗伊警官不再说话，又使劲儿地咳嗽起来。他已经没办法说自己需要呼吸一些空气，就站起身走到了餐厅外面，带着他的氧气瓶。

蒂姆等着服务员过来结账。他买完单之后就到外面和罗伊会合。

他走过去时，他正在抽烟，也不再咳嗽了。蒂姆把照片和素描图都还给了他。

“我帮不了你。”他说，“对不起。”

罗伊朝大街上望去，吐了个烟圈，表情也变得冷酷起来。“目前为止，他只是这一起案件的嫌疑人，但是，如果他和伊芙琳·霍布斯的案子有关，那么就能把他和其他的同类案件联系起来。还有六起同样的案子，也可能是八起。受害者的家人、民众都需要了解事情的真相。”

“你很执著，”他说，“你还记得吗？只有一个嫌疑犯。”

“我知道。”

“他在监狱里面自杀了。”

“我知道，”罗伊说，“我知道。”

罗伊警官以为他会知道一些线索，可是他什么都不清楚。其他人又有什么关系呢？死去的霍布斯永远也不会知道真相。他永远也不会知道真正的凶手叫什么名字。真是可笑。这种事关生死的无知，而这种对无知本身的冷漠更加令人可怕。

罗伊用脚踩灭了烟头。“你是我们能想到的唯一线索，”他说，“也是我们继续调查这起案件的唯一可联系的人。”

“我负不起这么大的责任，”他说，“当初你也不相信我的当事人是清白的。”

“我也为此感到很后悔。”

“后悔到要自杀吗？”

罗伊警官吃了一惊。“自杀？”他又重新点了一支烟，正在轻轻吐着烟圈。“不，”他说，“不是自杀。”

“那么，你应该更加淡然一些。”

60

他无法控制自己想要离开房间的冲动，他会突然站起来，快速经过走廊，然后就消失了。“我要走了。”他可能会说。有可能发病的时候，他正在给她讲述沿途的所见所闻。“很快回来。”

如果足够幸运的话，他会有时间扭头看她一眼，那样她会知道是他在跟她说话，而不只是听到声音。

他离开了几天，在他行走的时候，他在想有一天他对她说的最后一句话可能是，“走吧。”

他不希望在最后和她仓促地告别。

他在某一天的早上回来了，空气里有初雪伴着汽车尾气和炊烟的气息。那就是她想要的吗？她想听他讲述一路来的见闻感受。他把外面的世界带到她面前。他站在她的床边。

“我想和你说再见。”他说。

“但是，你才刚回来。”

“我的意思是，就像最后一次那样，和你告别。”

“你为什么想这样做呢？”

他向了她解释了自己的想法。趁一切还来得及，他们还有机会向彼此倾诉心曲，以免在以后留下遗憾和悔恨。她同意了他的做法，而且也觉得这样做对他们来说很重要。他的表情非常的郑重。他根本没有做任何准备。他牵起她的手，吻了一下，然后说再见。她以为他还会有其他的举动，但是没有。她开始笑了起来。

“就这样吗？”

“我想是的。”

“那么，”她说，“那就再见了。”

他们就这么互相陪伴着过了好几个小时，在他们互相告别之后。然后，出乎所有人的意料，甚至连她自己都感到吃惊的是，她的身体竟然痊愈了。

这是一个最美妙的改变。他看着她的体重在慢慢恢复。他每次回到她身边的时候都觉得她的气色比之前好了许多。她在慢慢恢复。她可以自己下床去洗澡。她可以自己在客厅里踱步。最后的一个疗程结束之后，她彻底痊愈，从病房里解脱了。

她又回到了家，回到了在他第二次和第三次发病之间他们曾经幸福生活过的那个公寓。她没有像他预想的那样卖掉公寓，她一直保留着它，希望有一天他会重新回到她身边，然后他们可以继续在那里幸福地生活。还是那个老地方，还是同样的家具，宽大的椅子和漂亮的波斯毯，壁柜上整齐摆放着的书籍，壁炉。他站在门口，就像一个缅怀往事的陌生人。

他曾经住过公园，住过出租屋，以及他在曼哈顿上东区的豪宅。现在，他回到了位于west village的公寓里。他经常离开又返回，但还是发现了不同。他回来的时候发现她不再是漫无目的地走神，她可能正举着玻璃杯，或者在给自己做奶酪三明治，又或者是在做一些体力劳动，比如擦洗浴缸。慢慢地，这些事情变得越来越自然。随着日子一天天过去，他结束了暴走，也面临着这个转变过程中的无数个挑战——乏味的原路返回，身体上的疲惫——那种想要回家的冲动，想要尽快回到她身边的动力在慢慢消失。

穿着制服的门童在引导律师们穿过毛毛细雨坐进出租车里，他为他们撑伞，帮忙开门关门。天空乌云密布，光线越来越暗。

他站在大厦的拱廊下面，盯着旋转门。曾经有过一段时间，他每天都带着威严步入这座大楼。现在他不得不鼓起勇气，才能走进去。这多少让他感觉有些失望，还有一些漠然。他曾经努力争取的那些地位、投资、工作的意义等，都已经无所谓了。

他走进大楼，穿过大厅，上了自动扶梯。走到一半的时候，他认出了一个老熟人。是皮特，他曾经的助手。他盯着皮特看，不敢跟他打招呼，或者说是不敢接受他的招呼。眼前的皮特有些脱发，而且也胖了很多。在他昂贵的羊毛大衣下面，是一个很容易遭受心脏病袭击的肥胖身躯。一个带着显眼商标的蝴蝶形领结卡在他的衣领下面。当他们擦肩而过的时候，皮特向他点头示意。他有可能只是点个头就错身而过，如果蒂姆不是那么专注地看着他的话。他冲皮特骂了一句。皮特继续乘扶梯向下，同时用愤怒的目光盯着那个对他充满敌意的陌生人。

法兰克的身体也明显发福了。他不再剃光头了，灰色的头发显得乱糟糟的，像被人粗鲁地揉过的一团羽毛。他无精打采地坐在保安室里，不再有往日的风采。“有什么需要帮忙的吗？”他问道。

“我是蒂姆·方施华。”他说，“不知道你还记不记得我。”

法兰克用一种极度吃惊的眼神久久地注视着他。他稍稍从椅子上起来了一点，整理了一下自己的制服，整个表情也变得清晰起来。

“我当然记得，”他说，“清楚得就像昨天一样。”

他等到法兰克下班，然后他们一起转身朝第九街的酒吧走去。法兰克对他在这么多年后重新出现感到吃惊不已。或许，他曾以为蒂姆早已不在人世了，也可能他从来就没有想起过他。蒂姆并没有问他。

他们坐在酒吧里，谈论着曾经的那些老熟人。法兰克问他有没有听说过麦克·克洛尼斯的事情。在泰勒律师事务所有一项硬性规定，合伙人在六十五岁时就应该退休了，虽然事务所依然会为他们提供办公室和薪水，但事实上，他们的管理权已经被架空了。当事务所要求克洛尼斯退休时，他竭力抗争。他明确地说，他绝对不愿意这么早就被当成一个毫无用处的老年人来对待，只是偶尔提供一些陈词滥调的忠告。他竭力希望能够改变这项规定。但是泰勒的规定是无人能够改变的。他退休了之后，就去市中心组建了自己的新公司。蒂姆猜想，他现在肯定是像刚从法学院的热血青年一样去吸纳客户和业务。

法兰克详细地跟蒂姆讲了萨姆·沃迪卡去世的情况。和克洛尼斯不同，这位泰勒律师事务所的前任合伙人非常愉快地接受了自己退休的事实。他搬去了马利布市[1]定居，把余生的精力都投入到了冲浪和飞行运动中。在一次飞行中，他的私人飞机偏离了航道，在沙漠上空遭遇风暴后发生了故障。他在呼救之后，飞机就失踪了。人们在几个星期之后才找到飞机残骸，也通过牙齿鉴别辨认出了他的遗骨。

“在沙漠上空遭遇风暴？”

“我是这么听说的，方施华先生。”

方施华先生。他已经很多年没有听过别人这么称呼他了。这是一个人的名字，他自己的名字，但他知道这个名字对他来说已经没有任何意义了。如果这个称呼曾经有主人的话，它也只是一个传说，就好像持有这个名字的人从未在人间出现过一样。

“有些事情我一直想问你，法兰克，”他说，“你有孩子吗？”

法兰克正在摆弄着手上的啤酒。他挑眉点了点头。“两个儿子。”他回答道，把手中的啤酒瓶重新放回到垫子上。

“你有他们的照片吗？”

“照片？”

“随身携带的那种，你的钱包里有吗？”

“他们已经是大人了，一个二十八岁，一个三十岁。”

“他们还没有成家吗？”

“一个已经结婚了。另一个……我不知道该怎么说。老实说，我有点搞不懂他的想法。也许他是同性恋，我不确定。”

---

1 Malibu，位于美国加利福尼亚州，是一座相当富庶的城市。

他扭过头，把啤酒喝了下去。蒂姆也同样把啤酒喝了下去，有那么一个瞬间，他们看起来就像是两个在酒吧里萍水相逢的陌生人。过了一会儿，蒂姆把他的皮夹拿了出来，皮夹曾经被水浸过，看上去也有些退色。他打开皮夹，里面是他几个月前放进去的一张照片，杰克坐在贝卡的腿上，旁边坐着贝卡的男朋友，那个制作人，他叫什么名字来着？珍妮站在他们后面。

“这是我的家人。”他说。

法兰克接过蒂姆递过来的皮夹，端详着那张照片。然后他把皮夹递了回去，和善地说：“看着真是幸福的一家子。”喝完第二杯啤酒后，他们离开了酒吧。

他陪法兰克走到了地铁站。他们悠闲地走着，小心躲过路上的水坑。他轻松地和法兰克聊着天。他告诉法兰克他妻子生病和痊愈的事情，跟他讲贝卡的音乐事业，以及他无法控制的出走的事情。他向他坦承，他多年前一度精神崩溃，不得不采用抗抑郁的疗法。他并不是在坦白什么，因为这些事情都不再是秘密，他也没有要隐瞒的人。可能是惊讶于他的坦率，抑或是出于礼貌，法兰克只是静静听着，很少说话。

走到地铁入口的时候，他向他伸出了手，因为自己被切掉部分手指的关系，他很少做出这样的举动。“诺沃维先生。”他说。

法兰克毫不犹豫地握住了他的手。他们两个人互道再见，并约定以后有机会还要再聚。然后，蒂姆看着他走进了地铁站里面，搭乘那辆每天把他从这个城市送去新泽西、送回家的那趟列车。

61

在他还没有回到家之前的那几个月里，贝卡曾经向她提到过他会回来。她想给自己的母亲一个坚持活下去的理由。但是，珍妮不想让他回来，她也不想再留在这个世上。她已经能够很平静地面对自己的死亡。他已经挣扎了太长时间，还要假装这种挣扎和努力是值得的，他的这些痛苦她都曾亲眼目睹。如果已经到了她离开的时候了，那么她会离开，她会平静地离去。

然后，他回来了，她又有了活下去的愿望。

如果他能遭受这样的痛苦，如果他能忍受这样的折磨，如果他都可以这么坚定勇敢。

在他踏进房间的一刹那，她努力维持着的那种平衡的心态被打破了。她再也没有办法平静地离去。她就像曾经的他一样，开始努力和病魔作斗争。

他会认为那是因为她接受的临床治疗吗？临床治疗并不是最终治愈她的方式。

他并不相信那一套。对他来说，要么是不停地走，要么是被累垮。细胞要么活着要么死掉。心脏要么跳动要么停跳。然后，所有的一切都变得微不足道。他曾经在遭受了很多痛苦后开始相信上帝的存在，相信上帝会和灵魂的邪恶作斗争。

"根本没有灵魂，"他说，"没有上帝，也没有灵魂。"

"那么你的思想呢，你的那些思维的火花？"

"它已经被禁锢了。"

"被什么禁锢了？"

"身体，逐渐衰弱的身体。"

"你不是这么想的，"她说，"我相信你不是这么想的。"

的确。最终还是药物治疗了他衰弱的身体。

她站起来，走到了窗边。她向窗外望了一会儿，然后回头坐到了窗台上。"当你从一种疾病中康复时，"她说，"就像我一样，不管你曾经以为自己信仰什么，你会开始相信或许真有一些无法解释的东西存在。"

"我不会体会到的，"他说，"我永远都不会康复。"

"不要自怨自艾。"

"我不是自怨自艾，"他说，"我只是在陈述事实。"

他曾经不停地一直走，一直走，然后回到了她的身边，现在她就在家里，没有什么事情可做。回到她身边，回到她身边，一次又一次地回到她身边，这种生活是行不通的。这对他来说又是一项新的挑战，因为他在走的时候，没有办法睡觉，没有办法维持能量。当事关生死的时候，他可以做到。但是现在，现在他会让自己停下来休息，在需要休息的时候；需要继续前行的时候，他也会继续不停往前走。

"那我们的度假呢？"她说，"我们曾经计划去非洲狩猎旅行。"

他没有回答。非洲的狩猎旅行一直是他们向往的事情。

如果他现在离开的话，她告诉他，她的情况会比他们刚见面的时候还要糟糕。她不会再有继续活下去的念头，但是，她也不会平静地离去。她会努力抗争，但这种抗争终将失去意义。

她开始陷入极度的恐惧之中，她开始哭了起来。他并没有走过去安慰她。他已经把背包背在了身上，她不知道他究竟想干什么。难道他现在就要离开吗？还是今天晚上？

天色尚早，他不想吵醒孩子，他在按门铃前犹豫再三。他在台阶上坐了起来。一个小时后，贝卡的男朋友结束录制工作回家的时候发现了他，然后把他扶进了他们在三层的公寓里。房间里正煮着咖啡，收音机里轻声播放着鲍勃·迪伦的歌曲。贝卡的男朋友说道："你看我带谁来了。"贝卡扭头，一脸吃惊的表情。她给他倒了一杯咖啡，他坐在塑料椅上喝着咖啡。她男朋友喝完了啤酒，抱歉地说要进去补个觉。他在贝卡的额头上亲吻了一下，然后离开了房间。这里有某种属于家的那种安宁的氛围，让她的父亲感到非常欣慰。

她把杰克放到父亲的臂弯里，然后走进卧室去换下她的睡衣。她出来的时候，穿着一条牛仔裤和一件T恤衫。她问他想不想吃早餐。

"不，"他说，"今天早晨不吃早餐。"

"让我给你准备点早餐吧，爸爸。"

"我的iPod里面什么都没有了，"他说，"你能不能给我一些新的音乐。"

她拿起他的iPod，然后走到了电脑旁边。这是他第十次问她要她最新的CD了，但是她对制作上还不太满意，所以在制作完美之前，她并不想给他。他说她这样对待她最忠实的歌迷有些过分。他还威胁说要下跪求她。他想尽一切办法想要在离开之前拿到她的最新音乐专辑。她最终向他屈服了，把音乐复制到了他的iPod里面。她想，他之所以背着背包，是为了要放iPod的。他走到婴儿床边上，看到杰克正舒适地平躺在里面。他抱起婴儿，把他举了起来，脸贴着婴儿露出来的肚皮，呼吸着他的气息，并亲吻了他的肌肤。

当她在他身后关上门的时候，电话铃声响了起来。

62

他穿过乔治·华盛顿大桥，一个小时后，他走下主干道，沿着人行道往前走，经过了位于居民区旁边的日间托儿站和图书馆。地势逐渐变低，然后他走到了第二个主干道上，他从那里向左拐弯，交通也开始变得拥挤起来。经过加油站的时候，他走上了高架桥，然后沿着路边走到了高速公路的入口处，汽车呼啸着从他身边经过，让他在恍惚中有种似曾相识的感觉。

他在行走的过程中，一直注意着那些能让他休息和补给能量的地方。他停在了一棵大树旁，他睡在废弃的建筑物后面。偶尔，他也会遇上那些冷血的地方行政官员，向他宣布本地区关于保护公民生命和财产安全的条例，他也会和那些人争吵。人们不希望他在他们的私人草坪或者公共花园里逗留。他也不会乞求他们的同情，遇上这种情况的时候，他会收拾好行李，继续前行。他在很久之前就已经向自己证实，只要他下定决心，就没有他无法到达的地方。

他再也没有回过纽约。离他上次打电话回去也已经好几个月过去了。

在离开三年之后，他漂泊到了路易斯安那州中部的一个社区图书馆，他在那里和那些无家可归的流浪汉一起用免费的电脑上网。贝卡在一个月前给他发了一封邮件。她告诉他说，医生通过诊断已经可以确定，她母亲的病情在逐渐恶化。贝卡没有告诉他的是，这些检查结果早在几个月前就已经出来了，但是，珍妮要贝卡等到最后关头的时候再告诉他这些，免得他又得挣扎着回到她身边。

他那天下午就打了电话回去。他坐在加油站外面的一个露天长椅上，火辣辣的太阳正炙烤着大地，带来一波又一波的热浪。

“你为什么要相信那些检查结果呢？”他问珍妮，“你现在有什么症状？”

“我的症状？”她说。

“你已经证实过了，那只是误诊，珍妮。整个疾病都只是误诊，是假的。”

“这次不一样了。”

“你在说什么？你快要死了？谁告诉你的？”

“不需要别人来告诉我，”她回答说，“我的日子不多了。他们会这么说，因为事实的确如此。”

他不得不让她确信她不会死的。她只是没有努力克服对自己身体的怀疑。在她的灵魂深处，有天使在努力唤醒她的身体机能，而她要做就是，向上帝证明她自己站在那一边。他建议她多出去走走，或者去做一顿大餐。

他需要不停地用药物维持自己的身体，那样他的意识才会足够地清晰。他说话开始断断续续。她几乎听不清他在说什么。她问他有没有按时接受治疗，他开始变得愤怒。那些人的自以为是，那些僵化的因果联系！当任何一个人开始相信来世，相信神的职责，他们就会想要把那些所谓的真理踩入脚底，而且也不再相信什么西方医学。他们已经麻木了，但他没有。他没有发疯。他只是看到了别人无法看到的一些东西。

一周后，他坐在一个心理医生的候诊室外面哭泣，他之前曾经看过这个医生两次。医生曾经坚持给他使用抗抑郁疗法，但是他没有来复诊，现在他又陷入了妄想和谎言之中。他之所以哭泣，是因为在这种清晰的感觉中，他还是不清楚到底是什么神秘力量驱使他又回到了这里，他永远也想不明白在这种抗争之中包裹着的一层又一层复杂的东西。

他在一个月之内再次打电话回去。他上次跟她打电话时说的那些关于生死的幻景曾让他一度陷入愤怒之中，而这次，他开始很冷静地看待这种不同，关于今生和来世。她要离去这件事让他变得狂躁不安，他的灵魂也再一次蠢蠢欲动。这是令人绝望的消息。这意味着他再也见不到她了，不管是现在，还是在来世。

当然，他会告诉她所有的事情。是的，他会告诉她，他爱她，告诉她灵魂是永生的，而死亡只不过是个插曲。他最亲爱的人，她曾经多么细致入微地照顾他。她曾经千里迢迢地赶到他的身边，不管是白天还是夜晚。是的，他会尽一切努力让她能够放心，他会把所有的想法都说出来。

但是，这次是贝卡接听的电话，她告诉他，她已经去了。

63

直到最后，他都保持着坚强的意志。他会定期作身体检查，会按时接受治疗。他尽最大的能力照顾好自己的身体，只要情况允许，他会让自己好好吃饭，当身体疲累的时候，他会让自己好好休息，除非走投无路，他会在这无情的生活中，尽最大可能遵从自己的意愿。他一直保持着这种生活方式，直到他去世。他永眠在了遥远的北方，那天是暴风雪来临的时候。

那个时候，有一辆车从他旁边经过。他饱经沧桑的身体瘦削而憔悴，他一瘸一拐地坚定地走着，他沿着高速公路的边缘前行，就像一个穿行在两个古老城市中间的受迫害的乞讨者。汽车司机在经过的时候一直看着他，甚至在走过去的时候，还一直从后视镜里望着他。看着他的身影慢慢地变小，直到他从后视镜中消失。

那个时候，他正全神贯注，就像珍妮曾经教过他的那样，他已经学会了分辨千百种的风的不同频率。他无法为那些在大草原高地上站岗的有着黑色尾巴的焦躁的动物命名，但是他对它们很了解，就像是他熟悉那些在他的身上沾上花粉的花花草草一样。他知道fee-bee fee-boo，fee-bee，fee-boo这种声音来自一种有着灰色翅膀和坚硬尾巴的小鸟；他知道set-suey，sedu-swee-swee这种尖细的声音来自他冬天常见到的一种有着镰刀形嘴巴的小鸟；他知道有一种小巧的黑白色的鸟发音里会带着法语的强调，它们唱歌的时候会发出teehee tieur，teehee tieur这种声音，所有的这些他都知道，虽然他叫不出它们的名字。

那个时候，他正站在河岸边，看着人们跳进流淌的水流中。他被水中的扑通声吓了一跳。他看着他们在水和岩石之间穿行，只露出一半的身子。他不得不去想这样做的意义何在，那是一种运动，还是为了其他的什么事情。

那个时候，他想到了他回到她病房里的那个早上，他告诉她他很担心他们会来不及作最后的告别。他们举行了一个很糟糕的小告别仪式，却让她哈哈大笑。“那么，再见了。”她当时是这么跟他说的。他很后悔在她即将去世的时候，他还让她去做一顿大餐。所以，他紧紧抓住了那个早上的回忆。

那个时候，他已经放弃了所有，但他还记着要为自己找一个住处，要补充营养；他还记得他曾经在公共图书馆待过的那些下午，他在那里看着他还没有读完的书，收发邮件。他也是通过邮件才知道贝卡结婚了。她给他发了他们在户外举行仪式时的照片。他从来没有见过她如此健康、美丽的时刻，也没见过她这么成熟的样子。他为贝卡感到抱歉，她结婚时父母都不在她的身旁。他给她写了回信，恭喜她结婚。“杰克已经长这么大了！”他看到穿着小礼服的那个小人儿时写道。他怀着激动的心情离开了图书馆，他心中充满感激，但也对自己没有参加这场他期待已久的活动感到遗憾，同时，他也希望贝卡是在充满祝福和关爱的情况下结婚的。

那个时候，他们都在想他是否有钱支付所有他带到柜台上的这些东西。他看起来很不寻常，沉默寡言，也很可疑。这个老人一直坚定地往前走，好像一停下来就会和人吵架似的。如果他只是在走路，那么最好不要招惹他。他们看着他带着自己的一捆东西离开商店，然后在路对面开始打包，就好像是要去徒步旅行一样。他们在想，他会不会知道应该避开什么地方，他会不会知道有些路线在十一月初就已经关闭了，他的行为是否在被许可的范围内。他们预言说他可能会和别人吵起来，而且结局会很惨。他在打包行李的时候看起来力气十足，然后他双肩背起了行李包。他们看着他沿着高速公路走去，完全不理会过往的车辆，而且依旧一言不发。

他想要喝一杯水。干渴和饥饿的感觉让他极度痛苦。

他还没有睁开眼睛。他像通常一样，在刚刚醒来的几分钟里都分外的清醒和警惕。他听到了外面呼啸的风声，风从四面八方吹过来，他听到了下雪的声音，一片片的雪花落下来堆积在帐篷的外面。他还忍着干渴。当他最终坐起来，拿起热水瓶给自己倒了一杯水的时候，他的心中充满了满足感。

他没有想着要离开，他躺在充气床垫上，如此温暖，如此放松，虽然外面狂风肆虐，漫天飘雪。

在这一晚上之前，他曾有过相似的感觉。他在结束一场行走之后，支起了帐篷，然后疲倦地爬进帐篷里面，希望能赶快进入漫长而惬意的睡眠中去。尽管外面天气恶劣，他喜欢这个地方，超过了世上任何其他的地方。那些照着生活的步调忙碌奔波的人无法享受到他现如今的状态，而且他也不会被当局的一些官僚给驱赶，也不会被周遭的吵闹声吵醒。他在温暖的睡袋里放松着自己的身体，还能感受到关节处因为刚刚的行走而有些隐隐作痛。大风怒吼着向他袭来，最终钻进了他的身体。风声又开始呼啸了，但在那之前，他注意到了自己的心脏在低语：你听……你听……你听……他听到血液从胸腔中流出，流经他的动脉，他手腕处的脉搏开始微弱，踝骨的地方已经放空，他随着自己的呼吸起伏，他感受到了他身上其他地方的冷静，就像是被熄灭的炭火。他放纵着自己的这种疲倦的状态。疲惫和欢乐是密不可分的。他在努力地保持着清醒，希望这一刻能停留得长一点。

现在已经是早上了。还像这样消磨时间是不对的。赶快起来，整理行李——这是命令。像这样放纵自己是很危险的。

但是，有什么能和躺在床上，裹在温暖的被单里面的慵懒的早晨相提并论呢？你把寒冷阻隔在外，希望这种温暖的状态可以一直持续？这只是铺在充气床垫上的简单行李，他暂时搭起来的临时住所，但是他还是不想睁开眼睛。他听着外面的风声。他也听到了其他的声音：在温暖的厨房里滴答的钟声，咖啡机里的咖啡在噗噗地往外冒，流出来的液体渗到了桌面上，珍妮轻轻地踏着地板，拿起杯子，打开冰箱取牛奶。“告诉我你在哪儿，我去接你回来。”她在某个遥远的地方对他说。

五分钟变成了十分钟，十分钟又变成了二十分钟。毫无疑问，他现在是在消耗自己的运气。他必须起床，然后开始收拾行李了。他必须起来收起帐篷。他还得起来为自己准备今天一天的食物。他还有很多的事情要做，而不仅仅是为了奖励自己打破节奏而享受到的一杯水的甘甜。

他又挣扎了二十分钟。然后，他终于下定决心要马上起来，开始整理东西，走出去凭借自己空空的双手和肆虐的暴风雪作斗争。但是，就是在那个时候，他忽然意识到在他奢侈地消磨时光的时候，他没有再听到风声。他不相信风会这么快就停下来，或许接下来，风力会更大。他在等候着帐篷变得更加紧绷，或者至少会有风雪减去的气息。他想着自己应该睁开眼睛看看帐篷上是不是还有积雪的影子，但是他又觉得不必要这么费力。于是，他决定还像前天晚上那样：把注意力放在自己身上，倾听身体内部器官奔腾活跃的声音。他听到自己的心在轻声诉说。他听着自己呼吸声的起伏。但是，你听……你听……你听……那种声音没有了。他的神经已经静止，发不出也接收不到任何信号。他感觉不到任何东西，除了身体外面他能叫得上名字的那些东西，和身体里面他叫不出名字的东西，那些器官、肌肉、细胞和组织。这种静止提醒着他，他再也不用起来了。不再需要不停地走，不再需要去找吃的，不再需要随身携带着这个笨重的背包，在最短暂或者说是最永恒的时间里，他意识到自己仍然在思考，他的思维仍然处于活跃状态，即便没有赢得这场斗争的最后胜利，最起码他刚刚也算是得分了，在他即将安息之前，他最后的想法是他将要喝的那杯水在接触到他嘴唇的刹那，滋味是多么甘甜。